Edda Minck
Wüüstes Treiben

AF211568

Edda Minck

Wüüstes Treiben

Drei Meilen hinter dem Wind, dann links

Impressum

Bibliografische Information der Deutschen Nationalbibliothek:
Die Deutsche Nationalbibliothek verzeichnet diese Publikation in der Deutschen Nationalbibliografie; detaillierte bibliografische Daten sind im Internet über http://dnb.dnb.de abrufbar.

Die automatisierte Analyse des Werkes, um daraus Informationen insbesondere über Muster, Trends und Korrelationen gemäß §44b UrhG („Text und Data Mining") zu gewinnen, ist untersagt.

Lektorat: Dr. Meike Fritz
Covergstaltung: Helge Jepsen, www.helgejepsen.de

Verlag: BoD · Books on Demand GmbH, In de Tarpen 42, 22848 Norderstedt

Druck: Libri Plureos GmbH, Friedensallee 273, 22763 Hamburg

ISBN: 978-3-7597-6886-5

Reiseführer Wüüst

Gut vorbereitet auf die Insel

Geschichtlicher Überblick

Die Besiedelung der Insel Wüüst geht bis in die graue Vorzeit zurück. Sicher ist, dass die Wüüsteborg in der Nähe des Nordstrands um das Jahr 800 A.D. erbaut worden sein muss. Bis heute ist ungeklärt, wie die Steine für das Bauwerk auf die Insel kamen. Es handelt sich hierbei um Sarsen, einen extrem harten Sandstein, der in den Preseli-Bergen in Südwales vorkommt. Dieser Stein wurde auch für Stonehenge ca. 4000 v. Chr. verwendet.

Die Insellegende erzählt von einer Besiedelung durch 12 Wikingerfamilien, die sich seinerzeit der Christianisierung in den skandinavischen Ländern vollständig entzogen und einen neuen Lebensraum für sich suchten. Sie landeten mit ihren Schiffen um ca. 850 A.D. auf der Insel und fanden die oben beschriebene Burg vor, aber keine Menschen. Die Insel war unbewohnt. Die neuen Siedler nahmen die Insel in Besitz und lebten fortan dort.

Die Namen dieser ersten Siedlerfamilien sind bis heute die Namen, die man auf Wüüst antrifft: Trygvarsson, Kellisson, Sveinsson, Grimsson, Eriksson, Snorrasson, Hardrada, Ragnarsson, Sturlusson, Fenrir. Zwei Familien sind ausgestorben oder abgewandert. Die sogenannten Geburtssteine nennen bis ins Jahr 1500 A.D. noch die Namen Geirsson und Haraldsson. Man vermutet, dass das ungewöhnliche Klima der Insel die vorherigen Siedler und auch die zwei Familien vertrieben hatte, denn im Herbst, gegen Ende Oktober, zieht dichter Nebel über die Insel und hält sich dort für Wochen. Meistens ca. 4 Wochen, schriftliche Aufzeichnungen aus den Jahren um ca. 1000 A.D. berichten von längeren Perioden, die vermutlich das Leben auf der Insel sehr beschwerlich machten, weshalb die Insel zunächst verste øya genannt wurde. Um 1583 taucht die Insel dann als Wüüst[1] in den Annalen auf.

Aber die Wikinger hielten durch, bedienten sich an dem Wenigen, das die Insel zu bieten hatte, und holten sich das, was sie brauchten, auf ihren Raubzügen. Schafzucht u. a. Kleinvieh und eine Art Inseldinkel, das einzige Getreide, das dort wächst, haben das karge Überleben gesichert. Hervorzuheben ist die Verbreitung von Sanddorn, der überall auf der Insel bis heute wuchert und gemeinhin Inselgold genannt wird, da seine wertvollen Inhaltsstoffe, wie etwa Vitamin C, die Bewohner vor Mangelernährung und deren Folgen (z. B. Skorbut) bewahren.

Immer wieder kam es im Lauf der Zeit zu Überfällen durch die Stämme der Engländer, aber die Insel widerstand jedem Angriff. Darüber gibt die Bóthildr-Legende Auskunft. Sie erzählt von einem Feldzug der Engländer um das Jahr 1100 A.D. Die Männer der Insel waren mit ihren Schiffen unterwegs, um Handel und Raubzüge zu unternehmen. Frauen und kleine Kinder blieben allein zurück. Mithilfe ihrer Schweineherde, allen voran die Kampfsau Bóthildr, bekämpften sie die Eindringlinge erfolgreich. Seither gibt es immer eine Sau mit dem Namen Bothilde auf der Insel, die wie eine hochstehende Persönlichkeit behandelt und gehätschelt wird. Aus dieser Zeit stammt wohl auch der Wandel in den Beziehungen der Geschlechter. Die Frauen hatten die Insel erfolg-

---

[1] Wüüst leitet sich vermutlich von *verste* ab, das auf Norwegisch etwa *sehr schlimm* oder *am schlechtesten* bedeutet; *verste øya – schlimmste (schlechteste) Insel.* Ungewöhnlich ist, dass der Name mit W geschrieben wird, obwohl die nordischen Völker es nicht benutzen. Eventuell handelt es sich um eine Änderung/Umbenennung aus der Zeit, in der die Herzöge von Schleswig-Holstein-Gottorf anno 1559 das Gebiet des heutigen Büsum übernahmen und ebenso die Insel zu ihrem Hoheitsgebiet erklärten, was auf der Insel aber niemanden scherte. Nur der Name hat sich bis heute erhalten.

reich verteidigt und waren zu echten Kriegerinnen geworden (skjöldmö: Schildmaid) und beanspruchten mehr Rechte, was so weit führte, dass bis heute die Frauen die einzig Erbberechtigten sind; ihnen gehören die Häuser der Insel und sie besetzen das Bürgermeisteramt. Unverheiratete Männer leben bei ihren Müttern – stirbt diese, hat der Mann ein Wohnrecht, aber keinen Besitzanspruch. Die Erbin darf den Mann jederzeit aus dem Hause verweisen, ebenso die Ehefrauen ihre Ehemänner. Heiratet ein Mann eine Nicht-Wüüsterin und begründet eine Familie, darf die zugereiste Frau ein eigenes Haus bauen, oder der Mann baut eines und schenkt es ihr zur Hochzeit.

Ungewöhnlich ist die Regelung, dass der Boden der Insel niemandem gehört. Soll ein Haus gebaut oder Boden beackert werden etc., stimmt die Inselgemeinschaft darüber ab. Bodenspekulation oder Verkäufe an Außenstehende sind somit unmöglich. Tiefer gehend könnte man sagen, dass die Wüüster ihre Insel wie ein lebendes Wesen betrachten, das nur sich selbst gehört.

Zu bemerken ist, dass sich die Inselbewohner jeglicher Obrigkeit entzogen haben. Über Jahrhunderte haben sie sich aus allen Kriegshandlungen der vorherrschenden Regierungen der Region herausgehalten. Die Wüüster kämpfen nur in eigenen Kriegen. Diese Strategie hielten sie sogar im Zweiten Weltkrieg durch. Als ein Trupp der SS Forschungseinrichtung Ahnenerbe die Insel untersuchen wollte, wurden sie von den Wüüstern erfolgreich ausgetrickst. Die Wüüster waren einfach nicht da. Die NS-Forscher trafen dort lediglich einen alten Mann an, der offenbar nicht sprechen konnte und sich von Sanddorn und Inseldinkel ernährte. Sie erklärten ihn für debil, stahlen ihm die Nahrungsmittel, schlachteten das einzige Schaf, das auf der Insel zu finden war, und seine beiden Hühner. Weiter wurde berichtet, dass der Mann urplötzlich verschwand. Die Forscher gerieten in den mehrwöchigen Nebel und kehrten nach einem Monat unverrichteter Dinge und in äußerst schlechtem Gesundheitszustand ans Festland zurück. Die Insellegende erzählt, dass die Wüüster sich auf ihre Wikingerschiffe, die sie bis heute bauen und benutzen, begeben hatten, und nach Norddänemark ausgewichen sind, bis die Luft wieder rein war. Sie kamen beim nächsten Nebel zurück und blieben unbehelligt.

Seltsamerweise erlaubten sie ausgerechnet den Briten, ihren alten Erzfeinden, eine kleine U-Boot-Ortungsstation auf der Insel zu errichten. Von dieser ist heute nichts mehr zu sehen. Sie muss sich in der Wüüsteborg befunden haben. Wie diese Zusammenarbeit entstand, ist weder in den Inselannalen noch in den Akten der britischen Regierung oder des britischen Geheimdienstes nachzulesen. Es wird gemunkelt, dass Churchill selbst die Wüüster um diesen Gefallen gebeten hat. Einige britische Soldaten, die im Frühling 1940 in Dünkirchen[2] von den Deutschen eingekesselt worden waren, berichteten später, von zwei Wikingerschiffen gerettet und an einem einsamen Strand in Südengland abgesetzt worden zu sein. Niemand glaubte ihnen diese Geschichte.

Nach dem Krieg fanden die Wüüster neue Betätigungsfelder, denn die große Zeit der Walfänger und der Raubzüge war vorüber. Sie widmeten sich, wie sie sagen, dem „heimischen Raubzug" und erlaubten Touristen von Mai bis Ende Septem-

---

[2] Operation Dynamo: Von Dover aus befehligte Vize-Admiral Bertram Ramsay die Operation, bei der alle verfügbaren Wasserfahrzeuge, insgesamt 900, zur Evakuierung der Truppen aus Dünkirchen eingesetzt wurden. Fischkutter, Segelboote und RNLE-Lebensrettungsboote kamen zum Einsatz. Obwohl der größte Teil der Soldaten von Kriegsschiffen evakuiert wurde, sprach man in Großbritannien später vom *Miracel of the Little Ships*, dem Wunder der kleinen Schiffe.

ber, die Insel zu besuchen, um sie in dieser Zeit auszunehmen, was ihnen bis heute gut gelingt (siehe Tourismus).

Die Insel Wüüst

Mit einer Größe von 23 Quadratkilometern gehört sie zu den kleineren Nordseeinseln. Koordinaten: drei Meilen hinter dem Wind, dann links.

Die Insel hat zwei natürliche Wasserquellen mit hohem Reinheitsgrad. Es gibt eine Abwasserwiederaufbereitungsanlage auf der Insel, sodass nur geklärtes und sauberes Wasser zurück in die Nordsee fließt. Die Müllentsorgung mittels eigener Biogasanlage, die unterirdisch arbeitet, sichert das warme Wasser auf Wüüst. Die Inselverwaltung achtet streng darauf, keine Plastikabfälle auf der Insel zu produzieren, auch ist es Touristen untersagt, Plastik jedweder Art auf der Insel zurückzulassen (siehe Tourismus).

Der elektrische Strom kommt noch vom Festland. Die Bewohner experimentieren derzeit mit kleinen vertikalen Windrädern, um auch hier unabhängig zu werden.

Die Verwaltung

Die Insel liegt außerhalb der Dreimeilenzone und der Seezollgrenze, was den Wüüstern viele Vorteile bietet. Offiziell gehört die Insel zum Land Niedersachsen, aber, wie die Wüüster sagen: Das glauben auch nur die Niedersachsen.

Die Insel verfügt über ein Rathaus, das Bóthildr Hús, in dem die von der Inselgemeinschaft der gebürtigen Wüüster, auch wenn sie im Ausland leben, gewählte Bürgermeisterin residiert, die keiner politischen Partei angehört. Es gibt auf Wüüst keine Parteipolitik. Wüüst besitzt ein eigenes Steuersystem, das vom Land Niedersachsen geduldet wird. Die Wüüster zahlen 20% Steuern auf alle Einnahmen. Lediglich

5% davon gehen an das Land. Diese Duldung geht auf das Jahr 1685 zurück, einem „Kuhhandel" mit der katholischen Kirche, die auf Wüüst zwecks Christianisierung ein Gotteshaus errichten wollte. Die Wüüster kassierten hierfür eine Menge Geld und u. a. ihre eigene Steuerhoheit. Die Christianisierung kam nicht voran, dafür erkannte die Kirche in der Abgeschiedenheit der Insel den passenden Ort, vom rechten Weg abgekommene Pfarrer dorthin zu verbannen. Den Wüüstern war es recht, je weiter weg vom Weg ab, desto besser. In Zeiten, in denen kein Pfarrer da ist, wird die Kirche als Lagerraum oder Viehstall genutzt, wenn das Winterwetter zu hart wird.

Zurzeit gelten alle Gesetze der Bundesrepublik Deutschland und des Landes Niedersachsen, soweit sie den Gesetzen der Wüüster nicht zuwiderlaufen.

Religion

Die Wüüster, wenn sie denn überhaupt an etwas glauben, verehren ihre alten Götter, die Asen und Wanen, vermischt mit Schamanismus und einigen Anteilen div. Naturreligionen, die sie auf ihren Fahrten kennengelernt haben. Grundsätzlich sind die Wüüster tolerant gegenüber jedwedem Glauben oder jedweder Lebensart, solange keine Ansprüche gestellt oder Inselgesetze nicht verletzt werden.

Es gibt auf der Insel eine Kirche, kath. Gottesdienst am Sonntag um 11 Uhr. Die Kirche steht allen offen, die ein stilles Gebet halten oder einfach nur die Atmosphäre der Kirche, die seit einer Renovierung im 19. Jh. im Beuroner Stil gehalten ist, genießen wollen.

Das an die Kirche angrenzende Pfarrhaus beherbergt die Wiki Universität, die aus einem Raum besteht. Dort finden in den Sommermonaten die Wiki-Stunden statt, in denen die

Kinder der Gäste lernen können, wie ein Wikinger lebt (siehe: für die Kinder).

Verkehrsmittel und Wege

Auf der Insel gibt es einen asphaltierten Rundweg, ein Versorgungsweg zur Müllverbrennungs- und Wasseraufbereitungsanlage. Er führt u. a. zur Wüüsteborg. Bis auf wenige Gebiete auf der Insel, die Schutzzonen für Vögel und Robben sind, ist die Insel frei begehbar. Es gibt keine Zäune. Mit Beachcruisern kommt man auf der Insel gut voran. Aber per pedes lässt sie sich am besten genießen.

Land und Leute

Wie bereits erwähnt, sind die Wüüster direkte Nachfahren der Nordmenschen, die allgemein als Wikinger bezeichnet werden. Die Ursprünge der Familien liegen in Dänemark, Norwegen, Schweden und Island. Da die Wüüster selten Nicht-Skandinavier ehelichen, ist in den Familien genetisch betrachtet das Erbe der Wikinger weitestgehend erhalten. Um Inzucht zu vermeiden, suchen sich die Wüüster seit jeher ihre Ehepartner in den skandinavischen Ländern. Die jährlichen Tage des Nebels dienen u. a. als Heiratsmarkt. Zu Beginn der Nebelzeit brechen in den skandinavischen Ländern bis zu 30 Wikingerschiffe auf, um Wüüst für einen Monat zu besuchen. Das sind freundschaftliche und verwandtschaftliche Besuche, denn die Wüüster leben überall im skandinavischen Raum. Da während der Nebelzeit die Insel vom Festland aus nicht besucht werden kann, sind die Festivitäten, die abgehalten werden, weitestgehend unbekannt. Was auf Wüüst passiert, bleibt auch auf Wüüst.

Die Bewohner leben in cottageähnlichen Häusern, die bunt bemalt sind. Jede Familie hat eine eigene Farbe. Die Häuser sind mit Reet gedeckt. Für gewöhnlich haben sie vier Zimmer. Anbauten wie Scheunen oder Ställe sind üblich, ebenso der Bollerwagen vor der Tür, das gängige Transportmittel für Kind, Kegel und Material auf der Insel.

Heute sind alle Häuser mit fließendem Wasser, Strom und Badezimmern ausgestattet, aber bis kurz nach dem zweiten Weltkrieg war das noch anders.

Sprache

Die Wüüster sprechen einen Dialekt aus Altnordisch mit verschiedenen Zufügungen aus dem Englischen, Maltesischen und sogar einigen asiatischen Sprachen und den Sprachen der amerikanischen Ureinwohner. Mit den Touristen wird Hochdeutsch gesprochen, aber untereinander Dialekt, der für Außenstehende unverständlich ist.

Praktische Hinweise

Zum Geleit

Als Tourist muss man sich den Gesetzen der Insel anpassen. Wie oben bereits erwähnt, ist Plastik auf der Insel verpönt, also Vorsicht. Die Wüüster lassen in diesem Punkt nicht mit sich spaßen. Die Strafen sind drakonisch – bis 1000 Euro und lebenslanges Inselverbot.

Ebenso achten Sie bitte darauf, das Inselschwein Bothilde nicht zu ärgern, zu jagen oder sonst wie zu schädigen. Sollte sich Ihnen die Sau nähern, bleiben Sie stehen und sprechen freundlich mit dem Tier. Sollte es Interesse an Ihrem Picknickkorb haben, lassen Sie Bothilde gewähren. Laut den Inselgesetzen steht ihr alles zu, was die anderen auch haben. Auch hier sind die Strafen hart, wenn Sie Bothilde verärgern, jagen oder quälen. 10.000 Euro, lebenslanges Inselverbot und ggf.

eine Abreibung sind Ihnen gewiss, falls sie in flagranti von einem Wüüster erwischt werden.

Abfallentsorgung
Touristen werden gebeten, ihren Abfall in die dafür vorgesehenen Abfallbehälter zu entsorgen. Abfall wird getrennt.

Inselklima
Wüüst hat ein üblich raues Nordseeklima. Die Sommer können warm sein, aber eine mittlere bis steife Brise ist jederzeit zu erwarten. Nehmen Sie ausreichend Regenkleidung und ein paar warme Sachen mit.

Speziell sind die Tage des Nebels von ca. Ende Oktober bis manchmal Anfang Dezember. Aber die werden Sie als Tourist nicht erleben, denn die Insel ist dann geschlossen.

Reisezeit
Die Saison auf Wüüst dauert vom 25. Mai bis 29. September. Den Rest des Jahres ist die Insel für Touristen geschlossen.

Anreise
Wüüst erreicht man als Tourist mit der Fähre *Erik der Rote*, die zweimal am Tag zwischen Wüüst und Büsum pendelt. Reisende, die mit eigenem Segel- oder Motorboot ankommen, müssen mindestens 3 Übernachtungen vorab gebucht haben und die Erlaubnis der Hafenmeisterei einholen, da die Liegeplätze im Hafen begrenzt sind. Spontanbesuche werden auf Wüüst nicht gern gesehen, da die Besucherzahl durch die Infrastruktur eingeschränkt ist. Wüüst verkraftet während der Sommermonate 70 Touristen am Tag. Davon sind lediglich 20 Plätze für Tagestouristen frei, die sich zuvor im Tourismusbü-

ro auf Wüüst angemeldet haben müssen. Ohne Anmeldung werden Sie von der Fähre nicht mitgenommen.

Autofahrer

Lassen Sie Ihren Wagen bei den Strandpiraten auf den dafür vorgesehenen Parkplätzen an den Fähranlegern stehen. Wüüst hat einen eigenen Parkplatz, den Sie am Schild mit dem Wikingerhelm erkennen. Bei Einfahrt erhalten Sie ein Parkticket, das später von Ihrer Herberge abgerechnet wird.

Motorisiert ist auf Wüüst nur die Ärztin, und es gibt einen Traktor mit Anhänger, der allen Einwohnern zur Verfügung steht.

Banken

Auf Wüüst gibt es keine Bank. Ein Geldautomat hängt im Eingangsbereich des Supermarktes.

Internet und Telefon

Auf der gesamten Insel gibt es freies W-Lan. Festnetztelefon gibt es im Bóthildr Rumhùs, im Tourismusbüro und in der Hafenmeisterei. Es gibt in den Herbergen ebenfalls Festnetz.

Bedienungs- und Trinkgelder

Alle Preise sind inklusive Bedienung. Trinkgelder lehnen die Wüüster ab. Die Preise auf der Insel sind höher als auf dem Festland.

Einkäufe

Dinge des täglichen Bedarfs bekommen Sie in Trygvarssons Supermarkt. Achtung: Dort werden Nudeln, Reis etc. in Papiertüten verkauft (Sie können auch eigene Behälter mitbringen). Es gibt keinen vorverpackten Käse oder eingeschweißtes

Fleisch. Der Metzger befindet sich neben dem Supermarkt, ebenso die Bäckerei und Konditorei.

In Richtung Nordstrand finden Sie die Käserei Grimsdottir mit feinsten Bio-Produkten aus Schafsmilch in großer Vielfalt. Ein Besuch lohnt sich.

Im Valhalla, schräg gegenüber dem Supermarkt, finden Sie Souvenirs wie Wikingerschwerter, Kleidung, Eisenwaren, Wetterbekleidung etc. aller Art und Dinge des täglichen Bedarfs für ein Wikinger- und Inselleben. Bitte beachten Sie: Die dort verkauften Waffen sind keine Spielzeuge, sie werden vom Inselschmied nach alten Techniken hergestellt!

Der Fahrradverleih von Wüüst befindet sich auf dem Weg zur Wüüsteborg, dort gibt es neben Beachcruisern und Bollerwagen, Wikingerhelme, Strickwaren aus Biowolle der Wüüster Schafe und Gummistiefel, die auf Wüüst unerlässlich sind, u. v. m.

Der Friseursalon Hairy Fairy befindet sich rechts neben der Kirche, Öffnungszeiten 9 Uhr – 16 Uhr. Dort können Sie auch Wikingerschmuck kaufen, der von der Besitzerin aus Gold und Silber nach alten Vorlagen hergestellt wird.

Falls Sie einen speziellen Zauber, ein Ritual oder Beratung durch die Inselpriesterin (gen. Gode) wünschen, besuchen Sie das Gode Hús, einen Katzensprung von der Arztpraxis entfernt, Öffnungszeiten 18 Uhr bis 22 Uhr und nach Absprache.

Essenszeiten

Im Bóthildr Rumhús können Sie à la carte von 12 Uhr – 20 Uhr kalte und warme Speisen sowie Kaffee und Kuchen bekommen. Das Frühstück wird zwischen 7 Uhr und 9 Uhr serviert.

Grußsitten

Die Wüüster untereinander begrüßen sich mit einem speziellen Kopfnicken, das je nach Intensität als freundlich oder abweisend zu interpretieren ist. Von Touristen wird erwartet, dass sie das nicht nachmachen. Es genügt ein freundliches Hallo oder Guten Tag und wird von den Wüüstern ebenso freundlich erwidert.

Impfbestimmungen

Keine, es sei denn, die nationale Lage in besonderen Zeit sieht dies vor. Aber die üblichen Schutzimpfungen sollten vorhanden sein.

Informationen

Alle Informationen über die Insel erhalten Sie im Tourismusbüro neben dem Bóthildr Rumhús oder, wenn die Fähre anlegt, direkt am Hafen im kleinen Kassenhäuschen neben dem Anleger.

Das Tourismusbüro verfügt über ein Faxgerät, Festnetztelefon und ein Computerterminal, das stundenweise gebucht werden kann. tourismusbuerowueuest@gmail.com

Eine Besonderheit ist das **Inselradio**, das von verschiedenen Bewohnern betrieben wird. Die Musikauswahl und die Wortbeiträge sind dementsprechend „vielfältig". Musikwünsche oder Grußbotschaften können im Bóthildr Rumhús an der Theke abgegeben werden.

Touristen werden gebeten, bei Ankunft die **Insel-App** zu laden – dort werden Ihnen per WhatsApp aktuelle Informationen über Veranstaltungen gegeben –, auch im Falle einer Notsituation wie Sturm o. ä. empfiehlt es sich, die Nachrichten zu verfolgen.

Ladenschluss

Die Geschäfte auf Wüüst öffnen in der Regel um 10 Uhr und schließen um 19 Uhr. In der Bäckerei bekommt man frische Brötchen und Brot ab 8 Uhr.

Fährzeiten

Die Abfahrtzeit der Fähre richtet sich nach der Tide. Auskünfte erteilt das Tourismusbüro in Büsum. Oder besuchen Sie die Website von Wüüst: **inselwueuest.jimdosite.com**

Inselfeiertage

Es gibt keine Inselfeiertage während der Saison. Alle Feiertage, die speziell die Einwohner betreffen, fallen in den Herbst und Winter.

Ärztliche Versorgung

Die medizinische Versorgung ist gut. Es gibt das Haus der Inselärztin, das Sie leicht finden können. Sprechstunden zwischen 9 und 19 Uhr oder nach Absprache. In Notfällen kann ein Patient mit dem Hubschrauber ins nächstgelegene Klinikum nach Helgoland, Büsum oder Cuxhaven geflogen werden. Die Inselärztin hat einen Krankenwagen, mit dem der Patient zum Hubschrauber gebracht wird. Über die Insel-App erreichen Sie im Notfall die Ärztin mit einem Click auf den Button „Ärztlicher Notfall".

Unterkunft

Hauptunterkunft auf Wüüst ist das Bóthildr Rumhús, in der Mitte von Groß Wüüst am Bóthildr Brunnen gelegen. Es verfügt über 10 Doppelzimmer und 1 Einzelzimmer mit jeweils eigenem Bad. Alle anderen Gäste verteilen sich auf die umliegenden Privatunterkünfte, die B & B anbieten. Ferienhäuser zur alleinigen Nutzung gibt es nicht.

Wüüst am Abend

Die Insel ist ideal für Menschen, die entschleunigen und zur Ruhe kommen wollen. Ein Nachtleben sucht man auf Wüüst vergebens. Einmal pro Woche gibt es für die Touristen so etwas wie einen Tanzabend im Bóthildr Rumhùs, der sich bei schönem Wetter rund um den Bóthildr Brunnen ausdehnt.

Ebenfalls einmal pro Woche kann man abends eine Lesung besuchen, zu der eigens Schriftsteller vom Festland eingeladen werden. Zumeist findet die Lesung in der Kirche statt. Bei schönem Wetter draußen vor dem Bóthildr Brunnen.

Alle zwei Wochen gibt es ein Wikingergelage mit Met und Grillfleisch am Nordstrand. Anmeldung in der Metzgerei unbedingt erforderlich. Bitte beachten Sie die Aushänge – an diesen Abenden bleibt das Restaurant im Bóthildr Rumhús geschlossen.

Speisen, Getränke, Spezialitäten

Während der Saison gibt es Speisen und Getränke aller Art. Wüüst ist für seine Fischgerichte bekannt. Die Küche ist bodenständig, reichhaltig und geschmacklich auf hohem Niveau. Typisch skandinavische Gerichte sind vorherrschend.

Inselgetränk ist Met, den zu probieren sich lohnt. Alkoholgehalt zwischen 6% und 14%. Es gibt den Bóthildr Met, die Inselmarke, die auch vor Ort gebraut wird, aber auch verschiedene andere aus diversen skandinavischen Brauereien.

Sollten Sie Ihren Magen überlastet haben, empfiehlt sich der Genuss von Odins Vann, einem auf der Insel destillierten Schnaps mit Sanddorn und „geheimen" Zutaten. Sehr gewöhnungsbedürftig, aber wirkungsvoll.

Sanddorn findet sich auf der Insel überall – es gibt Sand-dornmarmelade, Sanddornbonbons, Sanddornlimonade (der Kinder-Met) und alles, was mit Sanddorn veredelt werden kann – sogar ein Sanddornkäse.

Restaurants auf Wüüst

Das Bóthildr Rumhús ist das einzige Restaurant auf der Insel. Küche wie oben beschrieben.

Während der Saison gibt es am Leuchtturm eine Speziali-tät, den Wikinger Snack – dort kann man gegrillten Stockfisch (tørrfisk) bekommen, ebenso Krabben in allen Variationen. Hinter der Snackhütte befindet sich ein Erdofen. Es lohnt sich, gebackenen Fisch oder Huhn im Heumantel aus diesem Ofen zu probieren. Pommes frites oder Bratwurst mit Ketchup und Mayo werden nicht angeboten.

Museum

Etwa fünf Minuten Fußweg vom Bóthildr Rumhús entfernt befindet sich mitten in den Dünen ein kleines Heimatmuse-um. Die Ausstellungsstücke reichen von Kleidung und Ge-brauchsgegenständen aus dem Jahr 1000 A.D. bis hin zu To-tenbooten und einem Wikingerschiff, ein sogen. Dreki, Drachenschiff, des Weiteren Artefakte aus der Zeit der Wal-fänger und Schmuck aus allen Jahrhunderten. Star der Aus-stellung, neben dem Drachenschiff, ist der goldene Gode-Kessel, der sich seit der Besiedelung von Wüüst auf der Insel befindet. Zu besonderen Ritualen wird er auch heute noch benutzt.

Öffnungszeiten tgl. 12 Uhr – 19 Uhr. Führungen tgl. 12.30 Uhr.

Sehenswürdigkeiten

Der **Bóthildr Brunnen** im Zentrum von Groß Wüüst, in dessen Mitte eine Darstellung der Kampfsau Bóthildr aus Bronze steht, ist nicht zu übersehen. Gestiftet wurde die Statue der verehrten Sau von einem dankbaren Inselgast in den 1950er Jahren, der angeblich durch die damals lebende Bothilde und die Freundschaft mit ihr aus seiner kriegsbedingten Depression gefunden hatte.

Der **Leuchtturm**, Besuche nach Voranmeldung in der Hafenmeisterei.

Die **Geburtssteine**, in die jede Geburt (keine Todesdaten) auf Wüüst in Runenschrift seit den Tagen der Besiedelung eingemeißelt ist. Der Platz ist von Walrippen eingefasst. Die Inselbewohner bitten um angemessenes Verhalten beim Besuch der Geburtssteine.

Einen **Friedhof** gibt es auf Wüüst nicht, da kein Wüüster in Erde bestattet wird. Die Wüüster bestatten noch immer nach uraltem Ritual in eigens dafür hergestellten Totenbooten, die aufs offene Meer verbracht und dort verbrannt werden.

Die **Wüüsteborg**, heute ständig bewohnt, kann nach Absprache besichtigt werden. Besonders interessant sind die sogen. Eiskeller und das Verlies; die Eiskeller werden bis heute zur Lagerung von Lebensmitteln genutzt. Der Bewohner der Wüüsteborg ist gleichzeitig der Hubschrauberpilot. Für Nostalgiker lohnt sich ein Rundflug in seinem Bell 47, einem restaurierten Original der US-Army aus dem Koreakrieg. Anmeldungen im Tourismusbüro. Preis auf Anfrage.

Wenn Sie die **Käsemacherei** erlernen wollen, bietet die Käserei Grimsdottir einen Schnupperkurs an. Anmeldungen im Supermarkt.

Inselführungen können im Tourismusbüro gebucht werden.

Aktivitäten rund um Wüüst

Hier lohnt sich in jedem Fall eine Inselrundfahrt in einem Wikingerschiff. Derzeit handelt es sich um einen etwas kleineren Nachbau des legendären Oseberg-Schiffs (Snekkja). Der Bau war eine Gemeinschaftsleistung der Inselbewohner und der Auszubildenden von St. Bartholomäus. Die Insel verfügt über drei weitere seetaugliche Nachbauten eines Dreki (Drachenschiff), Byrding (Frachtschiff) und Knorre (Handelsschiff). Die Mannschaft besteht aus mind. zehn Ruderern und einem Kapitän. Die Gesänge der Ruderer sind von großer Intensität. Tonaufnahmen dürfen nicht gemacht werden. Mitrudern auf jeden Fall erwünscht. Denken Sie an seetaugliche Kleidung. Die Inselrundfahrt findet statt, wenn fünfzehn Tickets gebucht sind. Nachtfahrten bei gutem Wetter sind möglich und werden gerne von Liebespaaren gebucht. Tickets im Tourismusbüro.

Für die Kinder

Wikingerunterricht in der Wiki Universität. Sie befindet sich im Pfarrhaus. Dort können sich die Kinder mit dem Leben der Wikinger vertraut machen. Dazu gehören diverse Aktivitäten drinnen wie draußen, wie Bootsbau, Runen meißeln, ein Wikingerschiff rudern, Einführung in Schmiedearbeiten, aus Inseldinkel einen Klotz backen etc. Wer sich traut, kann auch eine Nacht im Wald am Weststrand verbringen. Lagerfeuer inklusive. Anmeldung im Tourismusbüro. Eltern strengstens verboten.

Diverses

Auf der Insel befindet sich das **St. Bartholomäus Haus**, ein Internat für Kinder mit Behinderungen ab einem Alter von 10 Jahren. Vom täglichen Schulunterricht abgesehen, können die

Jugendlichen dort eine Ausbildung in Holz- und Metallverarbeitung absolvieren. Das Heim hat Platz für 12 Kinder. Die Leitung hat eine Ordensfrau, die von den Einheimischen in Pflege, Unterricht und Versorgung unterstützt wird. Die behinderten Kinder sind vollständig in das Inselleben integriert. (Das Heim wurde von Bischof Vidar Eriksson gestiftet, dem einzigen Wüüster, der sich je zum Christentum bekannt hat.

In St. Bartholomäus werden auch die Kinder der Einheimischen zwischen 6 und 10 Jahren in der Insel Skole unterrichtet. Weiterführende Schulen gibt es auf dem Festland, aber in der Regel besuchen sie Internate in den skandinavischen Ländern. Wollen die Kinder den Winter auf der Insel verbringen, steht ihnen in der Insel Skole alles fürs E-Learning zur Verfügung.

Jeden Monat gibt es in St. Bartholomäus einen **Markt** mit den Produkten aus den Werkstätten. Ankündigungen im Tourismusbüro und über die Insel-App.

Haustiere

Nur nach Absprache mit dem Tourismusbüro. Es gelten besondere Impf- und Verhaltensvorschriften.

Zum guten Schluss

Ein Besucher der Insel Wüüst wird feststellen, dass die Insel anders ist, aber nie langweilig. Fernab der Touristenrouten und ihren üblichen Angeboten bietet sie trotzdem für jeden etwas. Ruhe, gutes Essen und ein freundlicher Schnack mit den Einheimischen tragen zum Wohlbefinden bei. Viele Gäste werden als alte Freunde begrüßt, man kennt sich, denn wer einmal Wüüst besucht hat, kommt immer wieder.

insel-wueuest.jimdosite.com

Früh soll aufstehen, wer des anderen Gut oder Leben haben will; selten erringt ein liegender Wolf den Schinken und ein schlafender Mann den Sieg.

(alte Wikingerweisheit)

Kapitel 1

Groß Wüüst machte seinem Namen alle Ehre. Am Bòthildr Brunnen, unter dem Schutz der jahrhundertealten heiligen Esche, lag Sif Trygvarsson, die Besitzerin des Friseursalons Hairy Fairy, auf Pfarrer Magnus Habel, dessen Soutane das Gesicht der Bürgermeisterin, Tofà Sveinsson, verdeckte. In einigem Abstand, einer umgestürzten Laokoon Gruppe gleich, fanden sich auch Aki Sveinsson, der Bestatter, Hakon Trygvarsson, Hafenmeister und Briefträger, mit einer Axt in der Hand und Rune Sveinsson, Hotelier, der sein tropfendes Trinkhorn fest umklammert hielt. Die Tröpfchen versickerten auf Nimmerwiedersehen in der Fellweste des Fährkapitäns, Thorgay Eriksson.

Im Eingang des Supermarktes, nur wenige Meter von der Esche entfernt, hatte sich das dritte Menschenknäuel formiert. Es bestand aus Hedda und Agni Snorradottir, die eine Dorfärztin, die andere Gode[3], als Schwestern durch ihre unterschiedliche Auffassung von Heilkunst grundsätzlich entzweit, aber nun im Rausch wieder vereint. Dazu hatte sich Freya Trygvarsson gelegt, als wolle sie ihren Supermarkt vor den beiden Heilkundigen beschützen. Gustav Trygvarsson, der Dorfälteste, saß in seinem elektrischen Rollstuhl, sein Kopf war ihm auf die Brust gesunken, sein Wikingerhelm lag auf dem Bürgersteig. Einzig die Tatsache, dass Eyrunn Eriksson, die Hüterin des Wüüster Heimatmuseums, des Inselradios und des Touristenbüros, direkt vor seinem Rollstuhl lag, hinderte diesen daran, mitsamt seiner gebrechlichen Fracht zum nahe gelegenen Hafen zu rollen und dort für immer in den Tiefen der Nordsee zu verschwinden.

---

[3] *Gode*, aus dem Isländischen für Priester – vormals auch König

Die übrigen Inselbewohner, die mit den oben genannten allesamt verschwägert, benachbart oder verwandt waren, verteilten sich je nach Laune und Schweregrad ihres Rausches in den Dünen, am Hafen oder im Wikingerschiff, das in der leichten Brise des zweiten Oktobertages auf dem Wasser schaukelte. Auf allen Wegen der Insel lagen zerbrochene Holzschaufeln und leere Metfässer, die Überreste des Wüüstens, einer Art Volkssport, bei dem man in voller Wikingermontur mit einer Holzschaufel Schlick aus dem Watt über seinen Kopf hinweg so weit wie möglich hinter sich werfen muss. Teilnahmeberechtigt waren alle geborenen Wüüster ab 21 Jahren. Die Anwesenheit des Pfarrers, der kein Wüüster war, erklärt sich daraus, dass er bei der Siegesfeier kräftig geistigen Beistand geleistet hatte. Denn war der Sieger ermittelt, konnte die Orgie beginnen. Den Weg vom Watt zurück ins Dorf versüßte man sich damit, irgendjemandem mit der Holzschaufel eins überzubraten. Dieses Schauspiel konnte nur mit ausreichend Met und einem schnapsähnlichen Gebräu namens Odins Vann[4] ertragen werden, von dem gemunkelt wird, es könne in hoher Konzentration Gold auflösen. Am nächsten Tag würde sich niemand erinnern können, wer gewonnen hatte, daher blieb die Hall of Fame im Wüüster Inselmuseum leer.

Was man mit Sicherheit beim Anblick des Wüüster Schlachtfeldes sagen konnte, war, dass die Insel eine weitere Sommersaison hinter sich gebracht und diesen für die Wüüster erfreulichen Umstand ausgiebig gefeiert hatte. Was man nicht sagen konnte, war, ob alle wieder erwachen würden. Um den alten Gustav musste man sich keine Sorgen machen,

---

[4] Altnordisch: vann - Wasser

seine Leber war die widerstandsfähigste von allen – und da waren sich sogar Agni und Hedda einig.

Die Zweifel am Überleben aller waren berechtigt, denn keiner zuckte auch nur mit einer Wimper, als sich von Ferne das Quietschen eines Holzkarrens ankündigte und die kräftigen Stimmen aus elf jungen Kehlen „Geh aus mein Herz und suche Freud" schmetterten. Den Sopran dazu sang Schwester Fidelis, die von keinem Alkohol beeinträchtigt die Truppe anführte. Am Wegesrand wurden die Reste der geborstenen Holzschaufeln und die leeren Metfässer eingesammelt. Ein Privileg für das Behindertenheim St. Bartholomäus, ebenso wie die Herstellung von Holzschaufeln und anderer Dinge aus Holz und Metall, die die Insel brauchte, inklusive der Totenboote, des Wikingerschiffs, der benötigten Paddel, Helme, Schwerter, Äxte und Hämmer.

Selbst als diese seltsame Truppe mitten durchs Dorf karriolte, ließ keiner der Herumliegenden ein Lebenszeichen erkennen.

Schwester Fidelis hieß die Truppe am Dorfbrunnen anhalten. Alle Jugendlichen setzten sich um den Leiterwagen herum und es wurden Getränke verteilt. Jeder bekam einen Keks, außer Frode, der sich schon dadurch auszeichnete, dass er kein T-Shirt trug, auf dem *Werkstätten St. Bartholomäus* stand. Frode mit seiner Dyskalkulie und dem lahmen Fuß am abgeknickten Bein half zwar gern, aber nur so lange Schwester Fidelis ihn nicht zu sehr vereinnahmte, denn mit seinen 19 Jahren hatte er erfolgreich die Ausbildung in St. Bartholomäus hinter sich gebracht und war stolzer Besitzer des örtlichen Fahrradverleihs mit Reparaturwerkstatt und Helmschmiede. Schwester Fidelis beschirmte ihre Augen mit der rechten Hand und guckte in die Ferne. „Ah", sagte sie. „Da kommt der Gordian mit Bothilde."

27

Ein großer, beinahe hagerer Mann um die vierzig näherte sich mit strammem Schritt der Dorfmitte. Im Gegensatz zu allen Herumliegenden trug er eine normale Jeans und ein T-Shirt, auf dem gar nichts stand, und er hatte auch keinen Helm auf dem Kopf. Eine lederne Umhängetasche baumelte an seiner Schulter, und er hielt einen Wanderstab in der Rechten, während er mit der Linken winkte. Begleitet wurde er von einer mächtigen Sau, die losgaloppierte, als sie die Kinder am Dorfbrunnen sah, um sich auf ihre Kekse zu stürzen. Auf Schwester Fidelis machte Gordian den Eindruck, als habe er es eilig, was sonst nicht seine Art war. Endlich hatte er die Gruppe von St. Bartholomäus erreicht und war außer Atem, als er sagte: „Schwester Fidelis. Sie werden es nicht glauben."

„Warum flüstern Sie?"

Gordian sah sich um. „Es ist etwas Unglaubliches passiert."

„Sie haben unter Ihrer Wüüsteborg einen Wikinger-Goldschatz gefunden."

„Nein, und wenn, würde ich das noch nicht mal flüstern."

Die Kinder rückten näher an die beiden heran. Sogar Bothilde hörte auf zu kauen. Eine Neuigkeit nach Saisonende war außergewöhnlich für Wüüst. Kam mit den Touristen über den Sommer alles Mögliche und Unmögliche auf die Insel, wurde es nach Saisonende erst wieder spannend, wenn im November der Herbstnebel stieg und für einen Monat nicht mehr verschwand – eine klimatische Eigenheit, deren Ursache noch kein Wissenschaftler ergründet hatte. Die Wüüster ertrugen diese Zeit in dem Wissen, dass sie sie nicht alleine verbringen mussten, denn es war die Zeit, wenn, kurz bevor die Wüüster Suppe sich festsetzte, die Wikingerfreunde aus dem hohen Norden mit ihren Booten einfielen, um für eine oder auch mehrere Wochen ihr Lager rund um die Wüüsteborg aufzuschlagen. Dann war es mit Gordians seliger Ruhe vorbei, aber er hatte sich mittlerweile an die freundschaftlichen Überfälle aus dem Norden gewöhnt und legte seine Manuskripte über mittelalterliches Kirchenrecht und seine Jazzplatten beiseite, um beim fröhlichen Treiben dabei zu sein. Während die Wüüster im Sommer die Touristen nach alter Wikingermanier ausraubten, teilten sie während des Einfalls der befreundeten Stämme aus Island, Dänemark, Norwegen, Island und Schweden alles, was sie hatten und amüsierten sich wie einst Bolle zu Pfingsten.

Gordian beugte sich zu Schwester Fidelis hinüber und flüsterte ihr etwas zu. Im nächsten Augenblick stieß die Nonne einen Schrei aus, der wahrhaftig Tote hätte wecken können. Dann jubelte sie und tanzte auf einem Bein. Aber noch immer rührte sich niemand. Schwester Fidelis fackelte nicht lange und rannte zur Kirche, um den Knopf zu drücken, der die große Glocke zum Leben erweckte. Leider kommt man dieser Tage nicht mehr in den Genuss, eine Nonne oder einen Pfarrer am Glockenseil auf- und abschwingen zu sehen, da die Wüüster ein modernes Völkchen sind, meistens jedenfalls, und die Segnungen der Technik gerne in Anspruch nehmen.

Und siehe da, der erste Wüüster schlug ein Auge auf.

„Was…?!", lallte er, und sein Auge fiel sofort wieder zu. Fidelis kam zurück, formte mit beiden Händen einen Trichter um ihren Mund und rief: „Wachet auf! Wachet auf! Habemus Papam! Habemus Papam!"

Nun kam Bewegung in Pfarrer Habels Soutane. Durch den stechenden Sonnenstrahl, der plötzlich ihre selige Ruhe störte, erwachte auch Tofà aus ihrem Schlummer, und die Metleichen regten sich. Die Konversation gestaltete sich zunächst zäh, denn auf der einen Seite war man zu mehr als einem „Was'n …?" oder „Ruhe! Verdammt!" nicht fähig, während Fidelis mit gerafftem Habit noch eine Runde tanzend um den

Dorfbrunnen hinlegte. In solchen Momenten sieht man ihr ihre siebzig Jahre gar nicht an, dachte Gustav, der ebenfalls wach geworden war. Nur schade, dass sie sich über seine Wenigkeit noch nie so gefreut hatte.

Frode übersetzte für seine Freunde: „Sie redet vom Papst."

Die Jugendlichen nickten. Einer fragte: „Was ist ein Papst?"

„Ein heiliger Vater. Er lebt in einem Palast in Rom."

„Und wo ist das?"

„In Italien", sagte Frode.

„Aha."

„Hat der Papst eine Prinzessin?", fragte Stine, ein Mädchen von St. Bartholomäus.

„Nein", sagte Fidelis streng, „der Papst lebt im Zölibat."

„Tut das weh?"

„Nicht, wenn man sich nicht dran hält", murmelte Pfarrer Habel. Fidelis warf ihm einen vernichtenden Blick zu, und Gustav kicherte.

Dann war das Interesse der Jugendlichen von St. Bartholomäus am Papst versiegt. Die meisten kannten ihre Väter nicht, und einen heiligen noch dazu konnte sich keiner vorstellen.

Es dauerte noch eine Weile, bis die Wüüster sich so weit zusammengerauft hatten, dass eine aufrechte Sitzposition möglich war. Ein paar zombieähnliche Gestalten wankten über die Dorfstraße und gesellten sich zu den anderen. Inzwischen waren die Glockenschläge verklungen, obwohl sie in den verkaterten Schädeln noch lange nachhallen würden. Mit fahlen Gesichtern und rot geränderten Augen starrten sie Gordian an und warteten darauf, dass er etwas von sich gab, das den ganzen Tumult rechtfertigte.

Gordian holte ein bedrucktes Blatt Papier aus der Umhängetasche, auf dem das Konterfei eines blonden Mannes abgebildet war. Seine blauen Augen leuchteten, und mit seinem

Unterkiefer hätte man Schädel knacken können. „Der neue Papst ist gewählt. Und es ist, ihr werdet es nicht glauben: Vidar Eriksson."

„Welcher?", fragte Rune, der sich den Schlaf aus den Augen wischte.

„Na, euer Vidar Eriksson." Gordian ließ das Blatt herumgehen. „Die Nachricht geht grad im Internet viral."

„Was?", fragte Gustav.

„Ach du liebe Scheiße", sagten Thorgay und Eyrunn Eriksson wie aus einem Mund. Rune hielt den beiden das Blatt hin und Thorgay fuhr zurück. „Oh, Mann."

„Bei Odins Schild ...", sagte Eyrunn. „das, das ... hat uns gerade noch ..."

Thorgay und Eyrunn waren ihrem Bruder Vidar immer noch gram, weil er die Insel vor Jahren verlassen hatte, um zu studieren und dann im fernen Rom so etwas wie eine Karriere hinzulegen, und dann auch noch in Theologie. Für ihren Geschmack war schon der Bischofstitel zu weit gegangen, aber dass er nun auch noch Papst werden musste, machte das Familienfass der Erikssons voll. Auf Wüüst waren traditionell noch nicht mal die Pfarrer gläubig. Weswegen sie ja hierher strafversetzt wurden. Niemand mit klarem Verstand legte es darauf an, seine Winter inmitten dieser Wikingernachfahren und ihrer seltsamen Gebräuche, wobei das Schlickweitwerfen noch das harmloseste war, zu verbringen. Außer Gordian Petersenn, der die Insel bereits seit fünf Jahren freiwillig und mit Duldung der Wüüster mit seiner Anwesenheit beehrte – und Schwester Fidelis, die sich überall zu Hause fühlte, wo es was zu tun gab.

Dementsprechend zeigte auch Pfarrer Habel wenig Enthusiasmus über seinen neuen Chef, als er mit matter Stimme sagte: „Glückwunsch." Dann lehnte er sich wieder an die Esche, und seine Augen fielen zu.

Plötzlich sprang Eyrunn auf. Ihr Helm polterte zu Boden. Sie hielt ihre Streitaxt in der Hand und fuchtelte damit in der Luft herum. Fidelis sagte in aller Seelenruhe: „Eyrunn, willst du uns was sagen?"

„Ja, ja … ja … die … die …", stotterte sie.

„Presse wird hier auflaufen", beendete Gordian den Satz für sie. „Das denke ich auch. Ein Papst aus dem Norden Europas, dazu noch von einer kleinen Insel … Wir sollten uns auf was gefasst machen."

„Wir wollen aber keine Presse", sagte Tofá, die Bürgermeisterin. „Die Saison ist zu Ende und fertig. Wir haben uns den Winter redlich verdient."

Alle nickten. „Ja", ließen sie sich hören, oder „Wir machen den Hafen einfach nicht auf … Sollen sie doch kommen, sie werden schon sehen, was sie davon haben … Agni soll ein Nebelritual abhalten, vielleicht kommt er dann jetzt schon … Ja, dann werden die Wüüst nie finden …"

Agni lugte unter ihrer Filzkappe hervor, die ihr über die Augen gerutscht war, und murmelte: „Ich soll was …?!"

„So lange ich die Fähre nicht flott mache, kommt hier keiner hin", lallte Thorgay. „Sollen sie doch schwimmen …"

„Ich befürchte, die Welt sieht das anders", sagte Gordian.

„Ich stimme ihm zu", sagte Schwester Fidelis. „Und betrachten wir es doch mal von der positiven Seite: Viel Presse, viel Geld … hm?! Muss die Treppe im Leuchtturm nicht schon seit zwei Jahren repariert werden?" Sie schaute sich in der Runde um, denn wie erwartet war beim Thema „Geld" ein Ruck durch die Gemeinde gegangen. „Und wir dürfen alle nicht vergessen, wer Sankt Bartholomäus, Pfarrer Habel, seine

Haushälterin Valdis und mich sowie die Instandhaltung der Kirche bezahlt."

„Wer denn?", fragte Birger Sveinsson, und Valdis Kellisson, Frodes Schwester, die hinter Pfarrer Habels Rücken auftauchte, sagte: „Na, wer wohl?"

„Rom", sagte Fidelis triumphierend. „Wir sollten den Ereignissen also freudig entgegensehen."

„Das Nützliche mit dem Unvermeidlichen verbinden", sagte Frode plötzlich und alle starrten ihn an.

„Wie lange wird der Spuk dauern?", fragte Birger, der Metzger. „Ich mein ja nur, muss ich Koteletts auftauen?"

„Stimmt", sagte Freya, „wir müssen den Supermarkt wieder hochfahren. Und Rune, du musst in deinem Hotel die Betten beziehen."

„Geht die Presse auch zum Friseur?", wollte Sif wissen, deren verklebte Haartracht ihrem Salon gerade keine Ehre machte.

„So, wie ich die Sache sehe", gab Gordian zu bedenken, „solltet ihr alle zum Frisör. In den nächsten Tagen wird die Welt auf euch schauen."

„Könnte ich prima drauf verzichten", sagte Thorgay und fuhr sich durch die verfilzten Zöpfe, an denen er seit Wochen gearbeitet hatte, um sie rechtzeitig zum ersten Wüüsten im Wikingerstyle tragen zu können.

„Aber die Welt nicht." Schwester Fidelis guckte streng in die Runde. „Der Herr hat uns ins Licht gerückt, durch einen aus eurer Mitte, ein Kind dieser Insel, jetzt nehmt das Joch und tragt es mit Demut."

„Sif, ich will auch einen Termin", sagte Pfarrer Habel und faltete die Hände über seinem Bäuchlein. „Mutter Kirche ruft und ich folge."

„Na, wenigstens einmal im Leben ein vernünftiger Satz aus Ihrem Mund, Herr Pfarrer", sagte Schwester Fidelis.

„Nennen Sie es eine Erleuchtung. Wenn nicht jetzt, wann dann?"

Und als hätte die ganze Diskussion gar nicht stattgefunden, schnarchten einige schon wieder.

„Also das ist doch die Höhe!", rief Fidelis. „Wie könnt ihr einfach weiterschlafen?"

Gordians Handy klingelte. Er ging ran und lauschte mit gerunzelter Stirn, dann nickte er und sagte: „Wenn es sein muss. Wenn das Wetter sich hält, bin ich in einer Dreiviertelstunde da. Das mach ich nur für dich."

„Was denn?", wollte Eyrunn wissen.

„Ein Freund fragt, ob ich seine Redaktionskollegin vom Festland abholen kann. Sie kommt aus Berlin."

„Oh, aus Berlin ... Soll ich ... soll ich ... mitkommen?"

„Nicht in diesem Zustand", sagte ihr Bruder. „Und dann solltest du das Tourismusbüro aufräumen und ein paar neue Plakate aufhängen – vielleicht will die Dame von der Zeitung das Museum besuchen."

„Heißt das, die sind schon auf dem Weg?" Birgers rot geränderte Augen starrten voller Panik Gordian an.

„Das heißt es", sagte er. „An deiner Stelle würde ich mal flott ein paar tiefgefrorene Schweinehälften zerlegen ... sorry, Bothilde."

Die Sau grunzte und wandte sich den Metpfützen auf dem Bürgersteig zu.

Plötzlich sprangen alle auf, denn nun war ihnen klar geworden, dass die Invasion in vollem Gange war. Das erste Mal in hunderten von Jahren wurde die Winterruhe durch Fremde gestört. Alles Eingemottete musste wieder entmottet werden, vom Leuchtturm über die Hafenanlage, das Museum, die

Backöfen, die Restaurantküche bis zur Dorfkneipe, und Thorgay müsste die Fähre wieder zu Wasser lassen, die im Trockendock auf ihre Inspektion wartete, vorausgesetzt, Hakon nahm die Hafenanlage wieder in Betrieb.

Rune kratzte sich den Kopf. „Gordian. Über wie viele Reporter reden wir eigentlich?"

„Keine Ahnung. Vielleicht sollte Eyrunn mal das Fax und die E-Mails checken. Und Tofà, im Bürgerbüro könnte auch was aufgelaufen sein. Ich werde ja sehen, was auf dem Festland los ist. Ich melde mich, wenn ich mehr weiß."

Gordian verabschiedete sich und machte sich auf den Weg zu seiner Burg, um den Hubschrauber startklar zu kriegen. Frode hinkte ihm hinterher und rief: „Darf ich mit?"

„Sicher", sagte Gordian, und Frode beschleunigte sein Hinken, sodass ein Hüpfen daraus wurde. „Ich bin das Empfangskomitee", sagte er. „Die anderen haben zu tun. Aber mein Laden ist immer tipptopp."

„Natürlich", sagte Gordian, und Bothilde galoppierte mit fliegenden Ohren hinterher.

„Ob sie ein Fahrrad braucht?"

„Vielleicht."

„Oder bringt sie ihr eigenes mit?"

„Eher nicht."

„Also braucht sie eins."

„Vermutlich."

„Wird sie bei dir schlafen?"

„Eher nicht."

„Aber wenn sie hübsch ist?"

„Vielleicht."

„Werden die anderen Reporter Fahrräder brauchen?"

„Vielleicht. Könnte das Geschäft deines Lebens werden."

„Natürlich. Ich werde die Preise erhöhen."

„Was auch sonst?"

Gordian war sich darüber im Klaren, dass es bis zum Festland so weitergehen würde, und lächelte. „Wie wäre es, wenn du ihr einen Helm mitbringen würdest? Aus deiner Werkstatt."

„Ich geb ihr meinen", sagte Frode und nahm ihn vom Kopf. „Ich polier ihn noch." Er spuckte darauf und wischte ihn mit dem Ärmel seiner Jacke sauber. „Dafür nehm ich zweihundert Euro."

„Ich dachte eher als Willkommensgeschenk, Frode."

„Nur wenn sie hübsch ist. Aber auch dann lieber nicht, dann wollen alle einen umsonst."

Frodes Fahrradpreise schossen an diesem Tag genauso rasant in den Himmel wie Gordians Hubschrauber. Mit den Preisen für Wikingerhelme war es nicht anders. In Frodes Fantasie hatte er sämtliche Hörnerhelme, die er in seiner Werkstatt nur für Touristen herstellte (ein echter Wikinger trägt keine Hörner), bereits verkauft.

Bothilde stand am Rand des Landeplatzes und schaute dem Hubschrauber hinterher, dann grunzte sie, fiel auf die Seite und schnarchte. Das erste Wüüsten nach der Touristensaison war auch für sie immer das anstrengendste.

Kapitel 2

Als in der Nacht zuvor die Kunde über die Papstwahl bei den Nachrichtendiensten eingeschlagen war, waren sie aufgebrochen, um die Insel der Seligen zu besuchen, aus deren Mitte der neue Papst Judas Thaddäus I. entsprungen war, und nun drohte ihre Mission bereits in Büsum zu scheitern. Die Reporter tummelten sich im Hafen und warteten auf die Fähre, die niemals kommen würde, wie der Hafenmeister ihnen mitteilte. Jedenfalls könnte es sehr lange dauern, denn er wusste, dass das Wüüster Fährschiff, *Erik der Rote*, überholt wurde, und so wie er Thorgay kannte, würde der noch, wie jedes Jahr an diesem Tag, in Essig liegen und sich einen feuchten Kehricht um den Rest der Welt scheren.

Ein paar Aufmerksame bemerkten, dass eine junge Reporterin ein Taxi bestieg, und folgten ihr bis zum Hubschrauberlandeplatz. Sie forderten in babylonischem Sprachgewirr von Gordian mal mehr oder weniger freundlich, mitgenommen zu werden. Hätte er Interesse daran gehabt, für die nächsten Jahre sein Geld in ein paar Stunden zu verdienen, wäre er auf die Angebote eingegangen. Aber das Wetter verschlechterte sich, und so gab er den Wartenden den Tipp, sich im Hafen umzusehen und einige Skipper oder Fischer zu fragen, ob sie die Überfahrt machen wollten, mit der Fähre aus Wüüst würde es eben noch dauern. Während Gordian das Gepäck seines Passagiers in den auf den Kufen angebrachten Stauraum packte, der aussah wie zwei halboffene Särge aus Plexiglas, suhlte sich die junge Reporterin im Neid ihrer Kollegen. Frode verteilte Visitenkarten vom Fahrradverleih und fragte jeden, ob er ein Bike reservieren wolle. Aber die Journalisten hatten keine Augen für Frode und seine Angebote, sie hatten nur Augen für den Helikopter. Wäre auch nur einer unter ihnen gewesen, der einen dreisitzigen Bell 47, Baujahr 1952, hätte fliegen können, sie hätten ihn gestürmt. Aber Peggy, kaum 21 Jahre alt, maulte herum. „Was ist das für eine Kiste?"

„Der hat schon im Koreakrieg gedient", sagte Gordian, „Und Sie und Ihr Gepäck bringt er dahin, wohin Sie wollen."

„Er war noch nie kaputt, trotz der Einschusslöcher", sagte Frode und zeigte auf zwei Löcher im hinteren Teil der Pilotenkabine. Peggy blieb nichts anderes übrig, als einzusteigen. Besser schlecht geflogen als gut geschwommen.

So kam es, dass ausgerechnet die Reporterin mit der geringsten Erfahrung wie ein VIP in einem Hubschrauber saß, weil der Pilot mit den Worten: „Bitte gib ihr eine Chance, Alter. Und ja, sie ist sehr ansehnlich", vor Kurzem überredet worden war, eine gewisse Peggy Winter in Büsum abzuholen. Gordian überlegte beim Anblick ihres Gepäcks und ihres zwar schicken, aber vollkommen inseluntauglichen Outfits, ob er seinem alten Schulkameraden die Freundschaft kündigen sollte.

Peggy, kaum hatte sie sich angeschnallt, brüllte unaufhörlich ins Handy, um ihren Chefredakteur wissen zu lassen, dass sie die Erste auf der Insel sein würde. Auch als sie endlich aufgelegt hatte, wurde es nicht besser, denn kaum hatte der Helikopter die Küstenlinie erreicht, wusste Gordian schon alles über sie und ihre steile Karriere bei den Berliner Nachrichten, und dass sie in seinem Fluggerät saß, war nur der Tatsache geschuldet, dass sein Freund sich eine schwere Darmgrippe zugezogen hatte. In dem Fall beglückwünschte Gordian Montezuma für seine gelungene Rache.

Bei der Ehrenrunde über Büsum sah er die ersten kleinen Boote in See stechen. Aus der Höhe kam es ihm so vor, als würde ein Schwarm Haie Kurs auf Wüüst nehmen. Er drehte aufs offene Meer ab und rief Tofá an, um sie auf das bevorstehende Armageddon vorzubereiten.

„Mit wem reden Sie da?", fragte seine Passagierin.

„Mit der Bürgermeisterin."

Und schwupps hatte sie ihm das Telefon aus der Hand genommen. „Hallo, hier ist Peggy Winter, Berliner Nachrichten. Ich möchte schnellstmöglich ein Interview mit Ihnen … ja … ich notiere … und falls Seine Heiligkeit Verwandte auf der Insel hat, bringen Sie die bitte mit … was Geld? … Aha?! …"

Gordian nahm ihr das Handy weg. „Tofà, ich bin's wieder. Es sind um die fünfzig Leute und es könnten noch mehr werden. Wir müssen die Jurten aufstellen … Nein, niemand hat ein Zelt dabei … Sie kommen mit Booten, solange das Wetter einigermaßen ist. Ja, ich helfe mit, wenn ich zurück bin", dann legte er auf und sagte zu Peggy: „Sie strapazieren Ihr Anfängerglück aber ganz schön."

„Ich bin keine Anfä…", aber sie sprach den Satz nicht zu Ende, als sie Gordians hochgezogene Augenbrauen sah. „Ich mache nur meine Arbeit." Sie kramte in ihrer Umhängetasche und fischte ein kleines Diktiergerät heraus. „Und nun zu Ihnen. Wie heißen Sie eigentlich?"

„Gordian."

„Und weiter?"

„Nichts weiter."

Peggy rollte die Augen. „Verraten Sie mir wenigstens Ihr Alter?"

„Einundvierzig. Und Sie?"

„Einundzwanzig. Aber man fragt eine Frau nicht …"

„Ich schon."

„Wie stehen Sie zum neuen Papst?"

„Was?"

„Sie sind doch von der Insel. Sind Sie verwandt mit ihm?"

„Nein."

„Aber Sie kennen ihn?"

„Nein", log Gordian, der Dr. Dr. Vidar Eriksson durchaus kannte, immerhin hatte er bei ihm in Rom für seine Doktorarbeit über historisches Kirchenrecht recherchiert und an manchem Abend mehr als eine Flasche Wein mit ihm geleert. Vidar hatte das Tutorial in vinum genannt. Aber das geht ja niemanden was an, dachte er und sagte: „Frode kennt sich besser aus."

„Stimmt. Gordian ist keiner von uns", sagte Frode. „Er darf nur bei uns leben. Ihm gehört die Burg."

„Ja, ja, Frodo, du bist auch gleich dran", sagte Peggy und wandte sich wieder Gordian zu.

„Frode. Mit E. Ich bin kein Hobbit, Miss Piggy."

Peggys Kopf fuhr herum. Gordian lachte, dass er Mühe hatte, die Fluginstrumente im Auge zu behalten, und der Hubschrauber schlingerte hin und her. Vielleicht war es aber auch der auffrischende Wind. Am Horizont türmten sich dunkle Wolken auf und unter ihnen schäumten die Wellen.

„Wollen Sie nun ein Fahrrad oder nicht? Wenn nicht, sag ich nichts mehr über meinen Freund."

„Der Papst ist also dein Freund?", sagte Peggy.

„Nein, der Gordian. Er hat mir viel beigebracht, und er hilft mir bei der Buchhaltung."

„Also sind Sie der fliegende Dorflehrer, slash Buchhalter, slash Zugereister, slash Kriegsveteran?"

„Was?!"

„Jetzt lassen Sie sich doch nicht alles aus der Nase ziehen."

„Tu ich gar nicht. Ich lebe auf Wüüst, widme mich meinen Neigungen, integriere mich ins Inselleben, und zufällig besitze ich einen Hubschrauber und stelle ihn den Wüüstern in Notfällen zur Verfügung. Das ist alles."

„Ja, das ist alles", sagte Frode und grinste Peggy an. „Du bist ein Notfall."

Gordian wählte Runes Telefonnummer und reservierte für Peggy ein Zimmer. Nicht dass sie auf den Gedanken kam, neben seinem Hubschrauber auch noch seine Burg zu stürmen.

Unter ihnen tauchte Wüüst auf, und je tiefer der Hubschrauber über der Insel schwebte, desto höher wurde das Quieken, das Peggy von sich gab. „Das ist ja wie Auenland", rief sie, als sie der reetgedeckten bunten Häuser ansichtig wurde, die die Dorfstraße säumten.

„Das grüne, da neben der hohen Düne, das ist mein Fahrradladen", sagte Frode. „Und da in der Mitte, das ist das Hotel. Und da ganz hinten, da ist die Schnapsbrennerei und Brauerei."

„Aber ich seh nix."

„Eben. Die ist geheim."

„Boah, die Häuser sind ja alle bunt. Und das komische kleine da, ganz abseits?"

„Da wohnt unsere Gode, Agni. Gode heißt Priester. Und daneben in dem großen roten, da wohnt Hedda, unsere Ärztin."

„Da verdient die Gode aber nicht so viel, was?", feixte Peggy. „Da kenn ich aber ganz andere von der Sorte aus Berlin."

Frode rollte die Augen. Wie gut, dass er wusste, dass bei der Lautstärke des Fluggeräts vom Interview nichts übrig bleiben würde außer Flopp, Flopp, Flopp.

Als der Helikopter auf den Landeplatz neben der Wüüsteborg aufsetzte, machte Peggy Fotos von der Sehenswürdigkeit, einer kleinen Burg mit einem Turm und Wänden so dick, dass kein Wetter und keine Kanonenkugel ihr je etwas hatten anhaben können.

„Wer hat die gebaut?", fragte sie.

„Irgendjemand, in grauer Vorzeit. Die war schon da, als unsere Leute auf die Insel kamen", sagte Frode. Gemeinsam mit Gordian entlud er das Gepäck, während Peggy staunend vor dem alten Gemäuer stand und weiter Fotos schoss. Als sie sich umsah, zog ihr Pilot den Hubschrauber auf einem Rollgestell in eine große Scheune, und Frode bewachte das Gepäck.

„Hey, Gordian, wo wollen Sie hin?", rief sie.

„In mein Haus."

„Das ist Ihr ...?"

„Sie wollten mir ja nicht glauben", sagte Frode. „Er ist ein Ritter."

„Was?"

„Ritter. Wer eine Burg hat, ist ein Ritter."

„Und wie komme ich jetzt in die Stadt?! Mit seinem Pferd?"

„Da bräuchten Sie ein Fahrrad."

Gordian drehte sich um. „Es ist nicht weit. Gehen Sie mit Frode, er zeigt Ihnen das Hotel."

„Aber hier ist weit und breit gar nichts. Gibt's kein Taxi?"

„Nein. Es gibt nur einen Krankenwagen." Mit diesen Worten verschwand Gordian hinter den dicken Mauern und atmete durch. Hätte die Wüüsteborg eine Zugbrücke gehabt, er hätte sie hinter sich hochgezogen.

„Der Krankenwagen gehört Hedda, und die gibt den nicht her. Da muss du was am Herzen haben oder Blinddarm", sagte Frode und lief los. „Dann wirst du mit Blaulicht zur Burg gefahren und Gordian bringt dich ins Krankenhaus nach Helgoland, wenn es noch schlimmer ist, nach Büsum oder Cuxhaven. Da liegst du dann prima im Gepäckfach und kannst die Aussicht genießen."

„Und wenn's noch schlimmer ist?!" Peggys zweiter Vorname war nicht Geduld.

„Dann hast du Zeit. Aki legt dich in einen Sarg und Thorgay bringt ihn mit der Fähre nach Büsum. So machen wir das mit Fremden."

„Und die anderen? Ich meine du, zum Beispiel?"

„Meine Leiche wird in ein Wikingerboot gelegt, und dann wird alles auf dem Meer angezündet."

„Ist so was überhaupt erlaubt?"

„Glaubst du, wir fragen irgendjemanden um Erlaubnis?"

Peggy raffte ihr Gepäck zusammen und eilte hinter ihm her. „Junger Mann, jetzt warte doch mal!"

„Ich muss in mein Geschäft." Frode verließ den asphaltierten Inselrundweg, ein Zugeständnis an den Krankenwagen und die nicht so versierten Fahrradfahrer, und nahm den Weg querfeldein.

Binnen kürzester Zeit war die Jungjournalistin auf dem Boden der Wüüster Tatsachen angekommen und wankte auf dem unbefestigten Pfad durch die Dünen in Richtung Dorf. Dabei sah sie auf ihren Pumps ziemlich albern aus. Und als würde Sand im Schuh nicht reichen, tauchte wie aus dem Nichts ein großes Schwein vor ihr auf und drückte seine feuchte Nase an ihre Hand. Peggy schrie auf. Frode drehte sich noch nicht mal um, als er ihr zurief: „Bothilde tut nichts."

„Ich hoffe, dass sie das auch weiß", sagte sie und quetschte sich an der Sau vorbei. Bothilde schnüffelte an der Reisetasche und blieb enttäuscht zurück. Nicht lecker. Dann machte sie sich auf zur Burg, es war Zeit für Gordians Mittagessen, und das wollte sie auf gar keinen Fall verpassen. Die Mahlzeit kam von Valdis, die nicht nur den Pfarrer, sondern auch Gordian bekochte. Bothilde hatte sich angewöhnt, nach Saisonende ihr Mittagessen auf der Burg einzunehmen und auch dort gleich ein Verdauungsschläfchen auf dem Sofa im Turmzimmer zu halten, bis es Zeit für den Nachmittagskaffee in Rune Sveinssons Hotel wurde. Ohne Touristen war am Strand einfach nichts mehr zu holen, und auch der Mittagstisch im Hotel fiel aus.

Ein abgebrochener Absatz strapazierte Peggys Nerven aufs Äußerste. Sie ließ sich samt Gepäck in den Sand der Dünen fallen und fluchte. Frode blieb stehen und betrachtete das Schauspiel.

„Was ist? Glotz mich nicht so an", rief sie.

Frode zuckte die Schultern und ging weiter. Kurz bevor seine schmale Gestalt hinter dem nächsten Sandberg verschwand, rief Peggy in Panik: „Hey, komm zurück. Ich hab das nicht so gemeint. Ich … ich … miete auch ein Fahrrad von dir."

„Macht dreißig Euro pro Tag. Will ich nur gesagt haben."

„Dreißig?!"

„Ja, die Saison ist vorbei, da ist alles teurer."

Peggy schluckte. Ihre Spesenabrechnung fing schon jetzt an, aus dem Ruder zu laufen. „Na gut. Dann eben dreißig. Aber nicht so ein klappriges Ding, junger Mann."

„Ich heiße nicht junger Mann, ich heiße Frode. Mit E."

„Ich heiße Peggy. Auch mit E."

„Weiß ich. Du musst die Schuhe ausziehen, die sind nix für Sand. Ich verkauf auch Gummistiefel."

Peggy rappelte sich auf, zog die Schuhe aus und wollte wohl besonders witzig sein, als sie Frode den Helm vom Kopf nahm und sich aufsetzte.

„Der kostet zweihundert", sagte Frode. „Ich mache die in meiner Werkstatt. Wenn du noch echte Hörner willst, dreihundert."

In der nächsten Sekunde war der Helm wieder auf Frodes Kopf. Als Peggy sein enttäuschtes Gesicht sah, nahm sie den Helm zurück und sagte: „Hundertfünfzig, einigen wir uns auf hundertfünfzig. Und das mit den Gummistiefeln überleg ich mir."

Frode nickte und nahm eine ihrer Taschen. „Wir holen das Fahrrad, dann ist es leichter", sagte er und hinkte voraus.

Während in den Dünen zwei junge Menschen an der Völkerverständigung arbeiteten, starrte Gordian auf die Mahlzeit, die Valdis während seiner Abwesenheit geliefert hatte. Neben ihm stand Bothilde in der Küche und schnüffelte. Auch sie war sich nicht ganz sicher, was sich auf dem Teller befand. Er nahm eine Gabel und schob weiße Matsche hin und her. Dann pikste er in ein hartes Stück gebratenes Fleisch. „Also, wenn du mich fragst, Botti, Blumenkohl, Kartoffelpü und … vielleicht eine entfernte Tante von dir. Willst du?" Er hielt der Sau den Teller hin. Bothilde quiekte und machte drei Schritte rückwärts.

„Hm", machte Gordian und leckte die Gabel ab. Das Essen war versalzen. Bothilde blinzelte und ließ so etwas wie einen Seufzer hören. Seit Valdis zu viel Zeit mit dem Pfarrer verbrachte, mehrten sich die kulinarischen Ausfälle.

„Es ist noch nicht aller Tage Abend", sagte Gordian und kratzte der Sau den Rücken. Sie quiekte erfreut auf, fing aber regelrecht an zu singen, als er den Kühlschrank öffnete und aus dem Eisfach zwei Tiefkühlpizzen holte, die er in den Ofen schob. „Wir sind gerettet."

Die Sau setzte sich auf die Hinterbeine und ließ bis zum erlösenden Pling der Zeitschaltuhr den Ofen nicht aus den Augen, denn Gordian war im Verlies verschwunden, um nach den dort eingelagerten Jurten zu sehen. Sie dienten beim jährlichen Wikinger-Wintermeeting als Wohnstätten und Küchenzelte. Denn ein Wikinger lebt nicht im Hotel. Er rief Rune an, um ihm mitzuteilen, dass sie zur Abholung bereit seien, dann ging er nach oben, um sicherzustellen, dass er noch was von der Pizza abbekam, bevor Rune mit Traktor und Anhänger bei ihm einlaufen würde. Während er im Turmzimmer auf der Couch in seliger Eintracht mit Bothilde auf dem Sofa speiste, betrachtete er besorgt die Wetterentwicklung vor dem Panoramafenster. Sie würden sich beeilen müssen, wenn die Jurten rechtzeitig sicher stehen sollen.

Bei Peggy machte sich Enttäuschung breit, als sie in Frodes Fahrradverleih das Angebot betrachtete. Statt der erwarteten Hollandräder gab es kleine Exemplare in quietschbunten Farben. „Was ist das?"

„Beachcruiser mit dicken Reifen, sonst kommt man in den Dünen doch nicht von der Stelle. Oder willst du eins mit drei Rädern?"

„Nein."

„Für wie viele Tage?"

„Weiß ich noch nicht. Zwei oder drei … oder vier."

„Ab fünf Tagen gibt es Rabatt, statt …" Frode musste den Taschenrechner bemühen, was einige Zeit in Anspruch nehmen würde, wie Peggy befürchtete, denn er tippte mit enervierender Langsamkeit auf dem Ding herum.

„Hundertfünfzig", sagte sie.

„Minus zehn Prozent."

„Fünfzehn. Macht dann Hundertfünfunddreißig."

Frode hielt den Taschenrechner hoch und sagte: „Hundertfünfunddreißig plus fünf Euro Bearbeitungsgebühr und hundertfünfzig für den Helm … macht … zweihundertneunzig, sagen wir dreihundert und ich mach dir noch einen Tee. Willst du wirklich keine Gummistiefel? Das Wetter wird schlimm." Er wartete Peggys Antwort gar nicht ab, sondern stellte ihr ein paar knallrote mit Blümchenmuster hin.

Peggy musste beim Anblick dieses jungen Finanzgenies lächeln und sagte: „Okay. Wie viel?"

„Fünfzig. Sehr haltbar. Die werden staunen in Berlin."

„Ja, das fürchte ich auch", sagte Peggy, zog sie an und stopfte ihre Pumps in die Reisetasche.

„Wenn dein Rock jetzt grün statt grau wäre ... Ich hoffe, du hast einen dicken Pullover dabei."

„Sag jetzt nicht, du häkelst auch noch Pullover."

„Nein, Agni macht die in ihrer Werkstatt." Frode griff hinter sich ins Regal und gab ihr ein knallgrünes Exemplar.

„Das ist ein Zelt!"

„Agni macht nur Einheitsgröße."

Peggy befühlte die weiche Wolle und seufzte. „Wie viel?"

„Zweihundert. Bioschafwolle. Bar oder mit Karte?"

Peggy reichte ihm ihre EC-Karte und wollte die Summe gar nicht mehr wissen.

Die Getränkezubereitung nahm einige Zeit in Anspruch. Frode verschwand in der Küche, und Peggy nutzte die Zeit und schickte ihren ersten kleinen Beitrag über die Heimat Vidar Erikssons an die Redaktion. Als Frode mit dem Tee aus der Küche kam, klappte sie ihren Laptop zu. Während sie das Gebräu genoss, von dem sie sich wünschte, es würde mindestens zur Hälfte aus Rum bestehen, stellte Frode eine Quittung aus. Dabei biss er sich beinahe die Zunge ab, so viel Konzentration erforderte es. Peggy stellte ihr Diktiergerät an, denn für das viele Geld wollte sie noch jede Menge Informationen verlangen.

„Wen, glaubst du, sollte ich als Erstes über Vidar Eriksson befragen?"

„Thorgay und Eyrunn."

„Und warum?"

„Bruder und Schwester von Vidar."

„Okay. Und kennst du Vidar Eriksson?"

„Klar nicht. Der war schon weg, als ich geboren wurde. Aber vielleicht kennt meine Schwester den. Meine Schwester heißt Valdis."

„Und hast du auch Eltern?"

„Die sind tot. Und Valdis hat nicht viel Zeit für mich."

„Warum?"

„Sie arbeitet viel, genauso wie ich. Wir wollen das Haus zurück. Dabei muss sie nur den Aki heiraten, das ist der Sohn der Bürgermeisterin, die hat meiner Schwester Geld geliehen und als Sicherheit das Haus genommen."

„Und warum hattet ihr kein Geld mehr?"

„Mama gestorben, Fischkutter abgesoffen, Papa gestorben. Ja … und dann brauchte Valdis Geld. Aber dann wurde Sankt Bartholomäus gebaut, das Behindertenheim, und Valdis musste sich um mich nicht mehr kümmern. Aber mit den Schulden sind wir erst bei der Hälfte. Aki sagt, Valdis bekommt das Haus, wenn sie ihn heiratet."

„Tut mir leid."

„Valdis will den Aki aber nicht, obwohl die den manchmal mag – aber als Bestatter hat man's schwer. Den Arne mag sie öfter als den Aki, das ist sein Bruder, der ist Bäcker. Aber die heiratet erst, wenn sie ihr Haus wiederhat. Das gehört sich bei uns so. Zurzeit hat sie es mit dem Pfarrer. Und sie macht …"

„Moment mal! Was?! Sie hat es mit dem Pfarrer?!"

„Warum denn nicht? Das hat Tradition."

„Ja, warum eigentlich nicht …", murmelte Peggy.

„Willst du noch mehr wissen?"

„Ja, klar."

„… die Burg von Gordian sauber", erzählte Frode genau da im Satz weiter, wo er zuvor unterbrochen worden war, „einmal in der Woche, und sie kocht für ihn und für den Pfarrer, und sie hilft im Hotel aus und in Sankt Bartholomäus. Aber mit dem Gordian hat sie nichts, obwohl ich das besser fänd, weil der ist wirklich okay, obwohl der nicht von hier ist. Aber der weiß ganz viel und ist nett, und er kann fliegen. Hast du ja gesehen. Ich würde auch lieber bei dem auf der Burg wohnen als beim Pfarrer unterm Dach. Meistens schlaf ich hier …" Einmal in Schwung geraten, plapperte Frode wie ein Wasserfall. Peggy konnte kaum folgen. Sie würde sich das später alles noch mal genau anhören müssen.

Auf dem Weg vor dem Fahrradverleih marschierte die Truppe von St. Bartholomäus singend zum Wikingerlager, um beim Aufstellen der Jurten zu helfen. Ihnen folgten zehn Recken, die anzusehen Peggy das Atmen schwer machte. Schwester Fidelis musste ihren Schleier festhalten, so sehr hatte sich der Wind verstärkt.

„Wer ist das?", fragte Peggy und stürzte zum Fenster.

„Meine Freunde. Die sind alle behindert. So wie ich. Hast du ja gesehen, Hinkefuß und Dyskalkulie. Stine, Wolfi und Bernd sind Mongolen und der Werner hat Spastik, Luzie kann nicht sprechen, die lallt nur, aber im Denken und Kochen ist sie spitze, vielleicht heirate ich die mal … und der Rest, also: Nadja, Thièn, Sabine, Juri und Konstantin sind schwer langsam … wegen zu wenig Sauerstoff bei der Geburt. Ich bin etwas schneller. Alle wohnen in Sankt Bartholomäus. Das hat der Vidar uns geschenkt. Da lernt man Sachen bauen, aus Holz und Metall und so … Ich war da auch, aber jetzt bin ich selbständig."

„Und die Männer?"

„Die Rudermannschaft für unsere Wikingerschiffe: Ole, Sven, der junge Jarl, Sverrir …"

„Ich komm nicht mehr mit … Und wer ist die Nonne?"

„Schwester Fidelis. Die ist nicht von hier. Aber nett. Und streng. Aber nett. Die macht das natürlich nicht alleine in Sankt Bartholomäus, da arbeiten noch fünf Leute von der Insel, manchmal auch mehr."

Peggy rauschte der Kopf. Um das Thema zu wechseln, sagte sie: „Und wo kam das Schwein her?"

„Bothilde lebt hier."

„Aha."

Frode reichte ihr die Quittung. Zu Peggys Überraschung war sie leserlich. Sie bedankte sich. „Ich muss jetzt los, ich hab mich mit der Bürgermeisterin verabredet."

„Weiß ich, ich war ja dabei."

„Kannst du mich noch zum Hotel begleiten?"

„Ja, kann ich."

„Wie heißt es denn?"

„Bòthildr Rumhús."

„Und wo finde ich die Bürgermeisterin?"

„Tofà arbeitet im Bòthildr Hús. Direkt gegenüber vom Hotel, neben dem Bòthildr Brunnen."

„Gibt es auch irgendwas, das nicht nach diesem Schwein benannt ist?"

„Ja, der Supermarkt. Der heißt Supermarkt. Und der Friseursalon heißt Hairy Fairy, das ist ein Wortspiel, und der Laden von Gustav heißt Valhalla. Willst du wissen, warum alles nach der Sau benannt ist?"

„Ein andermal. Wir müssen los. Ich hab Hunger, ich hoffe, im Hotel gibt es was zu essen."

„Vielleicht. Vielleicht auch nicht. Keine Saison. Nachmittags gibt's aber immer Kuchen von Arne. Der macht die Bäckerei jetzt nicht mehr auf, aber Backen tut er schon noch. Auf Bestellung."

Peggy hing Reisetasche und Rucksack ans Lenkrad und schob das Fahrrad aus der Hütte. Beinahe hätte ihr eine Windböe den Helm vom Kopf gerissen. Frode zog die Tür hinter sich zu und folgte ihr. „Ist schon besser so mit Fahrrad, Pullover und Gummistiefeln, was? Ich hoffe, du hast eine Regenjacke dabei."

„Bist du auch noch im Regenjackenbusiness?"

„Nee, die gibt's bei Gustav in Valhalla. Regenjacken, Schwerter, Äxte, Fellwesten, Kampfschilde und Werkzeuge."

„Schwerter?"

„Wir sind Wikinger."

„Mit Regenjacken." Peggy lachte.

„Nee, wir tragen die nich'. Die sind für die Touris."

Das Rad war schwer. Sie traute sich nicht, aufzusteigen und damit durch den Sand zu fahren. Aber ihre Rettung tauchte hinter der nächsten Düne auf, der schiefe Kirchturm von Groß Wüüst schob sich in ihr Blickfeld. Sie fühlte sich gleich sehr viel besser beim Anblick der ersten Zeichen von Zivilisation. Aber der Eindruck verflüchtigte sich rasch, als sie näherkam. Das Erste nach Pilot, Inselschwein und Fahrradverleiher, dessen sie ansichtig wurde, war eine Art umgedrehtes, lederbespanntes Kanu, das auf großen Rädern um den Dorfbrunnen kurvte. Hintendrein lief ein Mann in Fellweste und blutiger Schürze, der in der rechten Hand ein Schlachtermesser schwang, seine andere Hand steckte in einem Kettenhandschuh. Das Boot schrie und der Mann, der hinterherlief, schrie ebenfalls, was sich so anhörte wie Finnisch und Schwedisch zusammen, nur rückwärts. Das Boot antwortete in demselben Kauderwelsch.

„Was reden die?", fragte Peggy.

„Altnordisch."

„Und worum gehts?"

„Gustav hat keinen Bock auf Reporter. Und Birger will ihm die Axt wegnehmen. Damit will Gustav nämlich die Insel verteidigen."

Die Hatz kreiste noch zweimal um den Dorfbrunnen, bis Birger stehen blieb. „Opa!"

Der Pfarrer kam aus der Kirche gerannt, während er sich im Laufen die Hose zuknöpfte. „Was ist denn hier los, Birger?"

„Gustav ist auf dem Kriegspfad. Vorsicht, Magnus, er ist bewaffnet."

„Ah, die gute alte Streitaxt will Blut sehen?", sagte der Pfarrer und stellte sich dem Kanu todesmutig in den Weg. Sehr zum Nachteil seiner Stirn, die die wilde Hatz bremste. „Verflucht! Aua! Die Reporter werden kommen, ob du willst oder nicht."

„Opa will eher nicht", sagte Birger mit Resignation in der Stimme und hob das Kanu von Gustavs Rollstuhl. Darunter saß der kämpferische Greis, eingehüllt in eine Fellweste, Lederhosen, an den Beinen Lederstiefel mit Klettverschlüssen (wegen des Alters) und auf dem Kopf ein Helm. In der Hand hielt er eine Streitaxt.

„Alles, was du da siehst, kannst du in seinem Laden kaufen", sagte Frode zu Peggy.

„Gut zu wissen."

„Die Fellwesten halten warm. Zweihundertfünfzig."

„Mir ist warm, danke."

Aus dem Pfarrhaus kam eine junge Frau gelaufen, die sich die Bluse zuknöpfte und sich wie eine Glucke auf den Pfarrer stürzte, um die Wunde an seiner Stirn zu begutachten. „Oh, Magnus ... das muss bestimmt genäht werden." Dann wandte sie sich dem alten Mann zu. „Mein Gott, Gustav, bist du von allen guten Geistern verlassen?!" Die junge Frau wand dem alten Mann die Streitaxt aus der Hand.

„Ich brauche die", sagte Gustav.

„Nein", sagte Birger. „Tust du nicht."

„Hallo", sagte Peggy.

Vier Augenpaare starrten sie unverwandt an.

„Das ist Peggy. Sie ist die Reporterin aus Berlin", sagte Frode.

Das Kanu polterte zu Boden. Gustav drohte ihr mit der Faust, wendete den Rollstuhl und verschwand in Richtung Hotel. Birger und der Pfarrer standen etwas derangiert neben dem Brunnen und grinsten. Dann endlich besannen sie sich, stürmten auf Peggy zu und waren zugleich bemüht, sie von der Last ihres Gepäcks und des Fahrrads zu befreien.

„Willkommen auf Wüüst, ich bin der Pfarrer", sagte Magnus Habel und straffte die Schultern, während Blut auf sein weißes Hemd tropfte.

„Willkommen auf Wüüst, ich bin der Metzger", sagte Birger und reichte ihr seine Kettenhand.

Valdis Augen verengten sich zu Schlitzen, als sie Peggys blonde Mähne im Wind fliegen sah. Sie schob den Unterkiefer vor und warf, ohne hinzusehen, die Axt in Richtung Esche, wo sie zentimetertief im Holz stecken blieb.

„Das ist meine Schwester Valdis", sagte Frode. „Ich glaub, die mag dich nicht."

Mitten in diese unerfreuliche Eröffnung klingelte Peggys Handy. Sie sah die Nummer ihres Chefredakteurs, setzte eine wichtige Miene auf und nahm das Gespräch an. Aber im Laufe der Tirade, die aus dem kleinen Telefon drang, fiel ihr Gesicht zusammen wie ein vertrocknetes Soufflé. „Bist du wahnsinnig geworden? Auenland?! Und Gordian Petersenn war im Koreakrieg und hat dort Hubschrauber geflogen?!"

„Ja, aber …"

„Wenn der im Koreakrieg gewesen wäre, dann hätte dich ein Zombie auf die Insel geflogen! Meine Herren …!"

„Aber er hat gesagt, dass der Hubschrauber im Koreakrieg war. Da hab ich gedacht …"

„Gar nix hast du gedacht. Der Hubschrauber war im Koreakrieg, nicht Gordian Petersenn!"

„Aber wo hat er den denn dann her?"

„Gekauft vielleicht?!"

„Ach, so …"

„Was hast du in den zwei Jahre auf der Journalistenschule eigentlich gemacht? Topflappen gehäkelt?! Pass das nächste Mal auf, und wenn du etwas hörst, das du noch nie gehört hast, dann google das gefälligst. Capisce?"

„Ja, Chef."

„Wenn ich den Artikel nicht eine Sekunde vor Veröffentlichung gelesen hätte, hätte die halbe Welt über uns gelacht – und Kim Jong-un am lautesten."

„Ja, Chef."

„Noch so'n Ding und ich steck dich ins Archiv."

Das Wort Archiv hatte Peggy verstanden, aber wer war dieser Kim Jong Dings?

Alle grinsten sie unverhohlen an, denn der Chefredakteur hatte so laut gesprochen, dass alle es hatten hören können. Peggy hatte Mühe, ihre Tränen zurückzuhalten, steckte das Handy in ihren Rucksack und war sich nicht mehr sicher, ob diesen Auftrag in Mordor nicht doch lieber jemand anderer hätte machen sollen. Und wenn sie es recht betrachtete, war die Darmgrippe ihres Chefs sehr plötzlich gekommen. Viel zu plötzlich. Das hier war ein Schleudersitzauftrag, und der Zeigefinger ihres Chefredakteurs schwebte schon über dem roten Knopf.

Unterdessen stritt sich auf dem Leuchtturm das medizinische Personal der Insel, bestehend aus Hedda und Agni Snorrasson, diesmal nicht über die Methoden der Heilkunst, sondern darüber, ob sie ihr Gästezimmer an einen Reporter vermieten sollten.

„Aber du wohnst doch sowieso in deiner klapprigen Godehütte. Du würdest gar nichts davon mitbekommen", sagte Hedda.

„Egal, wo ich wohne. Ich will keine Reporter", gab Agni zurück.

„Aber Touristen schon."

„Das ist was anderes. Reporter sind schmieriges Volk." Hedda hob das Fernglas, das um ihren Hals baumelte, an ihre Augen.

„Kannst du schon was sehen?"

„Ich zähle bis jetzt fünfzehn Boote. Wenn auf jedem auch nur zwei oder drei sitzen, dann reichen weder das Bòthildr Rumhús noch die Jurten, um die alle unterzubringen."

„Seit wann bist du ein Menschenfreund, Hedda?"

„Seit ich ein neues Ultraschallgerät will."

„Wenn du mit den richtigen Mächten im Bunde wärst, bräuchtest du so einen Schrott gar nicht. Wer hat denn die Blasensteine bei Gustav diagnostiziert? Du oder ich?"

„Wäre er zuerst zu mir gekommen, hätte ich ihm das auch sagen können. Aber er lässt sich ja lieber von dir bequacksalbern."

„Seit du ihm gesagt hast, er soll aufhören, Alkohol zu trinken, kommt er nur noch zu mir. Wie kann man einen alten Mann so erschrecken?"

Hedda starrte angestrengt durchs Fernglas. „Jetzt sind es siebzehn Boote. Windstärke sechs bis sieben. Ich geh runter zum Hafen und sag Eyrunn Bescheid. Hundertfünfzig pro Nacht, Frühstück extra."

„Na, gut. Aber beschwer dich hinterher nicht bei mir. Ich helf dir nicht beim Saubermachen."

„Aber deinen Anteil willst du?"

„Natürlich. Nur weil ich dagegen bin, heißt das ja nicht, dass ich meinen Anteil nicht bekomme. Und wenn die wieder weg sind, muss ich ein großes Ritual abhalten, damit ich den Pesthauch von denen wieder rauskriege. Da hast du auch was von."

Hedda stampfte mit dem Fuß auf. Sie fragte sich, warum sie ihre Schwester nicht schon vor Jahren vom Leuchtturm geschubst hatte. Agni hätte ihr eine Antwort geben können: Gegen ihren Schutzzauber kam so eine simple Hausärztin mit Ultraschall einfach nicht an.

Im Bòthildr Rumhús strahlte neben frisch bezogenen Betten auch eine neue Preisliste, die einem Fünf-Sterne-Hotel alle Ehre gemacht hätte. Rune hatte Thorgay gebeten, so lange er die Jurten aufbaute, auf das Hotel aufzupassen. Da Thorgay immer noch keinen Sinn darin sah, die Fähre flott zu machen, schon gar nicht bei der Wettervorhersage, hatte er die Aufgabe gerne übernommen. Er saß mit Gustav in der Schankstube und genehmigte sich auf den ersten Gast, eine junge Journalistin, die er ins kleinste Zimmer gestopft hatte, ein Horn voll Met. Gustav prostete ihm zu.

„Ich versteh die Weiber nicht", sagte Thorga. „Erst will sie unbedingt ein Einzelzimmer, dann beschwert sie sich, dass es so klein ist."

„Keine Frau sollte alleine schlafen", sagte Gustav. „Wohin das führt, sieht man ja an Schwester Fidelis."

„Was ist denn mit ihr?"

„Die freut sich über einen, der auch alleine schläft und Kleider trägt ... und rote Schuhe, hast sie ja tanzen sehen, heute Morgen. Das ist doch nicht gesund. Ich werde Vidar schreiben und ihm ins Gewissen reden. Das Erste, was er abschaffen muss, ist das Zölibat und diese lächerlichen Klamotten."

Thorgay lachte. „Glaubst du, wenn er das macht, dann erhört sie dich endlich?"

„Bleibt ihr wohl nichts anderes übrig. Erstens bin ich der einzige in ihrem Alter auf der Insel ..."

„Fünfzehn Jahre älter, Gustav."

„... und zweitens muss sie ja wohl auf den Papst hören." Auf den Anbruch besserer Zeiten genehmigte sich Gustav noch einen großen Schluck aus seinem Trinkhorn.

„Und was gedenkst du jetzt gegen die Invasion zu unternehmen?"

Gustav rülpste und fiel von einer Sekunde zur nächsten in Tiefschlaf.

„Das dazu", sagte Thorgay und trank den Met direkt aus dem Krug.

Zwei Minuten später wachte Gustav wieder auf und rief: „Thorgay, bring mir meine Axt!"

Kapitel 3

Am Hafen von Wüüst versuchte Hakon, der Hafenmeister, das Durcheinander von Booten zu sortieren, die sich in der Hafeneinfahrt verkeilt hatten und nun kurz davor waren, Schiffeversenken zu spielen.

Eyrunn saß im Kartenverkaufshäuschen für die Fähre, die nicht fuhr. Sie hatte einen Zettel an die Scheibe geklebt, auf dem Stand: *Zimmervermittlung nur hier!!!* Vor dem Kassenhäuschen verteilte Hedda Spucktüten und ihre Schwester Agni Kräuterpillen gegen Seekrankheit, pro Stück 5 Euro.

Die von Wind und Wellen gebeutelten Journalisten hatten auf dem Anleger Mühe, ihren Mageninhalt dort zu behalten, wo er hingehörte. Einige schwankten bedenklich, und die Gesichtsfarbe der Leidenden changierte zwischen mittelgrau und dunkelgrün. Ein paar wenige Seefeste belagerten das Kassenhäuschen, wo Eyrunn die Schlafgelegenheiten verteilte, wobei sie getreu dem Motto: Wer zuerst kommt, mahlt zuerst, die Hotelzimmer vergab, danach wären die Jurten dran. Ein paar der Reporter mussten erst überzeugt werden, dass Einzelzimmer bei dem Ansturm nicht vergeben wurden und auch die Zustellbetten in den größeren Zimmern genauso viel kosteten wie die normalen, Frühstück immer extra. Eine Reporterin von CNN war einem hysterischen Anfall nahe, als Eyrunn ihr nahelegte, das Zimmer mit ihrem Kameramann zu teilen. Das Gekreisch hörte erst auf, als eine Journalistin der BBC kurzerhand befahl, dass Amerika und Großbritannien ihre Kameraleute in einem Zimmer unterbringen und die beiden Frauen sich ein Zimmer teilen werden. Miss CNN war nicht überzeugt und roch an Miss BBCs Jacke. „Ich hasse Burberry", sagte sie.

„God mess America", sagte Miss BBC und wandte sich wieder Eyrunn zu. „Ich habe nichts gegen meinen Kameramann. Legen Sie die Zicke mit einem Massenmörder zusammen, falls einer da ist."

Die Leidenden realisierten allmählich, dass sie beim Verteilungskampf um die Betten unterliegen würden. Einige waren kurz davor, die Fassung zu verlieren, als sie sahen, dass sämtliche Boote die Insel wieder verließen. Jeder Kapitän, ob mit Jolle, Motorboot oder Zweimaster, wollte so schnell wie möglich wieder zurück, denn das Wetter verschlechterte sich minütlich.

Einem jungen Journalisten aus Luxemburg standen gar Tränen in den Augen. Agni drückte dem Bedauernswerten drei Kräuterpillen zum Preis von einer in die Hand und wunderte sich selbst über ihre Großzügigkeit. Aber der junge Mann war neben seinem Gepäck zu einem Häuflein zusammengesunken und war selbst für Nächstenliebe kaum mehr empfänglich. Immerhin beteuerte er mit schwacher Stimme, lieber sterben zu wollen.

„Das wird schon wieder", sagte sie. „Nehmen Sie alle drei auf einmal, und dann legen Sie sich gleich eine halbe Stunde hin und alles ist wieder gut."

„Das Meer ... ich war noch nie ..."

„Ja. Kann beängstigend sein."

Die ersten Journalisten trollten sich in Richtung Hotel, als der Pfarrer in Sicht kam. Beim Anblick des blutverschmierten Hemds, fiel der Luxemburger in Ohnmacht.

Pfarrer Habel rief: „Ist er schon da?" Er drängte die Männer und Frauen vom Kassenhäuschen weg. „Eyrunn, ist er schon da?!"

„Wer denn, um deines Gottes willen?"

„Monsignore Valente."

„Kenn ich nicht."

„Oh, mein Gott … oh, mein Gott …!" Pfarrer Habel drehte sich um die eigene Achse. Die Journalisten witterten Morgenluft, und egal, ob grau oder grün im Gesicht, die ersten zückten ihre Diktiergeräte und Handys, ein paar Kameraleute beeilten sich, ihre Gerätschaften aufzubauen.

Hedda packte den Pfarrer und guckte sich die Wunde an, die Gustavs Kanu geschlagen hatte. „Das hier muss genäht werden. Agni, kümmere dich um den ohnmächtigen Jüngling. Ich würde vorschlagen, wir geben ihm unser Zimmer."

„Die Verteilung mache ich", wetterte Eyrunn.

„Er bekommt ein Zimmer in unserem Haus", sagte Agni und hob drohend den Zeigefinger, was sie endgültig aussehen ließ wie eine echte Gode. Was ihr wollener bodenlanger Umhang, der sich im Wind aufblähte, nicht schaffte, vollbrachte ihr erhobener Zeigefinger. Thorgay behauptete, sie könne damit wirklich Funken sprühen lassen.

„Magnus Habel, würden Sie mal stillhalten?", sagte Hedda.

„Warum?"

„Das muss genäht werden."

„Was denn?"

Sie tippte ihm an die Stirn. „Das da." Dann stellte sie ihre Umhängetasche ab, holte Desinfektionsmittel, Eisspray und ein Klammergerät heraus, zog Latexhandschuhe an, und vor den Augen der Welt und der staunenden Menge wurde die Wunde ruckzuck geklammert. Der Pfarrer war zu überrascht, um überhaupt einen Laut von sich geben zu können. Dann klebte Hedda ein Pflaster drauf. „Und jetzt gehen Sie nach Hause und ziehen sich ein frisches Hemd an. Sie wollen Ihren Monsignore ja wohl nicht so empfangen."

Pfarrer Habel schaute an sich herunter. „Was? ... Äh … ja. Ja. Das war Gustav … Er hatte eine Axt ... Ich gehe sofort und ziehe mich um, bin in zehn Minuten wieder da. Falls Monsignore Valente hier ankommt, bitte sagen Sie ihm, ich hole ihn ab ... Ja." Schon wandte er sich um und rannte zurück. Auf dem Weg überholte er die Journalisten, die sich bereits ins Dorf aufgemacht hatten. Am Bòthildr Brunnen wartete ein Wikinger im vollen Kriegsornat im Rollstuhl auf sie, die Streitaxt bereit. Aber anstatt in Angst und Schrecken die Insel umgehend zu verlassen, machten die Eindringlinge Fotos von ihm von allen Seiten und ein paar Selfies. Dann gingen sie ungerührt weiter in Richtung Hotel.

„Hel soll euch holen und nach Niflheim bringen! Da wird sie euch das Knochenmark aussaugen und ..."

„Gustav, geh endlich nach Hause in deines und meines Gottes Namen", sagte Pfarrer Habel.

„Einen Teufel werd ich."

„Ich sage Schwester Fidelis, dass du dich aufführst wie ein Zehnjähriger."

Und schon kam die nächste Truppe auf die beiden zu. Pfarrer Habel packte den Rollstuhl und schob ihn vor sich her. Gustav fuchtelte mit der Axt herum und rief: „Lass mich meine Arbeit machen, Pfaffe!"

„Bitte sehr. Sieh zu, wie du da wieder rauskommst." Pfarrer Habel ließ den Rollstuhl stehen, rannte die letzten Meter zum Pfarrhaus und verschwand hinter dicken Mauern.

„Valdis, Valdis!", rief er.

„Was ist?"

Valdis, mit einem Staubsauber bewaffnet, kam aus dem oberen Stockwerk. „Was ist denn? Ah, du warst bei Hedda. Sieht schon besser aus."

„Valdis, du musst hier verschwinden. Auf der Stelle. Ich habe einen Anruf aus Rom bekommen. Monsignore Valente ist auf dem Weg hierher ... mit einem Schnellboot vom Vatikan ... oder was auch immer ..."

„Ja und?"

„Der Heilige Vater persönlich schickt ihn. Du kannst hier nicht wohnen. Und nimm Frode gleich mit."

„Ja, und wo sollen wir hin?"

„Frag irgendjemanden. Hier kannst du nicht bleiben. Versteh das doch. Wenn der Monsignore das sehen würde ..."

„Was sehen würde?"

„Na ... dich ... und alles ... Haushälterinnen ... dürfen einfach nicht so aussehen wie du ... also, wenn du jetzt siebzig wärst und dick und unansehnlich ... aber du bist ... zu schön für ein Pfarrhaus ... und du schläfst in meinem Bett."

„Dann geh ich eben ins andere Zimmer."

„Da muss ich den Monsignore unterbringen, verflucht noch mal."

Valdis' Stirn legte sich in Falten. „Magnus Habel! Bis heute Morgen hat dich das nicht interessiert."

„Ja, aber ... da waren wir noch nicht Papst."

Valdis ließ den Staubsauger fallen, drehte sich auf dem Absatz um, rannte nach oben, warf Kleidung in ihren Seesack, kam zehn Minuten später wieder herunter und sagte: „Mach deinen Scheiß alleine, Magnus."

„Ja, aber das Gästezimmer für den Monsignore müsste noch hergerichtet werden ... und ich brauche ein frisches Hemd."

„Na so was?! Interessiert mich das noch?" Sie legte einen Finger an die Lippen und starrte die Decke an. „Nein, Magnus, ich glaube, das interessiert mich nicht. Und falls du meinen Bruder siehst, kannst du ihm sagen, dass der Herr Pfarrer uns obdachlos gemacht hat." Sie schulterte ihre Habseligkeiten, schlug die Haustür hinter sich zu und rannte in den Abgesandten des Vatikans.

„Aus dem Weg!" Valdis schob den Mann beiseite, der Mühe hatte, seine Soutane zu sortieren und das Birett auf dem Kopf zu behalten. Sie stolperte über seine Reisetasche, rettete sich mit einem mächtigen Sprung, drei Stufen hinunter und lief auf den Dorfbrunnen zu. Dort schwang Gustav immer noch die Axt und wurde dabei gefilmt und fotografiert. Aber kaum hatte sich Valdis auf den Brunnenrand gesetzt, wurde sie vom ersten Blitzlicht getroffen. Mit einer einzigen geschmeidigen Handbewegung hatte sie den Fotoapparat des Journalisten in der Hand und zog daran. Da sich der arme Mann nicht aus dem Riemen lösen konnte, mit der die Kamera an seinem Hals hing, wurde er unweigerlich auf die Knie gezwungen, wo er so lange bleiben würde, bis Valdis ihn wieder los ließ. Keiner wagte mehr, eine Kamera oder ein Handy auf sie zu richten. Valdis beobachtete die Tür des Pfarrhauses. Alle Reporter guckten in dieselbe Richtung. Der Monsignore schaute Valdis unverwandt an. Sie machte mit der Faust das Klopfzeichen. Er verstand und klopfte an die Tür, die sich umgehend öffnete. Der Pfarrer stand im blutbefleckten Unterhemd und halb offener Hose vor den Kameras der Welt. Erst strahlte er, weil er wohl geglaubt hatte, dass Valdis es sich anders überlegt hatte, aber als er den Abgesandten von Judas Thaddäus I. vor sich sah, fiel er beinahe auf die Knie.

„Milch ist im Kühlschrank", rief Valdis, ließ den Fotografen los und marschierte mit ihrem Seesack auf dem Rücken davon.

„Frau Kellisson ... Valdis ... kann ich morgen mit Ihnen rechnen?", rief Pfarrer Habel mit matter Stimme.

Die Fotoapparate klickten, die Lämpchen auf den Video-kameras leuchteten rot, Valdis' Opfer röchelte. Der Monsigno-re lächelte breit und winkte in die Menge. „Danke, danke, das reicht meine Damen und Herren, wir haben später noch Zeit, uns kennenzulernen." Dann drehte er sich um und schob Magnus Habel in den Hausflur. Gerade rechtzeitig, denn eine heftige Sturmböe traf den Dorfplatz mit voller Wucht. Die Journalisten flüchteten ins Hotel.

„Ich fürchte, die junge Dame wird wohl nicht wieder auf-tauchen", sagte der Monsignore und zeigte mit dem Finger auf Magnus' Stirn. „Das kommt in den besten Pfarrhäusern vor. Sollte es aber nicht."

„Nein, das war nicht ... also ..."

Der Monsignore drückte dem Pfarrer die Reisetasche in die Hand und machte auf dem Absatz kehrt. „Wenn Sie so freundlich wären? Ich esse für gewöhnlich gegen achtzehn Uhr."

„Wo wollen Sie denn hin?"

„Der Bürgermeisterin die herzlichsten Grüße Seiner Heilig-keit übermitteln. Ach ja ... und noch etwas ... Der Heilige Stuhl schlägt eine Pressekonferenz vor. Um zwanzig Uhr. Und um einundzwanzig Uhr überbringe ich der Insel eine Nach-richt von Seiner Heiligkeit. Er sagte, Sie hätten ein Inselradio? Wenn Sie die Güte hätten, sich um die Vorbereitungen zu kümmern?"

„Was?!"

„Läuten Sie die Glocken, wenn Sie wollen ... Schwester Fi-delis wird Sie mit ihren Schützlingen später unterstützen." Der Monsignore faltete die Hände über seinem Embonpoint und trat lächelnd in den Sturm hinaus.

Magnus Habel stand noch eine ganze Weile im Hausflur und bekam den Mund nicht mehr zu. Der Wind zerrte an allem und jedem, das Unwetter konnte jeden Augenblick über die Insel herfallen. Eine Böe ließ die offene Tür und drei Fenster im Haus krachend zufallen, als wolle der Herrgott selbst seinen Pfarrer daran erinnern, dass noch ein paar Aufgaben zu erledigen seien. In einem Anfall von Tatendrang machte Magnus Habel kehrt, stolperte über den Staubsauger, schlug lang hin und blieb dort mehrere Minuten mit ausgebreiteten Armen liegen. Dann rappelte er sich auf, schlug über seiner Brust ein Kreuz und sagte in das Heulen des Windes hinein: „Mea culpa. Mea maxima culpa."

Kapitel 4

Ein paar Meter über den Dorfplatz hinweg im Bòthildr Hús verlangte Peggy Einlass in das Büro der Bürgermeisterin. Aber Tofà Sveinsson blockierte mit ihrer massigen Gestalt die Türschwelle. Ihr Telefon klemmte zwischen Kinn und Brust.

„Monsignore, einen Moment, bitte … Wie ich schon sagte, Frau Winter, ich habe jetzt keine Zeit. Monsignore? Das Inselradio? Natürlich …"

„Aber wir haben einen Termin, Frau Sveinsson. Erinnern Sie sich nicht mehr? Exklusiv für die Berliner Nachrichten."

„Augenblick … Ich erinnere mich, aber die Umstände haben sich geändert. Haben Sie Geduld … Monsignore? Hallo?"

„Geduld, Geduld! Ich wollte heute Abend einen aktuellen Bericht …"

Tofà holte von ihrem Schreibtisch ein Faltblatt, das sie Peggy in die Hand drückte. „Hier ist unsere Inselinformation. Vielleicht machen Sie mal einen schönen Spaziergang und gucken sich alles an, damit Sie wissen, wo der neue Papst herkommt. Viel Vergnügen." Mit diesen Worten machte sie die Tür vor Peggys Nase zu. Sie lehnte sich an die Wand und schaute das kleine Faltblatt an. *Willkommen auf Wüüst – Wikinger - Wellen – Wattenmeer. Für alle, die das einfache Leben zwischen Dünen und Wasser lieben. Wüüst, 42 m über NN, 23 km², 49 Insulaner, 3 Auswärtige, plus 10 Internatsschüler, Amtssprache: Deutsch. Unter den Einheimischen wird ein einzigartiger Dialekt aus Alt-Nordgermanisch, Altnordisch, Englisch und einigen Anklängen Chinesisch gesprochen. Eine eigene Schriftsprache dazu gibt es nicht …*

„Junge Frau, darf ich mal?"

Peggy erschrak, vor ihr stand ein Mann in Soutane und Birett auf dem Kopf, um dessen Hals ein bescheiden anmutendes Kreuz aus Holz baumelte. Beinahe hätte sie ihn mit Eure Heiligkeit angeredet, aber er kam ihr zuvor und sagte: „Monsignore Valente, Legat des Papstes. Wenn ich dann mal bitte ... Hübscher Pullover ..."

Peggy wusste später nicht mehr zu sagen, ob er sie beiseitegeschoben hatte, ob sie drei Meter nach links levitiert war oder ob er sich so dünn gemacht hatte, dass er sich ohne Probleme zwischen sie und den Türrahmen hatte quetschen können. An was sie sich erinnerte, war, dass sie alleine im Flur des kleinen Rathauses stand, Monsignore Valente in das Bürgermeisterbüro gegangen war und er jetzt den Termin hatte, der eigentlich ihr gehörte.

Sie lief zum Hotel zurück. Beim Eintritt in die Gaststube wurde sie von Stimmengewirr empfangen. Die Herren und Damen Journalisten wärmten sich für die Schlacht auf, sprich, sie tranken Met aus Hörnern. Thorgay war in seinem Element. Eyrunn verteilte den Touristen-Flyer an die Neuankömmlinge, stellte sich auf einen Stuhl und rief: „Wer hat Voucher für das Wikingerlager?"

Einige Frauen und Männer hoben die Hände.

„Dann folgen Sie mir bitte. Der Sturm könnte jederzeit losbrechen, und vorher sollten Sie trockenen Fußes ihr Bett erreichen."

Die Trinkhörner wurden geleert, Gepäck und Equipment wurden geschultert, und dann schritt Eyrunn voran. Peggy hatte eh nichts anderes zu tun, also nahm sie ihr Fahrrad und folgte der Truppe. Die kam nicht weit, denn Frode hatte seine Fahrräder auf dem Weg aufgebaut. Wenn der Journalist nicht zum Fahrrad kommt, dann kommt das Fahrrad eben zum Journalisten.

Um das Chaos auf dem schmalen Asphaltstreifen komplett zu machen, erreichte von der anderen Seite Schwester Fidelis singend mit ihren Schützlingen das Hindernis. Sie war auf dem Weg zum Pfarrhaus, um Magnus Habel beim Herrichten der Kirche für die abendliche Veranstaltung zu helfen, die ihr vom Monsignore bereits angekündigt worden war. Peggy beschloss, ihr zu folgen, um eventuell ein paar Fragen stellen zu können. Wo ihre Kollegen untergebracht waren, konnte sie sich auch später noch anschauen.

„Schwester Fidelis, darf ich Sie begleiten?"

„Aber sicher. Sie sind die Journalistin aus Berlin, nicht wahr?"

„Ja, die bin ich. Ich würde gern ein Interview mit Ihnen machen. Und mit den Kindern, wenn es recht ist."

„Das sind keine Kinder. Das sind Heranwachsende. Und sie haben einen festen Platz auf Wüüst und in den Herzen der Wüüster Inselgemeinde. Sie werden im Heim Sankt Bartholomäus ausgebildet."

„Ich habe gehört, der neue Papst, also Vidar Eriksson, hat das Heim einst gestiftet."

„Ja, hat er. Die Kirche ist überall auf der Welt für ihre Schäfchen da."

„Seit wann gibt es Sankt Bartholomäus?"

„Seit nunmehr fünfzehn Jahren. Bei seinem letzten Besuch hier hat er es eingeweiht. Da war er noch Bischof. Was für eine Ehre für die Insel."

Plaudernd schritten die beiden Frauen nebeneinander her. Die Heranwachsenden im Gänsemarsch kichernd und feixend hintendrein. Am Dorfbrunnen hielt Schwester Fidelis die Truppe an und sagte: „Kaffeetrinken nicht erlaubt. Nicht vergessen. Ihr dürft Kuchen und Kakao, und die älteren dürfen Tee. Also, viel Spaß. Wir sehen uns in eineinhalb Stunden in der Kirche … Ja, Luzie?"

Das Mädchen im knallroten Pullover und dunkelgrünen Jogginghosen machte ein paar Gesten in Gebärdensprache. Schwester Fidelis schüttelte den Kopf. „Nein, Luzie, keinen Kaffee."

Luzies Gebärden wurden schneller und heftiger, ihre Hände flogen in der Luft herum wie wild gewordene Wespen. Die anderen lachten. Luzie hielt Schwester Fidelis eine Zaubertafel und den dazugehörigen Griffel hin. Schwester Fidelis seufzte, schrieb und gab Luzie das Pad zurück. „Gib das an der Theke ab. So, und jetzt lasst es euch schmecken."

Die Jugendlichen verschwanden jubelnd im Bóthildr Rumhús.

„Was haben Sie aufgeschrieben?"

„Dass sie eine Tasse Milchkaffee trinken darf, weil sie morgen achtzehn wird. Vorgezogenes Geburtstagsgeschenk."

„Das ist aber streng."

„Das sind die Regeln von Sankt Bartholomäus. Alles zu seiner Zeit und alles an seinem Platz. Wir sind eine kleine Gemeinschaft, wir leben zusammen und arbeiten zusammen, da müssen die Regeln klar sein."

Peggy runzelte die Stirn.

„Das finden Sie antiquiert, nicht wahr?", sagte Schwester Fidelis.

„Ja, allerdings."

„Aber es funktioniert. Ist das nicht toll?" Schwester Fidelis schritt auf das Pfarrhaus zu. Sie bräuchte auch dringend einen Tee, aber das Telefonat mit Monsignore Valente hatte keinen Zweifel über den Zustand des Pfarrers und seiner Heimstatt zugelassen, in dem ihre Hilfe dringend gebraucht wurde. Sie hatte sowieso längst gewusst, dass Magnus Habel kein Kind von Traurigkeit war. Auf einer so kleinen Insel hatte ein Geheimnis ein äußerst kurzes Verfallsdatum. Fidelis' Auftrag, den sie von Monsignore Valente erhalten hatte, lautete: Bringen Sie ihn auf Kurs, wenigstens so lange, bis die Journalisten abgereist sind. Und bei Gott, das würde sie.

Peggy schaute der schlanken, aufrechten Gestalt der Ordensfrau hinterher. Dann entschloss sie sich, doch noch zum Zeltlager zu fahren. Ein bisschen Klatsch und Tratsch könnten auch nicht schaden. Sie guckte auf die Inselkarte, die auf der Rückseite des Faltblatts aufgedruckt war, schwang sich aufs Fahrrad und fuhr davon.

Im Wikingerlager stand Rune auf einem Baumstumpf in der Mitte der Jurten und kontrollierte die Voucher. Die Rudermannschaft der Wikingerflotte hatte sich nach getaner Arbeit längst durch die Dünen davongemacht. Gordian und Bothilde standen neben Rune und vervollständigten das Empfangskomitee. Die Wimpel auf den Jurten knatterten im Wind.

„Willkommen auf Wüüst. Wir hoffen, Sie fühlen sich im Wikingerlager wohl. Ein paar Meter weiter, zu meiner Linken, finden Sie die Waschräume. Dort haben Sie die Möglichkeit, elektrisches Gerät aufzuladen. Ihre Fahrräder nehmen Sie bitte nicht mit in die Jurten. Auf dieser Insel wird nichts gestohlen, das kann ich Ihnen versprechen. Holz für die Öfen finden Sie im Schuppen neben dem Waschhaus."

Gordian übersetzte ins Englische, Französische und Spanische.

„Heute Abend um zwanzig Uhr wird es eine Pressekonferenz in der Kirche in Groß Wüüst geben. Dort haben Sie Gelegenheit, alle Fragen zu stellen, die Sie stellen wollen. Wenn Sie etwas benötigen, wenden Sie sich bitte an Eyrunn. Ihr Büro ist direkt neben dem Hotel. Und apropos Hotel, dort Frühstück um acht, Mittagessen um halb eins, Kaffee und Kuchen halb vier und Abendessen um sechs Uhr. Da wir nicht auf einen solchen Ansturm vorbereitet waren, nehmen Sie bitte mit unserer bescheidenen Küche vorlieb, à la carte erst ab übermorgen … wenn überhaupt …"

Wieder folgte die Übersetzung von Gordian.

„Gibt es vegetarisch und laktosefrei?", rief jemand. Ein paar der Umstehenden lachten.

„Wikinger sind weder das eine noch das andere", sagte Rune. Was noch mehr Gelächter hervorrief. „Wir lieben es blutig."

Ein paar Neugierige sahen sich in den Jurten um und murrten, als sie die Feldbetten sahen. Keiner der Gäste hatte einen Schlafsack oder Ähnliches dabei, deshalb mussten sie mit kratzigen Militärdecken und ihren Kollegen auf Tuchfühlung vorliebnehmen. Die Truppe war kurz vorm Ausflippen, als sie die Waschräume sahen. Die drei Damen rissen sich eine Duschkabine unter den Nagel und reklamierten eine Jurte nur für Frauen, woraufhin sich gleich fünf männliche Reporter für Transgender erklärten. Immerhin waren die Toilettenhäuschen und Außenduschen aus Stein gebaut. Jemand monierte, dass keine Piktogramme an den Türen seien. Rune sagte: „Unisex, reicht auch für gefühlt dreitausend mögliche Geschlechter. Und falls jemand glaubt, er sei dieser Tage eher ein technisches Gerät – Ölwechsel gibt's in der Hafenmeisterei."

„Keine Heizung?!", rief jemand und kam aus den Waschräumen gerannt. „Keine Heizung?! Seid ihr wahnsinnig?"

„Auf Ihre erste Frage: Ja, und auf die zweite, Nein", sagte Gordian. „Vielleicht sind Ihre Kollegen mit Hotelzimmer so nett …"

„Meine Damen und Herren, Wüüst wünscht Ihnen einen angenehmen Aufenthalt", sagte Rune und wandte sich Gordian zu. „Wir sind gut."

„Ja, geschafft", sagte Gordian. Sie gaben sich ein High-Five und überließen die Journalisten ihrem Schicksal.

„Das Wetter wird eine Katastrophe", sagte Gordian. „Wenn das so wird, wie es sich ankündigt, steht das Wasser morgen in den Zelten."

„Ah, ja, sie werden es überleben. Kommst du zur Pressekonferenz? Und! Man munkelt, es gibt eine Ankündigung vom Papst, um neun ... im Inselradio."

„Woher weißt du das alles schon wieder?"

„Von meiner Frau. Die hatte grad ein sehr nettes Gespräch mit Monsignore Valente. Dem Gesandten aus Rom. Kannst du dir das vorstellen? Vidar Eriksson hat einen Gesandten?"

„Und nicht nur einen."

„Du musst es ja wissen."

„Und wie ich das weiß. Ich kenne Monsignore Valente. Netter Mann. Tut manchmal ein bisschen geheimnisvoll. Aber in Kirchenrecht ist er unschlagbar."

„Das ist ja nix für mich. Aber, wenn's dich glücklich macht." Rune schwang sich auf den Traktor. „Bis heute Abend, eventuell."

Gordian war noch nicht an der Weggabelung in den Dünen angekommen, als aus einer der Jurten tumultartige Geräusche und spitze Schreie zu hören waren. Er spurtete zurück. Rune hielt an und sprang vom Traktor. Bothilde kam quiekend und mit wehenden Ohren aus einer Jurte galoppiert, direkt in Gordians Arme. Verfolgt wurde sie von einem Mann, der mit einem Kamerastativ um sich schlug. Rune legte den Mann fachgerecht aufs Kreuz und entwaffnete ihn, bevor eine Sekunde abgelaufen war. „Was soll das?!"

„Das Schwein lag auf meinem Bett!"

„Das Schwein heißt Bothilde und liegt, wo es will. Und wenn es auf Ihrem Gesicht liegen will, dann bleibt es da liegen. Verstanden?"

Der Kreis, der sich um Rune und den Mann gebildet hatte, wich zurück. Rune ließ den Mann los und warf das Stativ in hohem Bogen in die Düne. „Niemand, wirklich niemand fasst dieses Schwein an, außer um es zu streicheln. Klar?"

Die Umstehenden nickten. Sie hatten auch ohne Gordians Übersetzung verstanden, dass Bothilde nicht irgendein Schwein war. Gordian kraulte ihre Ohren und sprach beruhigend auf sie ein. Dann wandte er sich dem Journalisten zu und sagte: „Sie hätte an einem Herzinfarkt sterben können."

„Ist ja schon gut, Mann!"

„Das hoffe ich. Sonst landen Sie im Verlies."

„Er meint das ernst", sagte Rune. „Er hat eins, und er wird es benutzen, wenn ihm danach ist."

Die Reportermeute zog sich zurück. Einige klappten auf ihren Feldbetten sitzend ihre Laptops auf und waren erstaunt, dass es zwar keine warmen Duschen, dafür aber freies W-Lan gab. Und so schickten sie ihre ersten Impressionen in Wort und Bild über die Heimat des neuen Papstes in die Welt. Die Stars der Stunde auf allen Weltkanälen waren: Auf Platz 1.: Bothilde, 2.: Gustav, 3.: der blutbesudelte Inselpfarrer, und einige Beiträge zeigten verzweifelte Menschen, die versuchten, einen Holzofen inmitten einer Jurte zum Brennen zu bringen.

In Rom, im Appartement Seiner Heiligkeit, riefen diese Bilder große Erheiterung hervor. Habemus Papam ridentem, wie man so schön sagt.

Die Einzigen, die sich ihre Informationen von den Fernsehstationen ihrer Nachbarländer holen mussten, waren die Luxemburger, denn ihr Korrespondent war seit Abreise nicht erreichbar – und nach Ankunft auch nicht, er lag totenbleich auf einem Bett und fühlte sein Ende nahen, obwohl die beiden verrückten Frauen, die ihn entführt hatten, Suppe in ihn hineinlöffelten und regelmäßig die Wadenwickel wechselten.

„Er ist völlig durcheinander", sagte Agni.

„Normal, er hatte Erstkontakt mit dem offenen Meer."

„Er ist traumatisiert."

„Ich glaube eher, dass es ein Dämon ist."

„Panikattacke."

Der Kopf des jungen Mannes wackelte von links nach rechts. Er versuchte, dem Dialog zu folgen, aber alles, was es ihm einbrachte, war mehr Übelkeit und Grollen in seinen Eingeweiden. Plötzlich zog sich sein Zwerchfell zusammen und er lachte, wie er noch nie in seinem Leben gelacht hatte. Die beiden Frauen schauten ihn ratlos an.

„Dreht er jetzt komplett durch?", fragte Agni.

„Wissen Sie, was ich in der Schule gesagt habe, als die Lehrerin uns gefragt hat, was wir werden wollen?"

„Nein", sagte Hedda und fühlte seine Stirn.

„Kriegsberichterstatter … Kriegsberichterstatter …" Er hielt sich den Bauch und schnappte nach Luft.

„Junger Mann, Sie sollten sich beruhigen, und wenn Sie wieder zu Hause sind, dann satteln Sie ins Kulturressort um. Hm?"

„Ich werde mein Zuhause nie mehr wiedersehen …" Und schon liefen ihm Tränen die Wangen hinunter, dabei brabbelte er irgendwas auf Luxemburgisch.

Agni hatte zwischenzeitlich seine Jacke gefilzt, hielt seinen Presseausweis in der Hand und wedelte damit vor seiner Nase herum. „Luc Junét, jetzt reißen Sie sich mal zusammen. Das hier ist nicht Beirut."

Als wolle der Himmel widersprechen, wurde das Haus der beiden Schwestern von einer heftigen Windböe getroffen, dass man für einen Augenblick denken konnte, das Dach würde abheben. Dann krachte der Donner und Blitze schossen über die Insel. Luc Junét wimmerte und zog sich die Decke über den Kopf.

„Lassen wir ihn in seinem Elend allein", sagte Hedda.

„Nein, gehen Sie nicht weg", greinte es unter der Decke.

„Es wird Ihnen nichts passieren." Agni griff in ihren Druidenbeutel und schob ein Amulett unter die Bettdecke. Eine Plakette aus Eisen, die Schwert und Streitaxt vor einem Wikingerschild zeigte. Kunstschmiede war auch ein Betätigungszweig von Agni, neben Pulloverstricken und Heilkunst. Zu Heddas Erstaunen verebbte das Gejammer des armen Luc allmählich. „Merci, mesdames."

Als der junge Mann endlich eingeschlafen war, verließen die beiden das Zimmer.

„Was für ein Weichei", sagte Hedda, als sie mit ihrer Schwester in der Küche saß.

„Eine Landratte eben, was hast du erwartet?"

„Na ja, vielleicht kann er gut schreiben."

„Das hoffe ich für ihn. Stell dir vor, das ganze Königreich Luxemburg denkt schlecht über uns." Agni schlug mit der Faust auf den Tisch und bog sich vor Lachen. Hedda stellte zwei Hörner auf den Tisch und goss Met ein. Man konnte über Agni sagen, was man wollte, mit ihrem Krötenzauber, Amuletten, Schwertgerassel und schwer verdaulichen Pullovern, aber Humor hatte sie.

Im Bòthildr Rumhús war die Stimmung unter den Journalisten mit Hotelzimmer so weit fortgeschritten, dass sie beinahe den Siedepunkt erreichte. Es wurden Selfies geschossen und über alle Social-Media-Kanäle in die Welt geschickt, einige tanzten metbeseelt auf den Tischen. Frode hatte allen, neben Fahrrädern, jede Menge Schätze aus seinem Laden aufgenötigt. Es gab jedenfalls mehr farblich abgründige Pullover und Wikingerhelme im Gastraum als Anzugjacken und Basecaps. Er war stolz über seinen Geschäftssinn, der ihm geraten hatte, seinen Bollerwagen mit allem zu füllen, was sein Laden hergab, um den ambulanten Verkauf anzukurbeln. Nun lehnte er an der Theke und betrachtete zufrieden sein Werk. Gummistiefel waren jedenfalls ausverkauft, und Helme gab es nur noch in Kindergrößen. Die Papstwahl hatte sich bis jetzt für ihn ausgezahlt. Vielleicht würde er Vidar Eriksson schreiben und sich dafür bedanken.

Beinahe alle anderen Inselbewohner hatten sich vor dem Sturm in ihre Häuser zurückgezogen. Die Abgesandten der Welt blieben beim Amüsement weitestgehend unter sich. Thorgay befeuerte das Ganze mit Schlachtgesängen. Eyrunn traute ihren Augen nicht, als sie das Durcheinander im Hotel ihres Cousins sah. Und auch Rune, der kurz nach ihr ankam, war sich nicht ganz sicher, ob er lachen oder weinen sollte. Er schob Thorgay von der Theke weg. „Geh nach Hause, aber flott."

„Wie, wie, wie konntest du ihn hier …?", zischte Eyrunn.

„Er war ja nicht allein. Gustav war bei ihm. Wo ist er überhaupt?"

„Auf der Tanzfläche", sagte Thorgay. „Er macht der BBC schöne Augen."

„Und wer ist die da? Mit der Kamera in der Hand?"

„Miss Amerika."

„Na, der Papst wird sich freuen." Rune stieg auf einen Stuhl und breitete die Arme aus. „Meine Damen und Herren, die Party ist zu Ende. Abendessen heute erst um sieben, Pressekonferenz um acht in der Kirche. Und bitte: Gehen Sie nicht hinaus, wenn Sie nicht müssen. Der Sturm wird minütlich stärker."

Unter großem Gelächter schoben und drängten die Journalisten aus dem Schankraum über den Flur in ihre Zimmer.

„Und jetzt?", fragte Eyrunn. „Machen wir Abendbrot?"

„Na sicher. Wir sind schließlich zivilisiert."

Gustav fand sich unversehens allein auf der Tanzfläche wieder und ließ seinen Rollstuhl rotieren. Thorgay hielt ihn fest. „Hör mal auf damit, du kotzt gleich noch."

Aber Gustav hörte ihn gar nicht, denn er war eingeschlafen. Seine Hand hielt den Joystick für die Steuerung des Rollstuhls fest umklammert. Das Tänzchen hätte jetzt so lange weitergehen können, bis der Akku leer gewesen wäre. Thorgay stellte den Rollstuhl aus und schob Gustav an einen Tisch.

Zwischen Blitz und Donner flog die Tür der Gaststube auf und Birger, beladen mit einer Plastikwanne voll Bauchfleisch, kam herein. Er ließ die Wanne krachend auf die Theke fallen. Dann schnappte er sich Gustav samt Rollstuhl und schob ihn hinaus ins Unwetter.

„Schönen Abend noch", sagte Rune. Aber Birger hörte ihn schon nicht mehr.

„Ob er Gustav endlich ins Meer schubst?", fragte Thorgay.

„Du kannst dich gleich anschließen", sagte Eyrunn, die die Tische abwischte und Müll einsammelte. „Ich hoffe, du hast Deckel gemacht?"

„Deckel?"

„Aufgeschrieben, wie viel jeder getrunken hat", sagte Rune.

„Ach, so … nee. Drei Fässer Met, von den großen, glaub ich jedenfalls… kannst du ja auf alle umlegen."

Rune packte Thorgay am Schlafittchen und schob ihn hinaus. „Ich werde dich gleich umlegen … Hau ab und sieh wenigstens zu, dass deine Fähre nicht davonfliegt."

Thorgay taumelte ins Gewitter hinaus, drehte sich noch mal um und sagte: „Kann ich noch ein Horn voll …"

„Nein!", sagte Rune und knallte die Tür zu. Thorgay stemmte sich gegen den Wind und stapfte in Richtung Hafen, wo *Erik der Rote* auf dem Trockenen lag. Er kletterte die Leiter hinauf, stolperte über das Deck zum Kapitänsstand, setzte sich auf den Kapitänsstuhl, legte die Füße auf das Armaturenbrett und war innerhalb von Minuten eingeschlafen.

In die Kirche war auch so etwas wie Entspannung eingetreten. Hier allerdings nach jeder Menge konzentrierter Arbeit. Viele helfende Hände hatten sich darum gekümmert, dass alle Bänke sauber, die Lautsprecheranlage fit und die Gesangbücher bereitlagen. Schwester Fidelis betrachtete zufrieden das Werk ihrer Schützlinge, die nun alle müde auf den Kirchenbänken lümmelten. Magnus Habel, dank Schwester Fidelis wieder etwas besser zurechtgemacht, kam mit einem Tablett in den Kirchenraum. Kakao und Kekse für alle.

Schwester Fidelis setzte sich auf die Treppe zum Altar und knabberte an einem Keks. „Der Sturm wird immer heftiger."

„Ja", sagte Habel und nippte am Kakao.

„Ich kann mit den Kindern jetzt nicht zurück zum Heim", gab Schwester Fidelis zu bedenken.

„Ja, sieht so aus", sagte Habel.

„Sind Sie abwesend, oder interessiert es Sie nicht?"

„Was?"

„Was ist los, Herr Pfarrer? Ist irgendwas passiert?"

„Ja … nein … ach … Valdis hat gekündigt. Und jetzt habe ich auch noch Monsignore Valente als Logiergast, und er will gleich was zu essen haben."

„Kakao und Kekse können Sie ja."

„Können Sie mir nicht helfen?"

„Wobei?"

„Ein Abendessen für den Legat des Heiligen Vaters."

„Also ich kann nur in Holz und Metall", sagte Fidelis. „Aber wissen Sie was, wir haben alle Hunger. Spaghetti sollten wir doch wohl hinkriegen."

Wie auf Stichwort stand Luzie vor Schwester Fidelis und ließ ihre Finger fliegen.

„Ja, mit Tomatensauce. Falls welche da ist."

Luzie rannte los und verschwand im Gang, der das Pfarrhaus mit der Kirche verband.

„Was macht Sie denn?"

„Den Pizzadienst anrufen?" Schwester Fidelis klatschte in die Hände, und ihre müden Schäfchen erhoben sich von den Bänken. Die Aussicht auf völlig salatfreie Spaghetti mobilisierte die letzten Kräfte.

„Die kommen jetzt alle mit?", fragte Magnus Habel.

„Ja, was denn? Glauben Sie, nach all der Arbeit läuft das hier auf eine Armenspeisung auf den Treppen der Kirche hinaus?"

„Aber der Monsignore …"

„Der wird schon mal ein paar Teenager gesehen haben." Fidelis schüttelte den Kopf. „Wo steckt er überhaupt?"

„Er war bei Tofà, und jetzt macht er, glaube ich, ein Nickerchen."

Kapitel 5

Während nach der Spaghettisause Schwester Fidelis, Pfarrer Habel und Monsignore Valente voller Erwartung auf den Stufen zum Altar standen und die Tür anstarrten, hatten sich die Bewohner von St. Bartholomäus zu einem Verdauungsschläfchen auf den Polstermöbeln im Pfarrhaus niedergelegt.

Pfarrer Habel starrte immer wieder auf seine Armbanduhr. Der Monsignore unterdrückte einen Schluckauf. Luzie hatte es mit den Spaghetti Arrabiata zu rabiata gemeint. Schwester Fidelis machte ein wichtiges Gesicht. Dass sie in letzter Sekunde den Damenslip von der Gästetoilette gefischt und in Magnus Habels Soutane gestopft hatte, verlieh ihr einen klaren Vorteil gegenüber dem Pfarrer, der seitdem ihren Blick mied. Aber beim Essen war er sehr um sie bemüht gewesen. So sehr, dass Fidelis ihn mit einem gezischten: „Jetzt lassen Sie das und gehen Sie in sich", in die Schranken hatte weisen müssen. Monsignore Valente hatte zu all dem nur wissend gelächelt.

„Wie spät?", fragte der Gesandte des Papstes.

„Zehn nach acht", sagte Pfarrer Habel.

„Genug Zeit, um sich zu bessern", sagte Schwester Fidelis.

„Es wird wohl keiner kommen", sagte der Pfarrer und murmelte so leise, dass nur der Herrgott ihn hören konnte: „Wie immer."

Um elf Minuten nach acht knarzte das Kirchenportal in den Angeln. Alle nahmen Haltung an. Aber herein kam Tofà, die das kleine Nickerchen in ihrem Büro etwas hatte ausufern lassen, was wohl am Restalkohol und den aufregenden Ereignissen des Tages geschuldet war. Vielleicht war es aber auch ihr Sinn für den großen Auftritt, der sie dazu gebracht hatte, etwas nach der vereinbarten Zeit zu erscheinen. Ein stolzer

Gang bis zum Altar, wo alle auf sie warteten, war wie ein roter Teppich vor einer großen Preisverleihung. Aber da war niemand in den Reihen, und gähnend leere Kirchenbänke versauerten ihr etwas die Stimmung. „Wo sind denn alle?", fragte sie.

„Das könnte man sich fragen, angesichts des Andrangs, der hier herrscht", sagte Monsignore Valente. „Werte Bürgermeisterin, wir können es uns nicht erklären."

„Die haben alle mächtig gesoffen", kam es verschlafen aus einer Kirchenbank. „Vor morgen werdet ihr von denen keinen sehen. Und ich glaube, diejenigen, die in den Jurten schlafen, trauen sich nicht nach draußen, aber die waren ja auch nicht ganz nüchtern."

„Freya, was machst du hier?" Tofá stemmte die Arme in die Hüften.

„Ich wollte meine Ruhe haben. Nachdem ich den Supermarkt auf Vordermann gebracht habe, bin ich rüber ins Hotel, ich wollte zu dir, aber da hab ich durch die Fenster geguckt, und da warst du auch gar nicht, dafür aber jede Menge Leute, die sich mächtig amüsiert haben. Da wollte ich nicht auf dich warten. Hier war es so schön ruhig. Bevor Birger, Hakon und Gustav mich wieder auf die Palme bringen, hab ich gedacht, ich leg mich ein bisschen hin. Gustav ist grad unerträglich … Ich könnt ihn …"

Monsignore Valente warf einen nervösen Blick auf seine Taschenuhr. „Nun, ich denke, das wird heute nichts mehr."

„Alle Mühe umsonst", sagte Magnus Habel.

„Nichts ist in den Augen des Herrn vergebens", sagte Schwester Fidelis. „Wir haben unser Bestes gegeben, und das weiß Er."

Magnus Habel schickte einen flehenden Blick gen Kirchendach, und Monsignore Valente wandte sich dem Pfarrer zu.

„Werden nachher alle ihre Radiogeräte eingeschaltet haben?", fragte er.

„Ja sicher. Pünktlich um neun."

„Wie können Sie das wissen?"

„WhatsApp", sagte Tofà.

„Hm."

„Warum wollen Sie denn unbedingt im Radio sprechen?", fragte Pfarrer Habel.

„Meinen Sie, ich lasse die Botschaft Seiner Heiligkeit über WhatsApp verbreiten? Halten Sie das für angemessen?"

„Nein, selbstverständlich nicht. Ich meine nur, das Inselradio machen wir nur für die Touristen ... also, während der Saison ... und die ist ja eigentlich vorbei ..."

Monsignore Valente strich sich über den Bauch und hätte nicht schlecht Lust gehabt, sich noch ein oder zwei Gläschen des Inselschnapses zu genehmigen – den Namen würde er sich merken: Odins Vann. „Frohe Botschaften haben immer Saison, mein Freund ... Ich glaube, es wird Zeit, ins Studio zu gehen."

Magnus Habel rannte los und brachte ein paar Sekunden später einen quietschgelben Regenmantel und Gummistiefel für den Monsignore. „Ziehen Sie das an. Es sind zwar nur ein paar Meter ..."

Schwester Fidelis nickte. Der Monsignore verpackte sich umständlich in den langen Regenmantel, der unter den Armen spannte, zog die Stiefel an und setzte sich den Südwester auf. Dann wandten sich Tofà und Freya zur Tür. „Wir begleiten Sie, Monsignore. Bei dem Regen sieht man ja die Hand vor Augen nicht."

„Aber die Damen, Sie haben keine Regenkleidung ..."

Tofà und Freya lachten.

„Ich verstehe", sagte Monsignore Valente. „Das ist vermutlich auch nur für Touristen.

„Natürlich, so kann man sie besser sehen, wenn sie im Meer treiben."

In der Gaststube des Hotels standen Rune, Eyrunn, Valdis und Frode vor einem ansehnlichen Wikingerbuffet, das bislang nicht angerührt worden war.

„Valdis, nimm dir so viel du willst und geh mit Frode nach Hause. Die kommen nicht mehr", sagte Rune.

Valdis zuckte die Schultern. Sie war dem Hilferuf von Eyrunn gefolgt, die Sorge hatte, dass sie es nicht alleine schaffen würde, der hungrigen Meute Herr zu werden. Aber wie es aussah, zogen die Herren und Damen ein Nickerchen vor.

„Ihr schlaft heute hier", sagte Eyrunn. „Ihr beiden geht nicht noch mal da raus." Sie nahm einen Teller, häufte jede Menge Essen darauf und setzte sich an einen Tisch. „Kommt, la-lasst uns essen. Guten Appetit."

„Es ist kein Zimmer mehr frei", sagte Frode, der sinnend vor dem Schlüsselbrett stand. „Aber ein Schlüssel ist hier."

Valdis füllte zwei Teller für sich und ihren Bruder. „In der Küche können wir ja wohl schlecht schlafen", sagte sie.

„Moment mal, es sind doch alle Zimmer vergeben …" Rune schaute im Buch nach und versuchte zu entziffern, was Thorgay hineingekritzelt hatte. „Alle Zimmer sind vergeben. Wo ist denn …?"

„Peggy, Peggy aus Berlin fehlt", sagte Frode. „Dann nehmen wir ihr Zimmer."

„Aber die muss doch irgendwo sein?", sagte Eyrunn voller Sorge.

„Vielleicht liegt sie bei irgendeinem Kollegen im Bett." Valdis spießte eine kross gebratene Bauchfleischscheibe auf und biss hinein.

„Die war mit dem Fahrrad unterwegs", sagte Frode.

„Das ist ja kein Grund, nicht mit jemandem im Bett zu liegen."

„Sag jetzt nicht, du vermisst ihn schon?" Eyrunn knuffte Valdis in die Seite. „Du weißt schon ..."

„Nein. Ich vermisse gar nichts", antwortete Valdis. „Warum auch?"

„Ach, und wenn die hübsche Berlinerin mit Magnus ... na?"

„Dann wird ihm der Monsignore den Hals umdrehen. Und das hätte er sich redlich verdient."

„Ja, wo ist sie denn dann hin?", fragte Rune.

Alle zuckten die Schultern. Keiner wusste, wohin es Peggy Winter geweht hatte.

„Müssen wir jetzt ausrücken?", fragte Frode. „Wie damals bei dem schrecklichen Kind?"

Alle dachten kurz nach, dann schüttelten sie die Köpfe. Stadtkinder zu suchen ist okay, man tut ja, was man kann. Aber Erwachsene, die sich auf einer Insel verliefen, hatten es nicht besser verdient. Und mal eine Nacht draußen zu verbringen, hat noch niemandem geschadet.

„Wenn irgendwas wär', hätte sie sich schon gemeldet", sagte Valdis. „Und wenn sie im Meer treibt, erkennen wir sie morgen früh genug an ihrem grünen Pullover." Sie gab sich mit Frode ein High-Five.

„Den hab ich ihr verkauft", sagte er voller Stolz.

„Hast du gut gemacht, Bruderherz."

Damit war der Fall für die Versammlung im Bòthildr Rumhús erledigt.

Um fünf Minuten vor neun betrat Monsignore Valente begleitet von Tofà die Wirtschaft. Freya hatte sich in ihr Schicksal gefügt und war nach Hause gegangen, um sich die Zänkereien zwischen ihrem Mann und seinem Vater anzuhören. Vielleicht hatte sie aber auch Glück und einer der beiden war eingeschlafen, oder Gustav war mit seinem Rollstuhl in die Nordsee gefallen ... oder vielleicht war er auch einfach für immer eingeschlafen oder er hatte sich selbst mit seiner Streitaxt erschlagen ... Freya hoffte, dass niemand ihre Gedanken hören konnte, vor allem nicht irgendein Gott, falls es denn überhaupt einen gab ... Sie hatte schon vor lauter Verzweiflung ein Ritual bei Agni bestellen wollen, es sich dann aber anders überlegt. So was machte man einfach nicht. Sie hatte Hakons Mutter bis zum Schluss ertragen, und so würde sie es auch mit Gustav halten. Und in ein paar Wochen würde ihr Sohn Thormod mit seiner Familie aus Island kommen, und dann würde alles etwas entspannter werden. Gustav würde sich mit Elan der Erziehung seiner beiden Enkel zuwenden, um aus ihnen rechte Wikinger zu machen, und Hakon und sie könnten endlich mal wieder durchatmen.

„Können wir?", fragte Monsignore Valente und zog Südwester und Regenmantel aus. Frode nahm beides entgegen und erntete ein joviales Kopftätscheln.

„Danke, reicht", sagte Frode streng und knirschte mit den Zähnen.

Der Monsignore guckte Frode eindringlich an. Dann lächelte er und verbeugte sich. „Danke, Frode Kellisson."

„Woher wissen Sie denn, wie ich heiße?"

„Frode, jetzt lass doch den Gesandten des Vatikans in Ruhe. Monsignore, bitte hier entlang", sagte Eyrunn und zeigte dem Kirchenmann den Weg ins kleine Radiostudio, das sich in einem Anbau des Hotels, dem Touristenbüro, befand.

„Alles vorbereitet", sagte Eyrunn und schaltete das Mischpult ein. Der Monsignore nahm hinter dem Mikrofon Platz.

Auf der gesamten Insel gaben pünktlich um zwei Minuten vor neun die Mobiltelefone Laut. Mal war es ein Pling, mal eine kleine Melodie, aber der häufigste Signalton war der Kampfschrei der Wikinger. Die WhatsApp-Gruppe Wüüst wurde daran erinnert, die Radios einzuschalten.

Gordian saß mit Bothilde auf dem Sofa und erhob beim letzten Ton des Zeitzeichens, drei Stöße in ein Rinderhorn, das jede Sendung ankündigte, ein Glas mit Rotwein. Bothilde grunzte.

„Liebe Wüüster. Mein Name ist Monsignore Valente. Seine Heiligkeit Judas Thaddäus der Erste bat mich, Ihnen etwas auszurichten ..." Wenn es so etwas gab wie eine ideale Radiostimme, der Monsignore hatte sie. Wie geschmolzene Schokolade ging sie durch den Äther, und die Bewohner der Insel lauschten gebannt.

„... und so hat sich euer Bruder ausbedungen, zwölf aus eurer Mitte nach Rom zur Inauguration in sein neues Amt einzuladen. Übermorgen wird sich eine Fähre am Hafen von Wüüst einfinden, und die zwölf Glücklichen werden an Bord gehen. Der Weitertransport auf dem Festland und per Flugzeug ist organisiert. Es wird für alles gesorgt sein. Wer aber die Zwölf sein werden, das müsst ihr selbst bestimmen. Ich wünsche allen eine gesegnete Nacht. Der Herr sei mit euch."

Dann erklangen wieder die Hörner. Das außerplanmäßige Programm war beendet. Über der Insel setzte der Sturm zu einem neuen Angriff an. Das Touristenbüro schien zu schwanken. Draußen flog Gustavs Kanu vorbei, das krachend ins Bòthildr Denkmal stieß. Eyrunn hätte vor Schreck beinahe vergessen, die Sendeanlage auszuschalten.

„Sollen wir nicht noch ein Kirchenlied vielleicht?", sagte der Monsignore. Aber Eyrunn schüttelte vehement den Kopf.

„Nun ja. Sollten wir draußen nicht mal nachsehen, was da passiert ist?"

Eyrunn lächelte verkrampft. „Äh … nein, nicht nötig. Egal, was es war, morgen ist es nicht mehr hier."

„Ah, ja … die Wege des Herrn sind …"

„Genau."

Die Wüüster sehnten sich nach Schlaf. Ihnen steckten das Wüüsten, jede Menge Met und die aufregenden Neuigkeiten noch immer in den Knochen, aber die Ankündigung hatte sie so wach gemacht, wie es ein Liter Espresso pro Nase nicht geschafft hätte. Egal, wo sie in diesem Moment saßen, standen oder lagen: In ihren Köpfen machte sich ein Gedanke breit: Zwölf aus neunundvierzig.

Kapitel 6

Die Uhr im Kirchturm schlug Mitternacht. Pfarrer Habel wälzte sich im Bett herum, das er nun ganz für sich alleine hatte, was ihm sehr missfiel. Die Einsamkeit zerrte an seinen Nerven wie der vor der Türe des Pfarrhauses tobende Sturm.

Bothilde schnarchte auf Gordians Couch, ebenso wie Gordian selbst, der das Schwein in den Armen hielt.

Eigentlich lagen alle in ihren Betten und ratzten, mehr oder weniger Albträume generierend, freigesetzt von der Ankündigung des Monsignore Valente, der hin und wieder im Schlaf rülpste. Er hatte keine Albträume, er war einfach nur vollgefressen von Spaghetti Arrabiata.

Man könnte auch sagen, über der gesamten Insel stand eine Wolke aus Schnarchen, Alkoholdunst, knisternden Bettlaken und kratzigen Wolldecken, wenn die Schlafenden sich wendeten, und eine gewisse Spannung. Im Zeltlager und im Hotel hatten die Journalisten aus aller Herren Länder ihren Frieden in den Betten, weil nach ausreichendem Metkonsum die Lebern auf ungestörter Verwertung beharrten. Sie hörten weder Thors Hammer noch den Gott Njord, der das Meer durcheinanderwirbelte.

Eine aber schlief nicht. Peggy Winter saß zwischen zwei Dünen auf einem Büschel Strandhafer und schrie ihren Frust in den Wind. Sie war vom Weg abgekommen, als sie das Zeltlager der Kollegen gesucht hatte, kauerte nun nass bis auf die Knochen im Sand und verfluchte den Tag, an dem sie sich entschieden hatte, Journalistin zu werden und nicht irgendetwas anderes, zum Beispiel Besitzerin eines Bio-Bonbonladens am Prenzlauer Berg oder etwas Ähnliches, das die Hipsterszene, na ja, für hip hielt. Die Dunkelheit umhüllte sie, nur die zuckenden Blitze erhellten ab und zu das Elend ihrer Existenz. Irgendwann hatte sie genug von allem und beschloss, einfach zu sterben. Sollten sie doch sehen, wie diese Inselrabauken, von denen keiner ausgezogen war, sie zu suchen, ihren Tod vor der ganzen Welt erklären. Hier waren doch alle Irre, Hinterwäldler, Ignoranten, die Pest und unzivilisiert. Und dann auch noch dieses Wetter. Ihr Handy-Akku war schon lange leer und weit und breit keine Steckdose, und die letzte Zigarette hatte sich in Matsch verwandelt, bevor sie sie hatte anzünden können. Vor Wut biss sie in ihr Mobiltelefon. Soll es so enden?, fragte sie sich. Der erste große Einsatz, und schon war sie dem Tode geweiht. Archiv!, brüllte die Stimme ihres Chefredakteurs. Nein!, antwortete ihre innere Stimme, und dieses Nein hatte eine Energie von mehreren Atombomben, beinahe hätte es den Wikingerhelm zerbeult, den sie immer noch trug. Nein, nein … und nein! Diese Insel schafft mich nicht! (Eine erstaunlich kurze Spanne zwischen totaler Aufgabe und neu erwachtem Überlebenswillen, aber den sicheren Tod vor Augen, kann so was schon mal passieren, vor allem wenn man keine Zigaretten mehr hat.) Sie kippte das Wasser aus ihren Gummistiefeln, schob den Helm auf ihrem Kopf zurecht, stand auf, stemmte das Fahrrad hoch und stapfte los. Hagel und Regen ergaben ein heftiges Naturpeeling im Gesicht und ein hübsches Trommelkonzert auf dem Helm, aber der Schmerz, die Wut und ihr von den Toten auferstandener Wille, es allen zu zeigen, siegten. Sie zerrte und schob, ächzte und krächzte, stapfte und stampfte, am liebsten hätte sie den Sand auch noch verprügelt, aber dazu hätte sie sich wieder hinsetzen müssen. Meter für Meter kämpfte sie sich durch die Finsternis vorwärts, bis ihr langer Marsch unversehens von einer Mauer gebremst wurde. Helm auf Mauer ergab einen ordentlichen Knall, der in ihrem Gehirn ein paar Sekunden hin und her vibrierte. Als der Schmerz nachließ, fand sie sich unter dem Fahrrad liegend in einer Pfütze wieder. Sie schob eine Hand vor und ertastete Stein … Mauer … Fensterbrett … Glas. Peggy trat gegen das Fahrrad, rappelte sich auf, und als sie sich vorbeugte, klongte der Helm gegen eine Fensterscheibe.

Auf der anderen Seite der Scheibe wurde Luc Junét von diesem Geräusch wach, wusste nicht, wo er sich befand, und beschloss, der Angelegenheit keine Aufmerksamkeit zu schenken. Aber es klongte noch einmal. Seinen ganzen Mut zusammennehmend, kletterte er auf wackligen Beinen aus dem Bett. Ein weiterer mächtiger Blitz, der sich beinahe über den ganzen Horizont zog, beleuchtete etwas vor seinem Fenster, das er für den Ausbund der Hölle hielt. Es hatte riesige Augen und einen Helm, unter dem zotteliges Haar hervorquoll. Er schrie auf und plumpste wieder auf die Matratze.

Peggy hatte den Schrei gehört und klopfte an die Scheibe. Erst leise und rhythmisch, dann immer heftiger, bis Luc sich ein Herz fasste, die Nachttischleuchte anmachte und wieder aus dem Bett kroch. „Wer ist da?", fragte er zwischen zwei Donnerschlägen.

„Mach verflucht noch mal auf, ich sterbe hier draußen", rief Peggy.

Luc löste die Verriegelungen des Schiebefensters und schob es drei Zentimeter nach oben, beugte sich zum so entstandenen Spalt hinunter und sagte: „Wer bist du?" (Ein Rat seines Therapeuten: Bei Monstern unterm Bett immer fragen, wie sie heißen und was sie wollen.)

„Peggy Winter, Berliner Kurier, verflucht und zugenäht! Bist du taub?! Mach endlich das beschissene Fenster auf oder die Haustür, aber lass mich rein!"

Luc schob das Fenster ganz nach oben, und mit letzter Kraft klammerte sich Peggy ans Fensterbrett und versuchte, ein Bein nachzuziehen, um ins Zimmer zu gelangen. Luc, endlich überzeugt, dass er einen Menschen vor sich hatte und keinen Troll oder Gnom oder feindlichen Zauberer, rasenden Ork oder Ähnliches, packte den nassen Pullover von Peggy, zog und zerrte, bis die nächtliche Besucherin auf den Boden plumpste und er gleich hinterher.

„Na, endlich", sagte Peggy, um, kaum hatte sie sich im Zimmer umgesehen, hinterherzuschieben: „Verdammt, was für ein großes Zimmer ... wie bis du da rangekommen?!"

„Ja, ein Zimmer", sagte Luc.

„Hast du eine Zigarette für mich?"

„Nein, ich rauche nicht."

„Scheiße. Hast du wenigstens einen Namen?"

„Luc Junét, Luxemburger Tageblatt."

„Okay?!"

Sie saßen immer noch auf dem Boden und starrten sich an, bis Peggy endlich sagte: „Kann ich heute Nacht hier bleiben?"

„Das weiß ich nicht", sagte Luc, „Wir können ... jemanden ... fragen ...?"

„Wem gehört das Haus denn?"

Luc fiel endlich ein, wo er war und warum, und sagte: „Der Dorfärztin und ihrer Schwester, die sind mir unheimlich ..."

„Es ist viel zu spät, um jemanden wegen so einer blöden Frage zu wecken. Ich nehm das Bett und du schläfst auf dem Sofa, morgen erkläre ich der Frau Doktor alles und gut is."

Luc betrachtete sehnsüchtig das Bett, in dem er immerhin sehr bequem und warm gelegen hatte, dann sah er Peggys blitzende blaue Augen und ihre blonden Haare, zugegeben etwas derangiert, aber der Helm stand ihr großartig. Und dann fing sie auch noch an, ihre nassen Sachen auszuziehen, und stand innerhalb von Sekunden nackt vor ihm. Und jetzt ging sie auch noch in Richtung Bett, und dann lag sie im Bett, und dann war es zu spät, um noch irgendetwas dazu zu sagen.

Luc stand auf und wollte das Fenster schließen, als er plötzlich zurückschreckte. Der Regen hatte etwas nachgelassen, der Donner grollte aus der Ferne, und er sah ein tanzendes Licht in der Dunkelheit, genauer gesagt, es wurden immer mehr Lichter, Fackeln, Feuerschein, Lampen aller Art. Wie ein St. Martinszug der Inselzombies, der in einiger Entfernung völlig geräuschlos vorbeizog.

„Machst du jetzt mal endlich das Fenster zu, es zieht", sagte Peggy.

„Guck doch mal", sagte Luc.

„Was denn jetzt noch …?" Peggy raffte die Bettdecke um sich und kam zum Fenster. „Nee jetzt, oder? Was ist das?"

„Geister, Zombies, Vampire", flüsterte Luc.

„Quatsch. Die gibt es nicht."

„Und wenn doch?"

„Dann sag ich, sie sollen dich zuerst holen."

Plötzlich hörten sie Türenschlagen in irgendeinem Teil des Hauses, und nach zwei Minuten sahen sie zwei weitere Lichter, die sich der Prozession anschlossen.

„Was ist das …?", sagte Peggy. „Los, Mann, hast du trockene Klamotten für mich? Ich muss mir das angucken."

Luc starrte immer noch aus dem Fenster, bis Peggy es mit einem lauten Knall zuschob. „Hey, Luxemburger, wohnt da jemand?", sagte sie und klopfte mit ihren Fingerknöcheln gegen seinen Kopf. Das holte Luc aus seiner Schockstarre, und er sagte: „Was?"

„Klamotten – trockene – für mich!"

„Ja."

„Wo?"

„Koffer."

„Boah ey, Himmel, Arsch und Zwirn, WO IST DER KOF-
FER?"

Luc zeigte in Richtung Bett. Peggy hechtete regelrecht zur
Schlafstatt, kniete sich hin und zerrte einen Trolley hervor.
Einen dunkellilafarbenen mit Blümchenmuster. „Was bist'n
du für einer?"

„Gehört meiner Mutter."

„Oh, hat Mama auch gepackt?"

„Nein." Luc drängte Peggy vom Koffer weg, hob ihn aufs
Bett und klappte ihn auf. „Finger weg von meinen Sachen."

Es war, als sei in ihm auf einmal irgendetwas erwacht, wenigstens ein Funke … von irgendwas, von dem er glaubte, ein
Kriegsberichterstatter müsse es haben, das Widerstand in ihm
entfachte.

„Ja, sorry. Hast du jetzt ne Hose …?"

„Ja." Luc legte eine Jeans, ein T-Shirt und einen Pullover
raus. Peggy schielte auf ein paar warme Socken. Luc legte sie
auf den Stapel.

„Unterhose?"

Luc seufzte, öffnete eine Plastiktüte, kippte sie im Koffer
aus und fragte: „Welche Farbe?"

„Egal, Hauptsache nicht weiß. Ich hasse Schiesser Fein-
ripp." Sie nahm eine dunkelblaue Boxershorts. „Immerhin
keine Bärchen und keine Blümchen drauf." Sie ließ die Bettdecke fallen, und zog sich an, während Luc mit offenem Mund
daneben stand.

„Taschenlampe?"

Luc griff in den Koffer. „Hier, bitte."

Peggy knipste sie an und aus. „Super. Dann tschüss. Ich hol meine Sachen morgen ab, kannste ja schon mal über die Heizung hängen."

„Wo gehst du jetzt hin?", fragte Luc mit Blick auf den Koffer, der nur noch zwei Unterhosen und ein T-Shirt enthielt.

„Na, dieser, dieser… was weiß ich Prozession hinterher. Interessiert dich das gar nicht? Du bist doch Journalist!"

„Ja, doch. Aber …"

„Okay, dann bleib eben hier, du Memme. Gib mir dein Handy, meins ist komplett leer. Ich muss Fotos machen."

Widerstandslos nahm Luc sein Smartphone vom Nachttisch und reichte es ihr. „Sagst du mir, was du entdeckt hast?"

„Bist du meschugge? Das hier ist Krieg. Ich schenk dir doch keine Informationen." Mit diesen Worten schob sie das Fenster auf und kletterte hinaus. Die Lichter hatten sich schon entfernt und sie hatte Mühe, sich durch den Sand zu kämpfen, um sie nicht aus den Augen zu verlieren. Peggy drehte sich noch einmal um. Luc stand immer noch im Schlafanzug da und starrte ihr hinterher.

„Gott im Himmel, was fürn Warmduscher", sagte sie ungefähr eine halbe Sekunde, bevor sie lang hinschlug, weil sie über ein Büschel Gras gestolpert war. „Aua! Scheiße!"

Die umgebaute Scheune, die den Hubschrauber und sein Equipment beherbergte, füllte sich mit Wüüstern. Stillen Wüüstern. Gustav stand mit seinem Rollstuhl neben dem offenen Rolltor und zählte die Ankommenden. Er nickte jeder und jedem zu. „Achtundvierzig, neunundvierzig", sagte er, als Hedda und Agni ihre Fackeln kopfüber in den Sand gesteckt hatten und durchs Tor geschritten waren. Hedda packte Gustavs Rollstuhl und Agni schob das Tor zu.

„Alle da?", fragte Tofà.

„Alle da", sagte Gustav.

„Die Presse schläft?", fragte Tofà.

„Alle Nicht-Wikinger schlafen", sagte Gustav.

„Warum sind wir hier?", fragte Birger. Das hätten alle anderen auch gerne gewusst. Da brüllt mitten in der Nacht eine WhatsApp-Nachricht in ihren Schlaf hinein und beordert sie zu einem nächtlichen Thing in den Hangar. So etwas hatte es schon lange nicht mehr gegeben. Genau genommen nur ein einziges Mal vor fünfzehn Jahren, als eine Sturmflut drohte, ganz Wüüst zu verschlingen. Da waren alle zum höchsten Punkt der Insel geflohen, zur Burg, und hatten die Nacht dort verbracht.

Tofà stieg auf eine Metallkiste und bat um Ruhe. „Ihr habt gehört, was Monsignore Valente gesagt hat. Zwölf aus neunundvierzig. Und die Pressemeute weiß noch nichts davon. „Ich bin dafür, dass wir jetzt bestimmen, wer da mitfährt, bevor irgendeiner davon Wind bekommt."

„Aber wir wollen da nicht hin", rief jemand aus der Menge. Zustimmendes Gegrummel folgte auf dem Fuß.

„Genau", rief Gustav. „Was zum Odin haben wir in Rom verloren? Wir glauben an den Scheiß überhaupt nicht. Wir sind Wikinger. Und keine christianisierten!"

Auch Hakon meldete sich zu Wort: „Der Vidar kann meinetwegen Papst oder sonst was werden, oder sich ne Pfauenfeder in den Hintern schieben und nackt über den Petersplatz flitzen, aber er kann uns nicht nach Rom beordern … einfach so."

„Seh ich genauso", sagte Aki. „Wir haben hier alle reichlich zu tun, bald kommen unsere Freunde, der eine hat Schafe, der andere Ziegen, Hühner … und die Fähre muss repariert werden und, und, und … wer hat denn hier überhaupt Zeit für so'n Mist?"

„Und ich lass mich nicht vorführen", rief Sif.

„M … m … ein …"

„Bruder", half Thorgay seiner stotternden Schwester aus, „unser Bruder bestimmt hier nicht über uns. Der weiß, was wir alles im Winter zu tun haben. Da hätt er auch seine Gauru … Inga … ru …

„Inauguration", sagte Eryrunn fehlerfrei."

„Ja, meinetwegen auch die … ein paar Wochen verschieben können, bis nach den Tagen des Nebels. Und was haut der erst ab, und jetzt fällt ihm ein, dass er eine Heimat hat!"

Tofà hob beide Arme, und allmählich kehrte Ruhe ein. „Verstehe", sagte sie, griff in ihre Jackentasche und fächerte 12 durchnummerierte Postkarten von Wüüst auf und zeigte sie der Menge. „Das sind nur Platzhalter. Die offiziellen Karten mit der Unterschrift von Vidar, die ich von Monsignore Valente bekommen habe, liegen im Tresor des Bürgermeisterbüros. Nur dass das klar ist."

Die Versammlung machte einen Schritt rückwärts, als hätte Tofà Vampiren mit dem Kreuz gedroht.

„Wie ich das sehe, müssen ein paar von uns nach Rom. Gute Miene zum bösen Spiel, wenn ihr mich fragt. Ein Opfer leisten für unsere Insel. Stellt euch doch mal vor, übermorgen steht in der Presse, dass Wüüst geschlossen die Einladung des Papstes abgelehnt hat." Tofà ließ ein paar Sekunden verstreichen, damit das Gesagte auch in den letzten Kopf sickern konnte. „Unsere Buchungen werden einbrechen, wir brauchen Touristen, das wisst ihr, aber wenn wir uns vor der Welt so blamieren … Das könnte nach hinten losgehen."

Zustimmendes Gemurmel hob an.

„Also, Freiwillige vor", rief Tofà. Sie schaute über die Köpfe ihrer Wüüster, aber kein Arm fand den Weg nach oben.

„Was denn? Seid ihr alle Feiglinge?"

Niemand regte sich. Bloß die Hand nicht heben, wie in einer Auktion, wo man vermeiden möchte, den Zuschlag für einen Rembrandt für 36 Millionen zu bekommen.

Tofà seufzte. „Na gut. Dann eben nicht."

Ein Raunen stieg an die Decke. Rune ergriff das Wort: „Ich glaube, dass es der Bürgermeisterin und mir, ihrem Mann, als offiziellen Vertretern der Insel, zuzumuten ist, die Last auf uns zu nehmen." Tofà lächelte und steckte zwei Karten in ihre Jackentasche zurück.

„Dann opfere ich mich auch", krähte Gustav. „Ich bin der Dorfälteste, ich hab keinen Schiss vor Vidar und seinen Weihrauchschwenkern!"

„Dann müssen Eyrunn und ich auch zwei nehmen, schließlich ist der Papst unser Bruder", sagte Thorgay.

„Wären also fünf vergeben", resümierte Tofà.

„Als Familienoberhaupt der Trygvarssons bestimme ich, dass sich die gesamte Familie opfert. Ich bin behindert und kann nicht alleine reisen. Bleiben noch zwei Karten." Um seinen weisen Beschluss zu bekräftigen, schlug er mit der Faust auf den Joystick seines Rollstuhls, der einen heftigen Satz nach vorne machte und Eyrunns Zehen empfindlich quetschte. „Wenn es sein muss, guck ich mir auch das verdammte Kolosseum an und trinke einen Expresso und ess auch noch ein Eis – auf Vidars Kosten!", rief er, „Egal, wie die Hitze mir zusetzen wird. Mit Kampfeswillen und der Unterstützung der Götter lass ich sogar 'ne Stadtrundfahrt über mich ergehen."

Tofà klopfte Gustav auf die Schulter, aber ihr Lächeln war sehr angestrengt. Durch ihren Zuspruch befeuert, rief der

Greis: „Ja, Freunde, bringen wir endlich zu Ende, was Björn und Hàstein anno achthundertsechzig nicht gelungen ist!⁵"

Es war, als hätte jemand einen Schalter umgelegt. Alle riefen durcheinander. Der Opferwille war unversehens erwacht. Vielleicht war es die Aussicht auf Espresso und Gelato oder den Petersdom oder die Live-Übertragung im Fernsehen oder die Aussicht, ein paar Tage in der ewigen Stadt auf Kosten des Vatikans zu verbringen, die den Mut der Verzweiflung stärkte. Vielleicht war es auch die Vorstellung, eine alte Scharte aus grauer Vorzeit auszuwetzen. Alle Arme flogen hoch, keiner wollte als Memme gelten, der seine Insel in dieser Krise im Stich gelassen hatte. Manchmal dauerte es bei den Wüüstern, bis der Groschen fiel, aber nun hatten alle die dringende Notwendigkeit eingesehen, dass der Moment gekommen sei, sich für die Gemeinschaft zu opfern. Die Diskussion wurde hitziger und stand binnen Minuten kurz davor, in Handgreiflichkeiten auszuarten. Jeder wollte nun beim Opfern der Erste sein.

Vom Lärm geweckt, spitzte Bothilde die Ohren. Sie wandte den Kopf und guckte in Gordians Gesicht. Dann schob sie ihre feuchte Nase in seine Wange, stupste und quiekte. Gordian knurrte. Bothilde stupste wieder. So lange, bis er endlich die Augen aufschlug.

„Es gibt jetzt nichts zu essen", sagte er und schob die dicke Nase von seinem Gesicht weg.

Bothilde quiekte. Und dann hörte Gordian es auch. In seinem Hangar war die Hölle los. Bothilde sprang vom Sofa und Gordian gleich hinterher. Da er in voller Montur auf seinem

---

⁵ Die Legende berichtet, dass Björn und Hàstein versuchten, durch eine List, bei der Hàstein seinen Tod vortäuschte, Rom zu erobern, die damalige Hauptstadt der Welt. Die List gelang, man nahm die Stadt ein, aber es stellte sich heraus, dass es nicht Rom war, sondern die Stadt Luna.

Sofa im Turmzimmer eingeschlafen war, brauchte er nur sein Gleichgewicht wiederzufinden und war bereit zum Aufbruch. Er nahm ein altes Schwert von der Wand und lief zur Tür. Wenn diese Journalisten es gewagt hatten …! Gordian rannte die steinerne Wendeltreppe hinunter. Bothilde wackelte schnorchelnd hinterher.

„Pst", machte er, als er den Burghof betrat, sich umsah und dann zum Hangar schlich.

Bothilde verstummte.

Kapitel 7

Im Schatten der Burgmauer hielt Peggy die Luft an. Mit einem bewaffneten Ritter hatte sie nicht gerechnet. Sie blieb in der Hocke und beobachtete, wie ihr Pilot vom Vormittag mit erhobenem Schwert auf das Gemäuer zuging, das Schwein ihm dicht auf den Fersen. Er riss das Tor auf und Peggy erkannte, dass dort eine wüste Rangelei im Gange war. Die Wüüster selbst nannten so was eher Meinungsaustausch. Kein Thing ohne eine ordentliche Rauferei. Die Zeit der Duelle bis auf den Tod, ohne die ein Thing als langweilig bewertet wurde, war leider lange vorbei.

„Ha! Aufhören!", schrie Gordian.

Das Handgemenge endete abrupt, und Gustav sagte: „Das geht dich nichts an."

„Und ob mich das was angeht. Das ist meine Burg, mein Hangar, mein Hubschrauber, und wenn ihr hier eine Kneipenschlägerei veranstaltet, dann ist der Hubschrauber in Gefahr." Zur Bestätigung wies er auf das hintere Leitwerk, das sich bereits eine Fellweste, einen Schuh und eine Wollmütze eingefangen hatte.

Tofà stand immer noch auf der Kiste und stampfte mit dem Fuß auf. „Gordian Petersenn, in deinem Mietvertrag steht, dass die Dorfgemeinschaft diesen Ort weiterhin als Versammlungsstätte für ein Thing ungefragt benutzen darf. Was wir hiermit tun. In die Kirche können wir nicht, da schleicht der Monsignore herum, im Hotel sind Journalisten, und das Heimatmuseum ist zu klein."

„Das ist wahr", sagte Gordian, „aber es ist auch wahr, dass meine Sachen nicht zu Schaden kommen dürfen." Er pflückte Weste, Schuh und Mütze vom Hubschrauber und warf sie in die Menge. „Und hör auf, die Kiste mit dem Funkgerät zu treten, komm da bitte runter."

Tofà verschränkte die Arme vor der Brust und machte keine Anstalten, ihren Posten zu verlassen.

„Hier geht nichts kaputt", mischte Rune sich ein. „Also, du kannst wieder schlafen gehen."

„Darf ich vorher erfahren, worum es geht?"

„Nein", sagten alle bis auf einen.

„Doch", meldete sich eine Stimme aus den hinteren Reihen. Frode zwängte sich hinkend bis nach vorne durch. Alle Augen waren auf ihn gerichtet.

„Ich, Frode Kellisson, habe etwas zu sagen."

„Okay?!" Es war Tofà anzusehen, dass sie es lieber nicht hören wollte.

Frode stellte sich zwischen Bothilde und Gordian, als suche er Schutz.

Peggy konnte vor Aufregung nicht atmen, alles deutete darauf hin, dass sie einer großen Sache auf der Spur war. Deswegen war der spitze Schrei, den sie ausstieß, nicht besonders laut, es klang eher wie der Hilferuf eines hungrigen Kätzchens. Aber er reichte aus, alle Blicke in Richtung Burgmauer wandern zu lassen, wo Peggy sich mit der einen Hand den Mund zuhielt und mit der anderen in die Dunkelheit boxte. Neben ihr fiel jemand geräuschlos um.

„Da ist nichts", sagte Thorgay. „Vielleicht 'n Vogel oder so."

Alle wandten sich wieder Frode zu.

„Also?! Frode Kellisson, was hast du zu sagen?", fragte Tofà.

Frode guckte kurz Gordian an, der ihm aufmunternd zunickte.

„Also gut. So geht das nicht. Erst wollte keiner, jetzt wollen alle. Wir sollen uns nicht streiten, wenn Vidar uns eingeladen hat. Wir können nicht alle wegbleiben und wir können nicht alle fahren."

„Eben", sagte Gustav, „deswegen ist unsere Vergabe auch so gut wie abgeschlossen. Zwei Karten gibt es noch."

„Das ist nicht fair", sagte Frode. „Wir sollen die Würdigen aus unseren Reihen wählen, hat Monsignore Valente gesagt. Wählen!"

„Stimmt", sagte Gordian, und auf Tofàs fragenden Blick antwortete er: „Ich höre auch Inselradio."

„Was ihr macht, ist unter den Nagel reißen", sagte Frode.

„Genau!", rief die Meute unisono, bis auf diejenigen, die dachten, sie hätten ihre Tickets schon in der Tasche.

„Es muss gerecht zugehen."

„Genau!"

„Also: Wer verzichtet freiwillig?"

Die Wüüster guckten zu Boden. Gordian grinste.

„Niemand?", fragte Frode. „Wer benennt einen Würdigen?"

Wieder blieb die Menge stumm, was auch eine Antwort war.

„Dann schlage ich vor, wir machen eine Verlosung. Dann können die Götter wählen, wer uns in Rom vertreten wird."

„Oder Vidars Gott", rief Arne Sveinsson.

„Die werden sich im Himmel schon einig", sagte Frode.

Gordian klopfte ihm auf die Schulter. „Gute Idee."

„Du hast hier gar nichts dazu zu sagen", sagte Gustav.

„Ich weiß, aber Frodes Vorschlag ist sehr weise. Oder wollt ihr euch die Schädel so lange einschlagen, bis nur noch zwölf übrig bleiben?"

Die Wüüster scharrten mit den Füßen. Grundsätzlich fand man diese Variante der Konsensbildung nicht abwegig.

Frode wandte sich Agni zu. „Gode, frag dein Orakel. Verlosung oder nicht?"

„Ja, Orakel, Orakel", rief die Meute.

„Und welches?", fragte Birger Trygvarsson mit Blick auf Agni. „Soll ich Bothilde abstechen? Fällt sie nach links um, dann Verlosung, fällt sie nach rechts um, dann nicht?"

Bothilde quiekte und rannte zurück in die Burg.

„Natürlich nicht", sagte Frode. „Du machst ihr Angst."

„Dummkopf, Birger." Agni verpasste ihm eine Kopfnuss, ließ ihren Umhang wehen, holte aus einem Ledersäckchen, das an ihrem Gürtel baumelte, einen Runenstein hervor, hielt ihn zwischen Daumen und Zeigefinger und sagte: „Die Rune ist ein Ja, die blanke Rückseite ein Nein."

Sie drehte sich dreimal im Kreis und ließ wieder Umhang und Haare wehen. Dann murmelte sie einen Zauberspruch, in dem jede Menge Götternamen vorkamen, und warf den Runenstein in die Luft. Im selben Augenblick fuhr ein Blitz über die Burg und erhellte den Hof, aber niemand schaute zur Burgmauer, denn alle verfolgten den Flug der Rune, die dem Boden entgegenrotierte. Als sie ihn berührte und liegen blieb, beugten sich die Wüüster wie ein Mann vor, um nur ja nicht zu verpassen, was das Orakel zu sagen hatte.

„Verlosung", sagte Agni, denn die Rune Tyr, die aussah wie ein Pfeil, war zu sehen. Sie nahm sie vom Boden auf und verstaute sie wieder im Ledersäckchen.

Hedda nickte. Auf ihre Schwester war verlass. Für solche Anlässe, wo zwischen Vernunft und Unvernunft zu entscheiden war, hatte Agni immer einen Runenstein, auf dem beide Seiten die Rune zeigten. Und sie stimmte Frode vorbehaltlos zu, dass eine Verlosung das Vernünftigste in dieser Situation war. Hedda war zwar Ärztin aus Leidenschaft, aber sie hatte keine Lust, dass sich ihre Küche in das Wartezimmer einer Notaufnahme verwandeln würde und sie bis zum Morgengrauen die Blessuren ihrer lieben Mitmenschen zu versorgen hatte, die sie sich bei weiteren Rangeleien unweigerlich zuziehen würden. Und was würden die Journalisten schreiben, wenn morgen das halbe Dorf mit Hämatomen im Gesicht oder Schnittwunden in Kopfschwarten herumlaufen würde? Egal wie man zu Vidar Eriksson und seinem neuen Job stand, ein bisschen Benehmen hatte noch niemandem geschadet.

„Gustav, deinen Helm, bitte", befahl Tofà, und Gustav nahm ihn brav vom Kopf.

„Und die Namenszettel?", rief einer aus der Menge.

„Genau, wir brauchen Namenszettel!"

Alle starrten Gordian an. Der guckte nur irritiert zurück.

„Hast du mal Papier und Stift?", fragte Tofà ungeduldig.

„Ach so, jetzt wieder ich", sagte Gordian. „Aber gerne, stets zu Diensten." Er drehte sich auf dem Absatz um und lief zurück in die Burg. Als er die Treppe zum Turmzimmer hinaufspurtete, lachte er immer noch.

Peggy hatte sich mittlerweile von ihrem Schrecken erholt, der sich eingestellt hatte, als ihr jemand auf die Schulter getippt hatte. In der Pause, die nun dadurch entstand, dass Papier und Stifte geholt werden mussten und die Wüüster wieder heftig diskutierten, drehte sie sich um und guckte in Lucs entsetztes Gesicht. Seine Nase blutete.

„Was machst du hier?", zischte sie.

„Ich ... ich ... wollte ... auch recherchieren", sagte Luc.

„Na toll, und da fällt dir nichts Besseres ein, als hinter mir herzudackeln?"

„Du hast meine Klamotten an; du schuldest mir was."

„Sprich leise. Ich schulde dir gar nichts, du bist ja nicht nackt." Ein wenig ratsamer Kommentar an jemanden, der sich bibbernd im Pyjama an eine kalte Steinmauer quetschte.

„Weißt du, worum es geht?"

„Um Tickets? Irgendwas mit Rom. Der Papst hat wohl zwölf Leute eingeladen, weiß der Geier warum, aber jetzt werden sie sich nicht einig, wer fahren darf."

„Ah, wie die zwölf Jünger Jesu", sagte Luc.

„Mir doch egal. Hast du was zu schreiben dabei?"

Luc hielt einen kleinen Block und einen Stift in der Hand.

„Das nenn ich Geistesgegenwart, aber für Schuhe hat's nicht mehr gereicht?"

„Du kannst aber auch in mein Handy diktieren ... wenn du das kannst."

Peggy kniff die Augen zusammen. „Jetzt werd mal nicht komisch", flüsterte sie. „Schreib mit, je weniger Gequatsche ..."

„Ich hör hier irgendwo Stimmen", sagte Gustav und starrte in den dunklen Burghof.

„Ja", lachte Birger, „Opa hört Stimmen, bestimmt aus Valhalla ... Rufen Sie dich schon zum Bankett?"

Die anderen lachten. Peggy und Luc kauerten sich noch näher an die Burgmauer, aber er konnte sein Zähneklappern einfach nicht abstellen. Peggy hatte ein Einsehen und schälte sich leise aus der Jacke, die sowieso Luc gehörte. „Da, bevor du hier noch verendest."

Gordian kam mit einem Notizblock und einer Handvoll Stifte zurück. „Ich geh dann mal wieder", sagte er und drückte alles Tofà in die Hand.

„Besser du bleibst hier", sagte Frode. „Du ziehst die Lose, du bist neutral. Bothilde kann das nicht machen, weil sie ja riecht, von wem der Zettel ist. Und die mag ja nicht jeden leiden."

„Okay, wenn alle einverstanden sind."

Tofà nickte, verteilte die Zettel. „Nur ein Name auf den Zettel, bitte."

„Ja", kam es genervt aus der Wüüster Gemeinde.

„Und faltet die ordentlich zusammen."

„Jaaaa …"

Alle kritzelten und falteten, und Tofà ging mit dem Helm herum, um die Lose einzusammeln. Sie zählte laut mit und bei „Neunundvierzig", warf sie ihren Namen als letzten hinein. Dann übergab sie Gordian den Helm. Er rührte darin herum, und übergab ihn Frode, der ihn hielt, damit er ungehindert die Zettel entfalten konnte.

„Agni, braucht es noch einen Segen für den Sprechenden Hut?", fragte er.

„Mach dich nicht lächerlich, Fremdling."

„Ich dachte ja nur …"

„Willst du morgen als Kröte aufwachen?"

Gordian lachte und fischte den ersten Zettel heraus.

Die letzte Wolke, die den Mond verdunkelt hatte, stahl sich davon, das Urteil der Götter konnte verkündet werden.

Zehn Minuten später, nach vielen Aahs und Oohs, war die Ziehung so gut wie vorbei.

„Hast du mitgeschrieben?", fragte Peggy.

„Ja, hab ich", antwortete Luc.

Im Hangar drückte Tofà sichtlich enttäuscht Gordian die Postkarten in die Hand und verlas noch einmal die Namen. Jeder Aufgerufene sollte vortreten und eine entgegennehmen.

„Hedda Snorradottir und Agni Snorradottir."

Als Gordian die Karten aushändigte, sagte Tofà: „Ja klar, die Gode fährt nach Rom."

„Was dagegen?!", sagte Agni.

„Sindri und Fjell Hardrada."

Das junge Paar, das die Schafzucht auf Wüüst betrieb, nahm die Karten entgegen, aber nicht ohne von Tofà eine Ermahnung anzuhören. „Zieht euch saubere Klamotten an, sonst stinkt ihr im Vatikan nach Schaf."

„Wir bringen ihm eins mit", sagte Sindri.

„Sif Trygvarsson, du kannst Vidar die Haare machen … Valdis Kellisson, putzt mal kurz den Vatikan … Ivar Ragnarsson, Leuchtturmwärter … Olav Grimsson, ob der Papst einen Dichter braucht? Knut Fenrir, was soll der Supermarkt nur ohne dich machen? Gudrun Grimsdottir, bringt Vidar einen Käse mit …" Tofà zischte ihren gesamten Unmut den Auserwählten zu. Sie zürnte dem Zufall, der ihr keine Einladung zugewiesen hatte, aber ihrem Gatten hold gewesen war. „Rune Sveinsson und Leif Sturlusson – vielleicht ist im Vatikan ja der Abfluss verstopft … Das war's."

Die Glücklichen schlugen sich gegenseitig auf die Schultern. Tofà wandte sich zu Frode um und sagte: „Wenn du das jetzt würdiger findest, dann weiß ich auch nicht. Das Pfarrersliebchen, Schafzüchter, die Wüüster Gas-Wasser-Scheiße-Abteilung … und eine Friseurin … und …", sie bekam die nächsten Worte kaum heraus, „mein Mann."

Frode unterbrach sie: „Sie sind würdig, weil die Götter sie ausgewählt haben."

„Hmpf!", machte Tofà, was durchaus als Kampfansage gewertet werden konnte, wenn man ihren verbissenen Gesichtsausdruck hinzurechnete.

„Prima gemacht", sagte Gordian zu Frode.

„Danke."

Der Wind frischte wieder auf und brachte neue Wolken und Regen, und auch der Donner rollte wieder heran.

Die Versammlung löste sich auf. Die Fackeln wurden entzündet. Einige trugen ihre mit stolzgeschwellter Brust, andere mit hängenden Köpfen. Schweigend marschierte die Prozession in Richtung Groß Wüüst. Gordian ging in den Turm.

Peggy wartete ab, bis auch das letzte Licht verschwunden war, dann trat sie gemeinsam mit Luc den ungeordneten Rückzug an.

„Was machen wir jetzt?", frage Luc, als das Haus der Ärztin auch nach zweistündigem Fußmarsch noch nicht in Sicht kam. Sie hatten natürlich einen anderen Weg gehen wollen, als die Fackeln und Lampen ihnen angezeigt hatten, und waren in der Finsternis, die sie umgab, zum Scheitern verurteilt gewesen.

„Sterben", sagte Peggy, die drohend ihre Faust gen Himmel schwang.

Luc ließ sich in den Sand plumpsen. „Wir haben uns verlaufen."

„Erzähl mir was Neues." Peggy pflanzte sich neben ihm auf. „Ich brauche Strom, verdammt, ich könnte heute Nacht noch einen Artikel nach Berlin schicken ... Ich wäre die Erste, ich hätte das exklusiv ... aber diese verfluchte Insel!"

Luc schaute auf seine Armbanduhr, die einem James Bond würdig gewesen wäre. In der Uhr war auch ein Kompass, in seinem Handy ebenfalls, aber er sagte: „Noch eine Stunde bis zum Morgengrauen. Wir bleiben einfach hier sitzen."

„Ja, du vielleicht." Peggys Stimme hatte an Kraft verloren, es hatte sich eine weinerliche Schwingung eingeschlichen, die nicht zu überhören war. Luc legte einen Arm um ihre Schulter. Peggy schniefte, Luc schniefte, und dann war es auf der Insel plötzlich still.

Kapitel 8

Der nächste Morgen begrüßte die Insel mit strahlendem Sonnenschein und beißender Kälte. Es war, als hätte über Nacht der Sommer dem Winter die Türklinke in die Hand gegeben. Ein typisches Wüüster Wetterphänomen. Diese Phase würde ungefähr zwei Wochen anhalten, danach war mit einem milden Winter zu rechnen –, aber davor würde der Nebel aufziehen.

Monsignore Valente stand hoch oben auf dem Kirchturm, einen Feldstecher um den Hals. Er sah aus wie ein harmloser Tourist, der die gute Aussicht genießen und vielleicht ein oder zwei Wüüster Seehühnchen beim Wattwaten beobachten wollte. Aber der Monsignore hatte einen eindeutigen Auftrag von seinem Papst erhalten, und den führte er nun aus. Es war erst halb sechs, aber in einigen Häusern regte sich schon was. Im Augenblick schaute er interessiert in das Schlafzimmerfenster der Bürgermeisterin. Er sah ihren Mann, Rune, auf der Bettkante sitzen, während Tofà wie ein General hin und her schritt und dabei gestikulierte. Schließlich hielt Rune die offensichtlich schlechte Luft zwischen sich und seiner Gattin nicht mehr aus, öffnete das Fenster und starrte hinaus. Der Monsignore dankte dem Herrn für diese glückliche Fügung, denn die ersten Worte, die er hörte, waren von Tofà: „Was willst du denn beim Papst? Also, wenn hier einer ein Recht hat, dort zu sein, dann doch wohl ich! Ich bin die Bürgermeisterin von Wüüst!"

„Stimmt, aber ich habe in der Verlosung gewonnen. Und es ist alles mit rechten Dingen zugegangen. Und ich werde fahren."

„Wirst du nicht! Wenn ich nicht fahre, wirst du auch nicht fahren!"

„Ach was?!"

„Du musst mir deine Karte geben. Als guter Ehemann. Tu es für Wüüst. Außerdem musst du dich ums Hotel kümmern. Es müssen alle Zimmer grundgereinigt werden … nach, nach dieser Horde …"

„Es ist dein Hotel. Wenn du die Karte willst, musst du sie dir schon holen."

„Brauche ich gar nicht, die echten Tickets liegen in meinem Safe."

„Ha, das möchte ich sehen, wie du …"

„Ich werde allen erzählen, dass du die Karte mir gegeben hast."

„Das wagst du nicht!"

Dann wurde es richtig laut, und die beiden verfielen in den Wüüster Dialekt, dem Monsignore Valente nicht mehr folgen konnte. Der Disput wurde lauter und lauter, bis Rune wütend in seine Hosen stieg und mit Türenknallen das Schlafzimmer verließ. Drei Minuten später ging in der Küche des Hotels das Licht an, und es war zu beobachten, dass Rune mit ein paar Metallschüsseln um sich warf. Ein typisches Wüüster Frühstücksvorbereitungsritual, wie der Mann aus Rom vermutete – Vidar Eriksson hatte beim Briefing so was erwähnt.

Auch Tofà zog sich an, warf sich einen wollenen Umhang über und stapfte hinaus. Der Monsignore beobachtete, wie sie aus der Haustür kam und schnellen Schrittes in Richtung Dünen lief, um am roten Haus der Ärztin, das am großen Türschild zu erkennen war, auf dem in großen Lettern *Dr. Hedda Snorradottir – Ärztin für Allgemeinmedizin* stand (Touristen waren weitestgehend blind, wenn es um wichtige Informationen ging), Einlass zu begehren.

Und am östlichen Rand von Groß Wüüst machte sich, entgegen seinen sonstigen Gepflogenheiten, der Bestatter, Aki

Sveinsson, in aller Herrgottsfrühe auf den Weg. Der Monsignore zuckte zusammen; es wird doch hoffentlich niemand wegen der frohen Botschaft und der damit verbundenen Aufregung gestorben sein?

Aki nahm den Weg durch die Dünen und war plötzlich nicht mehr zu sehen. Monsignore Valente schwenkte mit dem Feldstecher hinüber zum Wikingerlager, dort tat sich nichts. Er scannte geradezu die Sandberge ab, und plötzlich sah er etwas, das wie ein Kleiderbündel aussah, aber es bewegte sich. Aus dem Bündel wurden zwei Menschen, die sich mühsam aufrappelten und dann umsahen. Die weibliche Person warf die Arme in die Luft, zeigte auf ein rotes Haus, das höchsten zwanzig Meter von ihnen entfernt war, und dann stolperte das Paar auf das Haus zu, um an der Rückfront durch ein Fenster einzusteigen. Und noch jemand machte sich auf den Weg. Bothilde trat auf den Burghof, schüttelte sich den Schlaf aus den Ohren und lief in Richtung Fahrradverleih, wo sie ihr Frühstück einzunehmen gedachte. Der Monsignore verspürte ein leichtes Grummeln in der Magengegend, dankte dem Herrn und machte sich an den Abstieg, um Pfarrer Magnus Habel zu wecken und ihn an seine Gastgeberpflichten zu erinnern.

Aki und Bothilde erreichten gleichzeitig Frode Kellissons Fahrradverleih und Helmverkauf. Bothilde grunzte, und Aki streichelte ihr über die Ohren, bevor er an die Tür klopfte.

„Bothilde darf rein, für alle anderen ist noch geschlossen", rief Frode von drinnen.

„Mach auf, Frode, ich muss mit deiner Schwester sprechen. Ich weiß, dass sie da ist."

Endlich hörte man schlurfende Schritte, die Tür wurde geöffnet und Frode, der sich noch den Schlaf aus den Augen rieb, stand in der Tür. „Was willst du von ihr?"

„Wir müssen reden."

„Nicht schon wieder ein Heiratsantrag", sagte Frode.

Bothilde zwängte sich an den beiden vorbei und setzte sich neben den Esstisch in der kleinen Küche, wo Frode bereits ihren Haferbrei vorbereitet hatte. Aber noch stand ihre Schüssel unerreichbar auf der Anrichte.

„Was ist hier denn los?", fragte Valdis, die im Nachthemd zur Tür kam.

„Er will mit dir reden", sagte Frode, überließ die Bewachung der Tür seiner Schwester und ging in die Küche, um sich um Bothilde zu kümmern.

„Dann komm rein. Was willst du?" Valdis war noch müde, aber den bösen Blick konnte sie in jeder Situation. Und Aki erkannte das Warnzeichen, verlor kurz die Kontrolle über seine Sprechwerkzeuge, bis er endlich hervorstotterte: „Es geht um die … die … Dings." Aki malte mit den Händen ein Viereck in die Luft.

„Fahrkarte nach Rom?"

„Ja, du hast doch eine."

„Ja."

„Ich dachte … vielleicht … eventuell …"

„Möchte ich die gar nicht?"

„Ja … ja, das habe ich gedacht … weil …"

„Weil?!"

„Du gar kein Geld für Rom hast."

„Aha? Glaubst du nicht, wenn der Papst jemanden einlädt, dass er dann auch für ihn sorgt? Mit Unterkunft und Verpflegung?"

Aki druckste herum. Valdis könnte recht haben, Vidar Eriksson hatte kein Geld, aber der Vatikan hatte genug Geld, auch für Gäste, die er sich einlud. „Ja ... aber ...“

„Hast du Angst, ich könnte nicht gut genug angezogen sein?“

„Das auch.“

Hätte er das lieber nicht gesagt. Valdis stemmte die Fäuste in die Hüften und baute sich vor ihm auf. „Aki Sveinsson, ich weiß, dass du nicht der Hellste bist, aber das schlägt dem Fass den Boden aus. Wer hat dich geschickt? Deine Mutter?“

„Nein, niemand.“

„Aha! Du kommst hierher, um mir zu sagen, dass ich nicht die Richtige für die Karte bin. Du glaubst also, ich würde Wüüst nicht ehrenvoll vertreten? Ist es das? Da kommt die schlampige, arme Valdis daher, und der Papst sitzt auf seinem goldenen Thron, in seinem persilgewaschenen Kleid und seinen geputzten Schuhen und seiner goldenen Krone, guckt in die Runde und denkt: O je, wäre die mal lieber nicht gekommen? Wäre doch besser der Bestatter Aki Sveinsson hier, der hat wenigstens einen schwarzen Anzug? Ja, ist es das, was du denkst?!“

Aus der Küche hörte man Frode lachen, und Bothilde quiekte und schmatzte.

„Hör auf zu lachen, Frode“, rief Aki, „davon verstehst du nichts.“

„Lass meinen Bruder in Ruhe, der versteht mehr als du“, sagte Valdis, „Und jetzt verzieh dich und nerv jemand anderen.“

„Du würdest dich gar nicht wohl fühlen unter all diesen ... diesen ...“

„... wichtigen Menschen?“

„Ja.“

„Wenn dir die Karte so viel bedeutet", rief Frode, „dann biete ihr doch Geld an. Du hast genug davon. Du bist ja ein wichtiger Mensch und ein reicher noch dazu."

„Genau", sagte Valdis, „Was ist dir die Karte wert? Na?"

„Geld? Du willst Geld?"

„Ja, warum denn nicht? Ich meine, du weißt, dass ich arm bin, dann gib dein Scherflein, wenn du die Karte unbedingt haben musst. Das wird dir doch nicht schwerfallen."

„Na, gut. Hundert Euro?"

Frode kam aus der Küche, in der Hand ein Brotmesser. Bothilde setzte sich neben ihn, und Aki wusste, dass er die Schlacht bereits so gut wie verloren hatte. Denn Frode sagte: „Hundert Euro. Bothilde, hast du das gehört? Hundert Euro will er geben, der feine Herr Bestatter, für die Veranstaltung des Jahrhunderts. Da kommt keine Königshochzeit ran, was man so hört."

„Spinn hier nicht rum, Frode." Akis Widerworte waren nur noch ein laues Lüftchen gegen Frodes Geschäftssinn und Valdis' Sturheit.

„Im Internet hat gestanden, dass zweihundertfünfzig Millionen Menschen das auf der ganzen Welt im Fernsehen gucken. Ha! Und nur zwanzigtausend passen in Vidars Kirche rein. Kannste mal sehen. Und dann noch eine Privataudienz hinterher."

Aki betrachtete seine Schuhe. In seinem Kopf kreisten die Zahlen zweihundertfünfzig Millionen und zwanzigtausend. Und wer bekam überhaupt eine Privataudienz? Gekrönte Häupter, Staatsmänner … Einmal im Leben, dachte er, einmal im Leben … Rom sehen und sterben …

„Ja, wie viel wollt ihr denn?"

Frode drückte die Hand seiner Schwester und die sagte mit aller Gelassenheit: „Ich will mein Haus zurück, Aki Sveinsson,

mein Haus, das deine Mutter mir fürn Appel und 'n Ei abgeluchst hat, als wir gar nichts mehr hatten."

Frode drückte Valdis' Hand fester. „Überleg es dir", sagte
er. „So billig kommst du nie mehr wieder nach Rom."

Aki drehte sich auf dem Absatz um, ging hinaus und knallte hinter sich die Tür zu.

Frode zählte laut unter Zuhilfenahme seiner Finger: „Zehn …
Neun … Acht … Sieben … Sechs …"

„Ach, lass mal gut sein. Der kommt nicht mehr zurück."
Valdis ging in die Küche, wo die Kaffeemaschine gurgelte und
sprotzte. Natürlich hatte sie sich darüber gefreut, dass das Los
sie bestimmt hatte, nach Rom mitzufahren. Wäre bestimmt
lustig, den alten Vidar zu besuchen, in seinem Papstkleid, mit
'nem lustigen Hut auf dem Kopf und roten Schuhen an den
Füßen. Er hatte schon als Inselpfarrer lustig ausgesehen. Und
was der für einen Schlag bei Frauen gehabt hatte … Da könnte
sich Magnus Habel eine Scheibe von abschneiden … Sie drehte die volle Kaffeetasse in ihren Händen. Wie begrüßt man
einen Papst? „Hallo, Vidar, wie gehts denn so?" Oder: „Guten
Tag, Herr Papst, Eure Heiligkeit, wie gehts denn so?"

Frode war bei null angekommen, als die Tür wieder auf-
ging und Aki sich im Verkaufsraum vor ihm aufbaute.

„Was vergessen?", fragte Frode.

„Du kannst es haben", rief Aki in Richtung Küche, ohne
Frode auch nur eines Blickes zu würdigen.
Valdis zögerte, blies in den heißen Kaffee und ließ die Sekun-
den verstreichen.

„Was ist, Valdis? Bist du tot umgefallen?", rief Aki.

Sie fasste sich ein Herz, stellte die Kaffeetasse ab, schüttelte
ihre blonde Mähne und trat aus der Küche.

„Ja", sagte sie mit fester Stimme, „Ja, und du setzt sofort einen Vertrag auf. Damit kommst du zurück, und ich gebe dir

die Karte. Du gibst mir die Schlüssel, und es gibt keine weiteren Forderungen mehr. Dieser Vertrag ist auf ewig gültig und nicht mehr rückgängig zu machen. Schreib das da rein. Egal, was auch passiert. Und du wirst mich nie wieder fragen, ob ich dich heirate. Den Rest musst du mit deiner Mutter klarmachen. Hast du verstanden?"

Aki nickte und rannte hinaus. Seine Mutter wäre stolz auf ihn. Er würde mit ihr nach Rom fahren, denn dass sein Vater ihr seine Karte überlassen würde, war für ihn so klar wie der morgendliche Himmel über Wüüst. Er würde seinen Facebook-Account mit den Bildern aus Rom fluten, Selfies mit Vidar machen und auf die Website seines Bestattungsinstituts stellen. Seine Idee, auf dem Festland eine große Filiale aufzumachen, nahm in seinen Gedanken Gestalt an. Dass Valdis ihn niemals heiraten würde, hatte er schon lange begriffen. Eine Zeit lang hatte er sich darin gesonnt, dass seine Mutter gegen die Verbindung war und mächtig Dampf gemacht hatte. „Eine Kellisson kommt mir nicht ins Haus!", war Tofàs Mantra gewesen, aber er hatte gedacht, wenn Valdis ihr Haus wiederhaben will, dann muss sie ihn schon nehmen, und wenn sie Ja gesagt hätte ... Aber nun ist es anders gekommen. Aber schlechter ist es nicht, dachte er. Wikinger müssen hinaus in die Welt und nicht auf einer kleinen Insel versauern. Und wenn Valdis mich nicht will ... da draußen gibt es Abermillionen von hübschen Frauen, die gegen einen erfolgreichen Geschäftsmann nichts einzuwenden haben. Immerhin war er bereits der erfolgreichste Sargimporteur von ganz Niedersachsen, was kaum einer wusste. AS-Bestattungskultur lieferte die ausgefallensten Exponate, sogar die Totenschiffe, in die halbe Welt, so wie es sich für einen Wikinger gehört.

Akis Gedanken wirbelten in seinem Kopf herum, als er den Vertrag mit zwei Fingern in den Computer hämmerte. Danke,

Vidar, dachte er. Du hast mir den rechten Weg gewiesen. Wer hätte das von einem gedacht, der Kleider trägt und doofe Hüte?

Peggy und Luc hatten die Rückseite des roten Hauses erreicht, sich durch das halb offene Fenster gezwängt und konnten immer noch nicht durchatmen. Denn aus dem vorderen Teil des Hauses hörten sie die lauten Stimmen von drei Frauen. Die beiden öffneten vorsichtig die Zimmertür, lugten in den niedrigen Flur hinaus und die Stimmen wurden lauter und lauter.

„Worum geht es da wohl?", flüsterte Luc.

Die beiden schlichen auf Zehenspitzen. Auf der rechten Seite kamen sie an einer Tür vorbei, auf der ein Schild prangte: *Praxis*. Auf der linken Seite stand auf einer Tür: *Labor*. Am Ende des Gangs war die Tür nur angelehnt. Von dort kamen die Stimmen. Luc wollte zurück, aber Peggy ging einfach weiter. Luc hielt die Luft an. Sie schob sogar die Tür noch weiter auf, was die Personen, die sich in dem Raum aufhielten, nicht bemerkten. Nun konnten sie sehen, wer da in der Küche diskutierte.

Auf einer Bank saß die Ärztin und vor dem Esstisch, der mit Patientenaktenakten überhäuft war, stand die seltsame Frau, die Luc am Vortag mit Kräuterpillen vollgestopft hatte. Eine dritte Frau, die in der Nacht die Versammlung abgehalten hatte, paradierte vor den beiden auf und ab und tat mit Nachdruck ihre Meinung kund.

„Was wollt ihr beide in Rom? Vor allem, du, Agni. Eine Gode im Petersdom? Ein bisschen Feuerzauber abhalten, um Vidar zu blamieren? Was denkst du dir dabei?"

„Gar nichts. Wir haben die Karten gewonnen und wir werden fahren", sagte Agni.

„So, jetzt sage ich euch beiden mal was …"

„Das tust du schon die ganze Zeit", sagte Hedda lachend. „Man kann es gar nicht überhören, Tofà"

„Dir wird das Lachen noch vergehen. Ich als Bürgermeisterin bin verantwortlich dafür, dass diese Insel nicht in Gefahr gerät. Und wenn ihr beide die Insel verlasst, dann haben wir keine ärztliche Versorgung mehr. So einfach ist das. Eine von euch beiden wird wohl hierbleiben müssen. Ich schlage vor, ihr werdet euch sofort darüber einig und gebt mir eine Karte zurück."

„Damit du zum Papst fahren kannst", sagte Agni. „Das könnte dir so passen. Gibt dir Rune seine nicht?"

Tofàs Mund wurde zu einem dünnen Strich, und Agni wusste, dass sie ins Schwarze getroffen hatte.

„Dein Argument zieht nicht, Tofà", sagte Hedda. „Ich habe bereits einen alten Kollegen aus Büsum gebeten, mit seinem Boot rüberzukommen, um hier eine Woche Dienst zu schieben. Er hat zugesagt."

„Haha", sagte Agni, „da staunt die Bürgermeisterin. Er hat ein schnelles Boot, damit kann er sogar Kranke aufs Festland bringen. Toll, was?"

Tofàs Gesicht nahm die Farbe von gekochten Krebsen an. „Ihr beiden, ihr … ihr … seid aus Niflheim entwichen, ich hab es immer gesagt!" Vor Wut schlug sie mit der Faust gegen die Tür zum Flur, die krachend zufiel, und Luc und Peggy nahmen die Beine in die Hand, um sich in Lucs Zimmer zu flüchten, während Tofà durch den Haupteingang des Hauses ging und schnurstracks in Richtung Bestattungsinstitut lief, wo sie ihren Sohn Aki antraf, der sich auf seinem Bürostuhl lümmelte. Er hielt eine Karte mit einer Nummer in der Hand und betrachtete sie zufrieden.

„Was ist das?!", rief Tofà.

„Eine Berechtigungskarte."

„Du bist gestern nicht gezogen worden. Woher hast du das?"

„Von Valdis, sie will nicht nach Rom."

Und bevor Aki überhaupt noch einmal Luft geholt hatte, umrundete seine Mutter den Schreibtisch, nahm ihm die Karte aus den Händen, drückte sie an die Brust und sagte: „Danke, mein Sohn. Vielen Dank."

„Aber ... aber ... das ist meine."

„Du bist besser als dein Vater, der will mir seine nicht geben. Du hast dich drum gekümmert. Was will Valdis dafür haben?"

„Sie wollte die Kellisson-Bruchbude zurück."

„Und du hast sie ihr gegeben?"

„Ja, besiegelt. Ich hab ihr vor zwei Minuten den Vertrag gebracht."

„Du hättest mich vorher fragen müssen!"

Aki wich vor seiner Mutter zurück und wäre beinahe vom Stuhl gefallen. Tofà gab ihrem Sohn eine liebevolle Kopfnuss und zog mit stolzgeschwellter Brust von dannen. „Dann gehört die Karte ja sowieso mir. Ich werde auf der Fahrt deinem Vater die Hölle auf Erden bereiten. Darauf kann er sich verlassen."

Als Tofà ins Hotel zurückkam, trug sie ein maliziöses Lächeln im Gesicht und schritt wie eine Königin durch den mit Journalisten gefüllten Gastraum.

Rune und Eyrunn hatten ihre liebe Not, den Sonderwünschen aus aller Herren Länder gerecht zu werden, aber Ziegenmilch für den Kollegen aus Äthiopien hatten auch sie nicht anzubieten.

Die BBC stritt sich derweil mit CNN über das letzte Brötchen. Schnittbrot gab es noch genug, aber die Herrschaften wollten es nicht essen. Guter, aufgetauter Inseldinkelklotz kam bei den Landratten nicht an. CNN rief nach Pfannkuchen mit Ahornsirup, Irland wollte pochierte Eier und Hering, während Spanien den Kaffee als Plörre bezeichnete. Die Nacht in den Wikingerzelten hatte bei vielen eine gewisse Unzufriedenheit mit der Gesamtsituation ausgelöst, auch die Außenduschen hatten nicht zum Wohlbefinden beigetragen. Lediglich der Kollege von RAI Due hatte es geschafft, sich beim Kollegen von France Télévision einzuschmeicheln und ein warmes Plätzchen in einer warmen Dusche mit warmem Wasser ergattert. Wozu ein Überlebenspaket mit einer kleinen Bialetti samt einer Dose Espresso doch gut sein konnte.

Tofà baute sich inmitten des Gastraumes auf und sagte: „Und wer will nun ein Interview mit der Bürgermeisterin?"

Alle riefen: „Ich, ich, ich ..."

Eyrunn kam hinter dem Buffet hervor und sagte: „Tofà, die Herrschaften machen erst mal mit mir einen Inselrundgang und besichtigen das Museum. Und ich wollte ihnen das Geburtshaus des neuen Papstes zeigen, also unser Geburtshaus ... von Thorgay, Vidar und mir ... und ... und ... dann machen wir mit unser Snekkja[6] eine Runde um die Insel ... Und danach führt Schwester Fidelis sie durch das Behindertenheim ... Und ... und", und schon fing Eyrunn wieder an zu stottern und brachte kein Wort mehr heraus.

„Das kann ja machen, wer will. Ich stehe ab jetzt für Interviews zur Verfügung. Wir gehen alle in die Kirche zu einer Pressekonferenz, sagen wir in einer Stunde, vorher schaue ich

---

[6] Snekkja: Wikingerschiff, das Verzierungen an Vorder- und Achtersteven in Form von Schnecken aufweist, wie das Osebergschiff.

noch bei Sif vorbei und lass mir die Haare legen. In der Kirche liegt eine Liste aus, in die Sie sich für die Einzelinterviews eintragen können."

Rune beugte sich über die Theke und zischte seine Frau in Altnordisch an. „Bist du übergeschnappt?"

„Nein, ich halte die Zügel in der Hand. Und übrigens, mein Sohn hat mir eine Karte besorgt. Ich brauche deine nicht. Ich frage mich, ob ich dich nach Rom überhaupt noch brauche."

Arne kam mit einem Korb voll frisch aufgebackener Brötchen in die Gaststube und bekam die letzten Worte seiner Mutter mit. Er knallte den Korb aufs Buffet und sah seinen Vater an. Rune zuckte die Schultern, murmelte noch irgendeine Verwünschung und drehte seiner Frau den Rücken zu.

„Excuse me", sagte die Journalistin von der BBC, „worum ging es da gerade?"

„Um nichts", sagte Arne unwirsch. „Um gar nichts, und jetzt essen Sie Ihre Brötchen, sonst nehm ich sie wieder weg."

Das wollten sich die Journalisten nicht zweimal sagen lassen und griffen zu. CNN wollte noch mal kurz mit einem „Aber die Öffentlichkeit hat …" aufbegehren, aber Arne schüttelte sein langes blondes Haar und warf sich in die Brust. Vielleicht war es die Fellweste, die sich ansehnlich über seinen Brustkorb spannte und seine nackten Wikingeroberarme voll zur Geltung brachte, was bei den Damen für ein leises Stöhnen sorgte und bei den Herren eher für einen dünnen Seufzer der Verbitterung. Gegen den Bäcker waren sie alle Hänflinge, farblose Landratten, Nachfahren der von den Wikingern einst unterworfenen und beraubten Völker; und das hatten die Herren auf der Stelle begriffen und auch, dass die Damen es auch verstanden hatten. Also mampften alle mit gebeugtem Haupt ihr Frühstück, schmierten die Inselmarmelade, das berühmte Bóthildr Mus aus Sanddorn und Brennnesseln, auf ihre Brötchen, nahmen noch vom kalten Bauchfleisch des Abendessens tags zuvor und litten still ob der Ungerechtigkeit der Genetik.

„Also", sagte Tofà, „wir sehen uns in einer Stunde in der Kirche."

Kapitel 9

Alles in allem jubelten auf Wüüst nun fünf Menschen. Valdis und Frode darüber, dass sie ihr Haus wiederhatten, Tofà über ihren Coup, Aki die Karte abgeluchst zu haben. Peggy und Luc saßen in Lucs Zimmer und schrieben wie die Teufel die neuesten Ereignisse auf Wüüst in ihre Laptops. Peggy titelte: Ärger im Paradies? Luc schrieb: Die Papstlotterie – 12 aus 49.

Weniger froh guckten Sindri und Fjell Hardrada aus der Wäsche, als sie das Unheil auf sich zurollern sahen. Eigentlich waren sie damit beschäftigt, riesige Ballen Schafwolle für das Färben und Garnspinnen fertig zu machen. Sindri rührte, trotz ihres Neunmonatsbauchs, in einem riesigen Bottich, der auf einem Holzfeuer stand, Bóthildr-Grün an für die nächsten Pullover, die Agni über den Winter stricken wollte. Die Besitzerin der Wüüster Käserei, Gudrun Grimsdottir, ging den beiden zur Hand und schwätzte ununterbrochen über die tolle Zeit, die sie alle drei in Rom haben würden, dass Vidar Sindris Bauch segnen würde, aber vielleicht käme es auch gleich in Rom, da könnte er es taufen, und was sie anziehen sollten … Für jemanden, der noch nie einem Gottesdienst beigewohnt hatte, zeigte Gudrun eine ungewöhnliche Begeisterung für alles Katholische, besonders der Weihrauch hatte es ihr angetan. Fjell rollte schon mit den Augen und Sindri zischte: „Nun lass sie doch."

„Ich meine doch nicht Gudrun", sagte Fjell.

„Ja, was ist mit mir?", fragte Gudrun, einen Ballen Wolle in der Hand.

„Nichts, gar nichts. Ich finde deine Idee, dem Papst einen Käse mitzubringen, toll."

„Aber davon hab ich doch noch gar nichts gesagt."

„Hättest du aber, weil es eine prima Idee ist", versuchte Fjell sich herauszureden. „Aber ich … äh … Was ich meinte, war das da …" Er zeigte mit der Hand in Richtung Dünen. Sindri schnalzte mit der Zunge. „Der hat uns gerade noch gefehlt."

Der, der gerade noch gefehlt hatte, rollte zielsicher auf die Scheune zu.

„Mach das Tor zu", sagte Gudrun.

Aber es war bereits zu spät, Gustav gab noch mal Gas und stand binnen Sekunden vor dem Färbebottich.

Alle drei nickten dem alten Mann zu. „Was kann ich für dich tun?", fragte Fjell.

„Du könntest eurem Inselältesten eine Freude machen", sagte Gustav und rang sich ein mildes Opa-Lächeln ab.

„Womit denn?", fragte Sindri.

„Ich würde so gerne meinen alten Freund Vidar in Rom besuchen."

„Ja, schade, dass dein Name nicht gezogen wurde. Wir grüßen ihn von dir. Gudrun bringt ihm einen Käse mit und wir einen Pullover in Wüüster Grün."

„Das ist nicht dasselbe." Gustav seufzte und schob seinen Helm zurecht. „Ich bin schon so alt … wer weiß … vielleicht sehe ich meinen Freund nie …"

„Heulst du jetzt hier rum?"

„Nein. Ich wollte euch fragen, ob ihr mir eine Karte gebt."

„Warum sollten wir?"

„Aus christlicher Nächstenliebe."

Fjell lachte. „Und das aus deinem Mund."

„Dann eben wegen der Wikingerehre."

„Das wüsst ich aber", sagte Sindri und baute sich vor dem Rollstuhl auf. Ihr dicker Bauch berührte beinahe Gustavs Nase und er musste einen halben Meter zurückrollen.

„Ja, du weißt es eben nicht", sagte Gustav.

„Was denn?"

„Dass du nicht fahren wirst, weil man schwanger nicht fliegen darf."

Sindri lachte. „Ich bin schwanger, aber nicht krank."

„Und wenn es im Flugzeug kommt?"

„Dann wird es ein schnelles Kind, und ich werde es Munin nennen, weil es auf Adlerschwingen geboren wurde."

„Außerdem fliegen Agni und Hedda auch mit", sagte Gudrun. „Sindri wird immer in besten Händen sein."

Gustav verlor an Terrain. Gegen Frauen generell und Mütter im Besonderen kam man einfach nicht an. Seine Schwiegertochter Freya war auch so eine. Mütter waren schlimmer als Draugrs[7]. Und wie eine alte Wikingerweisheit besagt: Am Abend soll man den Tag loben, die Frau, wenn sie verbrannt ist.

„Na gut, Sindri, wenn du meinst", sagte er. „Fjell, hast du gar nichts dazu zu sagen?"

„Doch, Gustav, ich seh das genauso. Meine Frau weiß, was sie tut."

Gudrun sagte: „Wir haben schon darüber gesprochen, wenn es raus will, kommt es raus, auch mitten im Petersdom, wenn es sein muss, und dann kann Vidar es gleich taufen."

„Taufen!? Ihr seid doch nicht bei Trost."

Sindri wandte sich wieder ihrem Färbebottich zu, Fjell und Gudrun gingen in den hinteren Teil des Stalls, um neue Säcke mit Schafwolle zu holen. Aber Gustav machte keine Anstalten, die Örtlichkeit zu verlassen. Die drei ließen ihn eine ganze Weile zappeln, bis Fjell endlich sagte: „Ist noch irgendwas,

---

[7] Draugrs, die Untoten in der nordischen Mythologie

außer Schwangerschaftsberatung von Gustav dem Schrecklichen?"

„Gut, dass du fragst", sagte Gustav.

„Dann spuck es aus", sagte Fjell.

Gudrun beobachtete das Gespräch, das im Schafstall hin und her pingpongte. Bis jetzt hatte Gustav sie noch nicht direkt angesprochen, aber das beruhigte sie kein bisschen. Wenn Sindri und Fjell hart blieben, war sie mit Sicherheit die Nächste auf seiner Liste.

„Ich finde", sagte Gustav, „ihr solltet dem Dorfältesten entgegenkommen."

„Tun wir nicht", sagten Sindri und Fjell wie aus einem Munde.

„Dann komme ich euch auch nicht entgegen."

„Aha?"

„Eure Schafe", sagte Gustav mit Nachdruck und einer Kunstpause, die nicht enden wollte, bis Fjell fragte: „Was ist mit denen?"

„Die sind nicht bio. Und ich weiß es." Er drehte mit Schwung den Rollstuhl in Gudruns Richtung und zeigte mit dem knochigen Finger auf sie. „Und wenn die Schafe es nicht sind, dann ist es dein Käse auch nicht. Und die Pullover von Agni sind es dann auch nicht mehr. Was die Schafzüchterinnung wohl dazu sagen würde? Wenn ich ein Wort sage, könnt ihr euer Biosiegel in der Pfeife rauchen."

Die drei sahen sich entsetzt an.

„Ja, dazu fällt euch nichts mehr ein, was?"

„Das ist eine Lüge", sagte Sindri und guckte ihren Mann an in Erwartung einer Antwort, die diese Ungeheuerlichkeit aus der Welt schaffen würde.

„Ich habe gesehen, wie mit der Fähre Futter für eure Viecher am Hafen ankam. Thorgay war so nett und hat mir gezeigt, was es war. Normales Futter. Stinknormales Futter. Von wegen bio." Gustav lachte.

„Noch lachst du. Es scheint dir nichts auszumachen, die nächsten Wochen grün wie Kotze zu sein", sagte Sindri. „Das ist es nämlich, was ich gleich machen werde. Ich setz dich in den Bottich."

„Das wagst du nicht."

„Und ob."

„Schluss, hört auf!", rief Gudrun. „Ist das wahr mit dem Futter?"

Fjell inspizierte seine Stiefelspitzen. „Ja, im letzten Jahr. Da waren wir knapp, da reichte es im Winter nicht für bio …"

Gustav lachte noch lauter. Sindri verpasste ihrem Gatten eine Kopfnuss. „Das hättest du mir sagen müssen, Fjell Hadrada!"

Gudrun griff in ihre Kitteltasche, holte die Postkarte mit der Nummer 7 heraus und warf sie Gustav in den Schoß. „Da! Fahr nach Rom, aber sprich mich die nächsten hundert Jahre nicht mehr an. Und Käse bekommst du von mir auch nicht mehr … und … und … Fjell und Sindri, mit euch beiden rede ich auch noch." Sie drehte sich auf dem Absatz um und rannte auf dem schmalen Dünenweg in Richtung Käserei.

„Seht ihr. Gudrun ist vernünftig. Und ihr solltet es auch sein. Ich kann schließlich nicht alleine fahren."

„Wir kümmern uns um dich", sagte Fjell. „Wir schubsen dich in den Tiber, bevor du Vidar überhaupt zu Gesicht bekommen hast."

„Habt ihr beiden es noch immer nicht begriffen?"

Sindri fuhr sich nervös durch die Haare. „Gib ihm die Karten, sonst gibt er keine Ruhe."

Als Fjell keine Anstalten machte, in irgendeine Tasche zu greifen oder ins Haus zu gehen, sagte Gustav: „Mir fehlen nur noch eure beiden Karten für meine Familie; bei Knut und Ivar war ich schon."

„Womit hast du den beiden gedroht?"

„Knut musste ich nur sagen, dass ich dafür sorgen werde, dass er aus dem Supermarkt rausfliegt, weil er andauernd irgendwelche Süßigkeiten abgreift, und Ivar ist nur ein Viertel Wikinger, falls ihr das noch nicht wusstet. Der hatte nur Glück, dass er auf Wüüst geboren wurde und wir ihn jetzt dulden müssen."

„Du bist die Pest", sagte Sindri. „Die schwarze Beulenpest bist du, Gustav." Sie lief ins Haus, holte die beiden Karten aus der Küchenschublade und rannte wieder zurück.

„Hier, Pestbeule. Nimm. Erstick dran, und komm nie wieder auch nur in die Nähe dieses Hauses … und in Valhalla werden Sie dich niemals reinlassen. Viel Spaß in Niflheim[8]." Die Zornesröte war ihr ins Gesicht gestiegen. Sie zerrte an Gustavs grünem Schal herum, halb erwürgte sie den alten Mann, halb zog sie ihn aus dem Rollstuhl. „Und den darfst du auch nicht mehr tragen, der ist aus unserer Wolle." Dann fiel sie auf die Knie, riss die Klettverschlüsse seiner Stiefel auf und zog ihm die Socken von den Füßen. „Und die auch nicht. Und gib die Schafwollweste her!" Sie zerrte so lange an Gustav herum, der um Hilfe schrie, bis sie das Ding endlich in der Hand hatte.

Fjell lachte und sagte: „Sollen wir noch nachgucken, ob er auch die feine Wollunterwäsche anhat?"

Gustav packte den Joystick seines Rollstuhls, machte kehrt und fuhr, Verwünschungen brüllend, mit seiner Beute davon.

„Wie gewonnen, so zerronnen", sagte Fjell.

---

[8] Niflheim: Hölle der nordischen Mythologie

„Ich bring ihn um, glaub mir, ich bring ihn um. Und mit dir, Fjell, bin ich noch nicht fertig … Was hast du dir bloß dabei gedacht?!"

Fjell duckte sich, als die nächste Kopfnuss im Anmarsch war. Plötzlich tauchte Frodes Gesicht in der Tür auf. Er war bleich und etwas grün um die Nase.

„Was machst du hier?!", fragte Fjell.

„Ich habe gelauscht."

„Und? Sonst noch irgendwas?"

„Ich verkünde allen die frohe Botschaft, dass Valdis ihr Haus wiederhat. Das … wollte ich euch eigentlich nur sagen."

„Wie schön", sagte Sindri. „Wie kam's?"

„Aki wollte Valdis' Karte."

„Habt ihr gut gemacht", sagte Fjell. „Jedenfalls besser als wir."

„Ich verrate niemandem was. Großes Ehrenwort."

„Danke, Frode."

„Wir hätten den alten Sack in die Farbe tunken sollen", sagte Sindri, und als sie wieder aufschaute, war Frode samt seiner frohen Botschaft verschwunden.

In Heddas Haus plingten die Laptops. Die Berichte waren abgeschickt. Für die Printausgabe würde es nicht mehr reichen, aber online wäre die Sensation perfekt.

Peggy hatte sich wieder aufgewärmt und zog Lucs Sachen aus, um ihre warmen, trockenen von der Heizung zu nehmen. „War super mit dir."

„Fand ich auch."

„Ich brauch dringend eine Zigarette."

Luc stieg die Hitze in die Wangen. Irgendwie klang es, als hätten sie Sex gehabt, aber sie hatten nur ihre Artikel geschrieben und redigiert. Wobei Luc genau gesehen hatte, dass

Peggy ihm mindestens drei tolle Formulierungen geklaut hatte. Er hätte seinen Artikel lieber in Letzeburgisch schreiben sollen statt Französisch. Aber gesagt hatte er nichts dazu. Stattdessen hatte er so getan, als hätte er es nicht bemerkt. Wer gibt schon gerne zu, abgezockt worden zu sein? Nun ja, Männer tun das meistens, weil sie von einer Frau Sex wollen – früher oder später.

„Was machst du jetzt?", fragte er.

„Weiterrecherchieren, was sonst? Ich geh mal ein paar Leute suchen, die ich interviewen kann. Bin ja gestern nicht dazu gekommen."

„Kann ich mit?", fragte Luc.

„Meinetwegen", sagte Peggy gedehnt. „Aber nur, weil du 'ne gute Schreibe hast."

„Danke." Und schon glühten seine Ohren.

„Aber vielleicht solltest du dir was Trockenes anziehen."

Im selben Augenblick klopfte es an der Tür und Hedda kam mit einem Tablett herein. Luc fuhr zusammen, als wäre er bei einem Diebstahl ertappt worden.

„Wen haben wir denn da?", fragte sie. „Und sie ist auch schon halb angezogen …"

„Peggy Winter, Berliner Kurier."

„Ah, der Fluggast von Gordian."

„Ja. Was dagegen?"

„Nein."

„Ich hab meinen Kollegen besucht, und gucken Sie nicht so. Alles rein beruflich."

„Aha."

„Nix aha. Hätten Sie vielleicht einen Kaffee für mich und eine Zigarette?"

Hedda verschränkte die Arme vor der Brust. „Gab es im Hotel nichts?"

„Ich war in Eile."

Hedda betrachtete den nassen Pyjama, in dem Luc immer noch steckte, und den feuchten Kleiderhaufen auf dem Boden und sagte: „Junger Mann, wollen Sie gesund werden?"

„Mir geht es schon viel besser."

„Wenn Sie noch lange in dem nassen Dingsda rumsitzen, darf ich morgen eine Lungenentzündung diagnostizieren. Also, raus aus den Klamotten. Wo sind Sie überhaupt damit gewesen?"

„Das geht Sie gar nichts an", sagte Peggy schnell. „Wir verraten unsere Quellen nicht."

Hedda lachte, und mit Blick auf Lucs rote Bäckchen und Ohren sagte sie: „Wir sollten das Wasser dieser Quelle auf Flaschen ziehen und 'ne Menge Geld damit machen." Sie stellte das Tablett auf dem Nachttisch ab. „Wenn Sie ein Frühstück haben wollen, macht dreiundzwanzig Euro, Kaffee extra."

„Ja, ja, ich weiß, die Saison ist vorbei und dann ist alles teurer."

„Ich lad dich ein", sagte Luc und nickte Hedda zu. „Vielen Dank, Frau Doktor. Wir nehmen noch ein Frühstück … wenn's keine Umstände macht."

„Mit Spiegelei", sagte Peggy.

„Macht dann alles zusammen zweiunddreißig Euro für das Frühstück für die Dame."

„Und Zigaretten wären toll."

„Keine Zigaretten", sagte Hedda. „Das hier ist eine Arztpraxis und kein Kiosk."

Peggy zog einen Flunsch.

„Danke", sagte Luc, „schreiben Sie's auf meine Rechnung."

Und als Hedda eine Viertelstunde später mit dem Frühstück kam, zog Peggy die Augenbrauen hoch. Auf dem Spiegelei klebte eine Quittung, auf der neben der Summe für das Frühstück noch eine Botschaft stand: *Lassen Sie den armen Kerl leben, er hatte gestern eine Nahtoderfahrung.*

Peggy griff in ihren Rucksack und zog ihr Portemonnaie heraus. Luc protestierte: „Nein, ich bezahl das."

„Nein, ich lad dich ein. Du kannst das Mittagessen bezahlen."

Sie schob einen Fünfziger und einen Zehner für die beiden Gedecke unter den Brötchenkorb, und als Luc nicht hinsah, schrieb sie auf den Rand des Fünfzigers: *Kümmer dich um deinen Scheiß, Frau Doktor.*

Auch Gordian saß vor seinem gedeckten Tisch und vermisste Bothilde. Er köpfte eben sein Ei, als es an der Tür klopfte. Normalerweise klopfte niemand an diese Tür. Sie war nie abgeschlossen. Er öffnete ein schmales Fenster, das ehemals eine Schießscharte im Turm gewesen war, schaute hinunter und sah ein schwarzes Birett und Schultern. „Ah, Monsignore Valente, kommen Sie rauf, die Tür ist offen."

Gordian setzte sofort seine Espressomaschine in Gang, während sich der Kirchenmann die Treppe hinaufmühte. Dann erschienen das Birett und der dazugehörige Würdenträger im Türrahmen. „Einen wunderschönen guten Morgen, Gordian."

Die beiden Männer gaben sich die Hand, dann umarmten sie sich etwas umständlich.

„Welche Fortschritte macht das Kirchenrecht, mein Freund?"

„Es ist immer noch mittelalterlich. Aber Sie sind doch nicht hergekommen, um mich das zu fragen?"

„Nein. Ich habe einen Brief von Seiner Heiligkeit für Sie."

„Ach was?"

Der Monsignore kramte in den weiten Taschen seiner Soutane und reichte Gordian einen Umschlag.

„Darf ich den jetzt schon aufmachen?"

„Wie Sie wollen."

Gordian riss den Umschlag auf und zog einen Brief mit dem Siegel des Papstes heraus. Eine Einladung nach Rom zur Inauguration.

„Es ist auf ausdrücklichen Wunsch Seiner Heiligkeit, dass Sie daran teilnehmen."

„Na, dann komm ich doch gern", sagte Gordian und stellte den Brief neben die Kaffeemaschine. „Haben Sie schon gefrühstückt, Monsignore?"

„Aber sicher, im Pfarrhaus."

„Seit wann kann Magnus kochen?"

„Musste er ja nicht, Schwester Fidelis war so nett. Offenbar hat die Haushaltshilfe gekündigt, aber warum, wollte er mir nicht sagen."

„Das kann er Ihnen höchstens im Beichtstuhl erzählen."

„Ich hatte mir so was gedacht, hübsches Ding, ich meine, was ich von ihr gesehen habe, lässt diese Annahme zu", sagte Monsignore Valente. „Er ist ja nicht umsonst auf Wüüst gelandet."

„Im größten Sündenbabel nördlich der Alpen."

Der Monsignore lachte, erschrak aber eine Sekunde später, als verzweifeltes Quieken und Schnaufen die Treppe heraufkam.

„Warte doch", war Frodes Stimme zu hören.

Bothilde stürmte durch die Tür und bremste knapp vor Monsignore Valentes Schuhen. Dann sah sie ihn an, bemerkte das Missverständnis, drehte ab und warf sich Gordian in die Arme. Er blickte fragend zur Tür, wo im selben Moment Frode erschien.

133

„Darf ich vorstellen, Monsignore Valente: Das ist Frode Kellisson, Besitzer des Fahrradverleihs und der Helmverkaufsstelle, ehemaliger Schüler von Sankt Bartholomäus. Frode, das ist Monsignore Valente aus Rom."

„Wir haben uns schon kennengelernt."

Frode kam herangehinkt und gab Gordians Gast die Hand. „Guten Tag, Monsignore, da haben Sie ja eine schöne Scheiße angerichtet und der Vidar gleich mit ... also eigentlich er, aber Sie haben es hier hingetragen."

Der Gesandte des Papstes konnte sich ein Grinsen nicht verkneifen, als er fragte: „Und wie kommen Sie zu der Annahme, junger Mann?"

„Frode, was ist los?", fragte Gordian.

„Also, eigentlich war es erst ganz gut."

„Willst'n Kaffee?"

„Ja ... also eigentlich, aber dann wurde es schlimm. Das kannst du dir nicht ausmalen, Gordian, was jetzt los ist mit den Leuten. Und alles nur wegen der Karten. Und übermorgen fahren die doch schon, aber die ganze Insel ist im Krieg."

Der Monsignore beugte sich vor und guckte Frode in die Augen. „Krieg?"

„Ja, Krieg. Die streiten sich um die Karten ... und alles, furchtbar! Dabei soll es doch eine Ehre sein, und die, die fahren, vertreten unsere Insel! Vidar wollte nur nett sein ... Aber ... aber ... Gordian sagt immer: Gut gemeint, heißt noch lange nicht, gut gelaufen. So ist das!"

„Fang mal bitte von vorne an", sagte Gordian und servierte den Kaffee. Frode schaufelte vier Löffel Zucker in die Tasse. Bothilde bekam ein Brötchen und legte sich auf die Couch, als wolle sie sicherstellen, dass der Monsignore dem Bericht seine volle Aufmerksamkeit schenkte.

Bei seiner Fahrradtour über die Insel hatte Frode diverse Scharmützel beobachten können. Nicht nur, dass er Tofà auf dem Kriegspfad erlebt hatte, auch war er Leif Sturlusson (wir erinnern uns: Gas-Wasser-Scheiße, Groß Wüüst) begegnet, der bei den Wikingerzelten die Toilettenanlage überprüfen wollte. Der hatte ihm berichtet, wie Gustav auf ihn losgegangen sei. Auch bei Sif im Friseursalon war die Hölle los gewesen, weil Ivar, der Leuchtturmwärter, ihr die Karte abluchsen wollte, weil Gustav ihm seine abgenötigt hatte. Irgendwie ging es darum, dass Sif sich von Ivar Geld geliehen hatte, um ein neues Haarwaschbecken zu kaufen. Das Geld dafür wollte er sofort wieder zurückhaben oder die Karte. Und es waren auch noch andere da, die ihr sogar Geld geboten haben. Sif hatte alle rausgeworfen und sich unter eine Trockenhaube gesetzt und geweint, bis Tofà kam, um sich die Haare legen zu lassen. Die Szene zwischen Sindri, Fjell, Gudrun und Gustav malte er in den grellsten Farben. Und Knut hatte er weinend am Hinterausgang des Supermarktes angetroffen. Der war gerade dabei gewesen, Freya zu erklären, was seinen für einen Wikinger recht ungewöhnlichen Gefühlsausbruch verursacht hatte. Als Freya hörte, was ihr Schwiegervater getan hatte, war sie davongerannt. Das Letzte, was Frode von ihr hörte, war: „Heute ist es so weit, Gustav … Niflheim wartet auf dich. Und du, Knut, iss noch eine Schokolade und reiß dich zusammen, mach so lange die Kasse, bis ich wieder da bin … wenn ich jemals wiederkomme!" Frode erklärte, dass er das für kein gutes Omen hielt. Und er sparte auch nicht aus, dass Valdis ihre Karte für das Haus hergegeben hatte, und dass Aki die Karte schon wieder an seine Mutter losgeworden sei, die bei ihrer ersten Station, bei Hedda und Agni, auf Granit gebissen hatte.

„Und Tofà hält grad eine Pressekonferenz in der Kirche ab. Eyrunn stottert wieder nur rum, weil Tofá ihr die Planung kaputt gemacht hat. Und denkt euch nur, Tofà hat Rune gesagt, dass er sich nach Rom eine neue Bleibe suchen muss. Das war's."

Auf einer Insel kann man so gut wie nichts geheim halten, besonders nicht, wenn Frode Kellisson auf dieser Insel wohnt. Wer glaubt, sein Hinkefuß hielte ihn davon ab, Informationen en gros zu sammeln, hatte sich getäuscht. Mit seinem Fahrrad war er schneller unterwegs als der Blitz.

Frode nahm Gordians kalt gewordenes Frühstücksei, pellte es ab und stopfte es sich ganz in den Mund. Bothilde guckte ihn enttäuscht an. Frode schob das Ei wieder aus dem Mund, biss eine Hälfte ab und reichte sie Bothilde.

Der Monsignore faltete die Hände vor seinem Bauch und schickte einen Blick gen Himmel. Gordian atmete tief durch. Bothilde schmatzte, sie hatte das alles schon einmal gehört, als Frode auf dem Weg zur Burg seine Rede geübt hatte. Vorbereitung ist alles, hatte Gordian ihm immer wieder gesagt – so kompliziert es auch sein mag, wenn man vorbereitet ist, geht es ganz leicht. Und dieser Bericht war kompliziert gewesen. So kompliziert, dass Frode dringend noch einen Kaffee brauchte, den Gordian ihm gerne hinstellte.

„Jetzt wisst ihr, warum ich sauer auf Vidar bin", sagte Frode.

„Ich muss das erst mal verdauen", sagte Gordian.

„Allerdings", sagte Monsignore Valente. „Hätten Sie eventuell einen Grappa, den ich in meinen Espresso kippen könnte?"

„Kann ich auch einen?", fragte Frode.

„Eher nicht", sagte Gordian, denn Frode drehte sowieso schon mehr Umdrehungen als seinem jungen Hirn guttat.

„Aber du sagst doch immer: Alkohol löst keine Probleme – aber Milch tut das auch nicht."

„Versuch's mit Kaffee", sagte Gordian.

In der Kirche versuchte Pfarrer Habel dem Ansturm der Journalisten gerecht zu werden. Trotz der Masse Menschen in Gottes Haus fühlte er sich allein. Monsignore Valente hatte sich zu einem Spaziergang verfügt, Schwester Fidelis hatte sich zurück nach St. Bartholomäus begeben, eines ihrer Schäfchen, wie sie sagte, habe Geburtstag und das Fest müsse noch vorbereitet werden. „Ein achtzehnter Geburtstag braucht viel Liebe auf dem Tisch", hatte sie gesagt. Und er hatte auf der Stelle vergessen, um welches Geburtstagskind es sich handelte, denn seine Gedanken um ein eventuelles Geschenk für das Kind waren jäh von der mit Kameras und Diktiergeräten bewaffneten Meute unterbrochen worden, die Einlass in die Kirche begehrten. Tofà hatte es noch nicht einmal für nötig befunden, ihm eine Nachricht zu schicken. Nun stand er auf der Kanzel und beobachtete das Gewusel unter ihm. Kabel wurden verlegt, Steckdosen gesucht, Scheinwerfer aufgestellt. CNN und BBC stritten sich um den besten Platz. RAI Due rief: „Herr Pfarrer, beugen Sie sich mal bitte etwas vor, ich will die Kanzel ausleuchten … Könnten Sie mal eben die Soutane ausziehen, die Bürgermeisterin kommt ja wohl nicht in Schwarz …" So ging es fort und fort, aber Magnus Habel fand nicht die Kraft, sie alle aus dem Tempel zu vertreiben. Er beschränkte sich darauf einzuschreiten, als Fox News und CNN sich daran machten, das Taufbecken wegzurücken, weil es im Weg war. Dementsprechend war er geradezu erleichtert, als sich die Tür öffnete und Tofà frisch onduliert erschien, um ordnend einzuschreiten. Ihre Alles-hört-auf-mein-Kommando-Stimme brachte Ruhe in den Ameisenhaufen. Magnus

Habel wurde von Tofà von der Kanzel gedrängt, und er schlich zurück in die Küche des Pfarrhauses. Dort warf er die Soutane über einen Stuhl, machte sich einen Espresso und verdünnte ihn mit Odins Vann. Er brauchte dringend geistige Unterstützung bei dem Tumult, der sowohl in seinem Inneren als auch in seiner Kirche, ja, auf der ganzen Insel tobte, und in der Bibel stand nichts, was die Zuhilfenahme geistiger Getränke in Krisenzeiten untersagt hätte. So stand er mit einem großen Kaffeebecher voll geistiger Unterstützung am Küchenfenster und sah, wie Freya Trygvarsson auf dem Weg hinter dem Pfarrgarten brüllend hinter ihrem Schwiegervater herrannte und Verwünschungen ausstieß. In der Hand hielt sie eine Axt. Den beiden dicht auf den Fersen rannte Hakon Trygvarsson, der seine Frau vor der sündigen Tat bewahren wollte, den Senior in die ewigen Jagdgründe zu schicken. Es war nur eine Frage der Zeit, bis sie Gustav gestellt haben würde. Es kam nur auf den Akku-Ladezustand seines Rollis an. Freyas Akkus waren immer geladen, das wusste der Pfarrer aus leidvoller Erfahrung. Hakons Akku war eher mittelmäßig und neigte zu vorzeitiger Entladung. Magnus Habel entschloss sich, die Geschicke Gustavs in den Händen des Herrn zu belassen, denn einmal von Hedda getackert zu werden, hatte ihm gereicht. Und er war auch ein wenig beleidigt, denn wenn hier einer nach Rom einzuladen war, dann doch wohl er. Soweit er im Bilde war, hatten alle Strafversetzungen im dritten Jahr des Wüüst-Aufenthaltes geendet. Nur seine nicht. Er hätte sich das Porto für die Bittbriefe an seinen Bischof sparen können. Aber nun hatte er gehofft, ganz im Stillen, dass Monsignore Valente eine Einladung aus den Tiefen seiner Soutane hervorzaubern würde. Aber nichts dergleichen war geschehen. Hatte Schwester Fidelis aus dem Nähkästchen geplaudert? Hatte der Herr ihn vergessen? Hatte er zu viel gesündigt? War Magnus Habels Maß voll? War es Zeit, Buße zu tun für seine Vergehen am Zölibat? Sein Geist war ja immer willig gewesen, aber sein Fleisch umso schwächer … je hübscher die Versuchungen waren. Um herauszufinden, warum Gott ihn so furchtbar prüfte, füllte er seine Tasse erneut mit geistigem Beistand. Und er wunderte sich auch nicht, als die Tür polternd aufflog, Hakon hereinstolperte, ihm die Tasse aus der Hand nahm, sie mit einem Schluck leerte und sagte:

„Tu was, Magnus, alle sind vollkommen durchgedreht."

„Sind sie das nicht immer?"

Hakon lehnte sich an den Kühlschrank und hielt Pfarrer Habel die leere Tasse hin. „Ja."

„Und hat der Herr nicht immer dafür gesorgt, dass alles gut ausgeht?"

„Nein."

„Das ist besorgniserregend, aber auch sehr wahr", sagte Pfarrer Habel und schenkte geistigen Beistand aus, diesmal ohne ihn mit Espresso zu verdünnen.

Kapitel 10

Groß Wüüst machte den Eindruck einer großen Wüstenei. Der Dorfplatz war leergefegt. Ausgestorben. Tot.

„Was ist hier los?", fragte Peggy.

„Alle von UFOs entführt", sagte Luc.

„Schön wär's." Peggy zündete sich schon die dritte Zigarette an der zweiten an, seit sie den Supermarkt mit dem weinenden Kassierer verlassen hatten. Peggy hatte im Sinne der Recherche gefragt, was los sei, aber der Mann hatte nur den Kopf geschüttelt und schniefend das Geld kassiert.

Als sie den Dorfbrunnen umrundet hatten, entdeckten sie eine Frau, hingekauert am Brunnenrand unter der Statue des Schweins, deren Namensschild am Wollumhang sie als Eyrunn/Tourismusbüro auswies. Edvard Munch, würde er noch leben, hätte in ihr die perfekte Vorlage für ein hübsches neues Gemälde mit dem Titel *Die Verzweiflung* vorgefunden.

„Hallo", sagten Luc und Peggy.

Eyrunn erschrak. Aber sie sammelte sich, strich ihre widerborstigen Haare glatt und schaute auf. „Ko… ko… mmen Sie zur Dorfführung oder zur I… inselrundfahrt?"

Luc und Peggy sahen sich an und zuckten die Schultern.

„Ich bin die Schwester von Vidar Eriksson. Ich zeige Ihnen gerne sein Geburtshaus, also das ist jetzt mein Haus … und Sie können auch mit meinem Bruder Thorgay sprechen, wenn Sie wollen. Ich weiß alles über die Insel und über Vidar und er auch. Aber Sie können auch in die Kirche … da ist Pressekonferenz … mit der Bürgermeisterin." Eyrunn schniefte und benutzte einen Zipfel ihres Umhangs als Taschentuch.

Peggy hatte genug Instinkt, um zu verstehen, dass diese Eyrunn mit ihrem Programm gegen die Bürgermeisterin verloren hatte, und sagte: „Na, dann mal los. Es liegt ja sonst nichts an. Wir sind Peggy und Luc. Berliner Kurier und Luxemburger Tageblatt. Sind Sie mit zweihundert Euro für das Gesamtpaket exklusiv für mich und meinen Kollegen einverstanden?"

Eyrunns Schultern strafften sich. „Zweihundert von jedem."

Luc gab Peggy einen Stoß in die Rippen.

„Einen Augenblick", sagte sie und zerrte ihn ein paar Meter vom Brunnen weg. „Was ist?"

„Zweihundert von jedem?!"

„Hey, die Schwester und der Bruder vom Papst. Exklusiv. Die anderen sind in der Kirche. Was willst du mehr?"

„Stimmt", sagte Luc.

„Na, also", sagte Peggy. „Ich rieche es, wenn sich was lohnt."

Sie kehrten zum Brunnen zurück. Die beiden gaben Eyrunn die Hand. „Exklusiv", sagte Peggy. „Was Sie uns erzählen, erzählen Sie niemand anderem und haben es auch noch nicht jemand anderem erzählt."

Eyrunn nickte. „Versprochen."

„Was wir zu sehen kriegen, kriegt kein anderer zu sehen?"

Eyrunn schüttelte den Kopf. „Für Fünfhundert insgesamt, zeige ich Ihnen Kinderfotos von Vidar, die sind lustig. In der Badewanne, und ich hab auch eins, als er in die Schweinesuhle gefallen ist, von der vorvorherigen Bothilde, verstehen Sie?"

„Aber sicher", sagte Peggy. Dafür legen wir gerne noch einen Hunderter drauf. Wo gehen wir zuerst hin?"

„Ins Museum?", sagte Eyrunn.

Schafe muss man von der Herde trennen, wenn man sie erlegen will, so viel hatte Peggy Winter schon gelernt. „Ich schlage vor, wir fahren erst einmal um die Insel, und Sie erzählen uns dabei alles über Ihren berühmten Bruder. Das

Wetter ist toll, und eine Bootsfahrt wäre super. Da krieg ich auch tolle Bilder von der Insel."

Luc knuffte Peggy wieder in die Seite. Panik im Blick. Dass er noch einmal aufs Meer hinausmusste, machte ihm Angst.

„Jetzt hab dich mal nicht so."

„Sie müssen keine Angst haben. Wir fahren mit der Snekkja. Mein Bruder wartet mit der Mannschaft auf uns. Eigentlich passen da dreißig Leute drauf, aber es will ja kein anderer."

Luc sah Peggys Haare fliegen, er sah ihre blitzenden Augen, er sah den Schwung ihrer Hüften … und drei Minuten später waren sie am Hafen, und er bestieg mit zitternden Knien das Wikingerschiff. Thorgay, als Kapitän, begrüßte sie und stellte die zehn Männer, die alle aussahen wie Hollywood sich Wikinger eben so vorstellte, vor. Sie nahmen die Ruder in die Hand und los ging es. Peggy filmte mit ihrem Handy, Luc klammerte sich an seinen Schreibblock und versuchte, mitzuschreiben. Ein sanftes Lüftchen blähte das große, rot-weiß gestreifte Segel, die Recken legten sich in die Riemen, das Festland entfernte sich Meter um Meter, immer schneller. Peggy stand am Bug und genoss die Aussicht. Kate Winslet auf der Titanic war ein Witz gegen Peggy Winter, die mit echten Kriegern in See stach. Der Leuchtturm wurde kleiner und kleiner, und Luc bekam eine Panikattacke und rang nach Luft. Eyrunn kannte die Symptome, sie hatte so viele Touristen mit diesem Boot und ihrer Mannschaft um die Insel geschippert, dass ihr keine menschliche Reaktion mehr fremd war. Und sie hatte ein probates Mittel, um dieser Angelegenheit Herr zu werden: Sie packte Luc unter den Achseln, bevor er lang hinschlug, schleifte ihn zu einer Ruderbank, setzte ihn neben Ole, dessen Oberarme dicker waren als ein Schinken, und sagte: „Und jetzt rudern Sie mit einem echten Wikinger, in einem echten Wikingerschiff. Das ist Ole, Ole, das ist Luc.

Dieses Boot ist eine Snekkja, ein kleinerer Nachbau des Ose-bergschiffs. Die Kinder von Sankt Bartholomäus haben dabei mitgeholfen, es zu bauen. Die Spiralen an Bug und Heck hat Frode Kellisson geschnitzt, da war er gerade mal zwölf Jahre alt. Heute macht er die Helme für die Insel. Viel Spaß."

Ole nahm Lucs zitternde Hände, legte sie auf das Ruder und sagte: „Yo, rudern! Immer schön im Takt."

Den gab Thorgay vor, der ein Wikingerlied anstimmte. Die anderen fielen mit ein. Das ganze Schiff bebte unter ihren Stimmen. Peggy filmte das Ganze, das würde der YouTube-Hit schlechthin. Hätte sie den Text[9] verstanden, wäre sie nicht mehr so zuversichtlich gewesen. Mit jedem Schlag konnte Luc tiefer durchatmen. Und wenn Luc den Text verstanden hätte, wäre Schnappatmung die natürliche Folge gewesen. Ole grinste und hieb ihm auf die Schulter, dass er beinahe von der Ruderbank gerutscht wäre. „Sieht perfekt aus. Du brauchst noch einen Helm." Er griff unter die Bank, holte einen mit Hörnern hervor und pflanzte ihn auf Lucs Kopf.

„Vorsicht, die sind teuer", rief Peggy und lachte.

„Nur geliehen", sagte Ole. „Wenn du einen haben willst, musst du zu Frode gehen."

Luc guckte stolz in die Kamera, und Peggy klärte ihn nicht darüber auf, dass echte Wikinger keine Hörner auf den Helmen tragen. Dafür wurde ihr von Thorgay mitgeteilt, dass, sollten die singenden Wikinger auf YouTube oder sonst wo landen, Peggy Winter ein ziemlich elendes Ende finden wür-de. Fotos ja, Video nein. Peggy zog einen Flunsch und löschte

---

[9] Das Lied entstammt der Feder des Inseldichters Olav Grimsson und geht so: *Wir schießen nicht mit Pulver. Wir haben eine Axt. Und hacken damit Feinden die Nasen ab, die Nasen ab. Blut wird fließen, wenn wir kommen. Voran, voran die Axt, hauen wir den Feinden die Nasen ab, die Nasen ab.* (Hier wird alles nacheinander aufgezählt: Finger, Köpfe, Ohren, Füße, Zehen etc.)

unter Thorgays stechendem Blick das Material. Wie gewonnen, so zerronnen, aber ein bisschen Verlust ist immer.

In der Kirche entwickelte sich mittlerweile eine Fluchtbewegung. Während der Pressekonferenz, die mehr oder weniger in eine Selbstbeweihräucherung Tofàs ausartete, nachdem der Start vielversprechend war, die Mitte etwas langweilig wurde, hatte sie gedacht, der ein oder andere Schwank aus dem Inselleben könnte die Sache zum Ende hin retten. Aber alle wollten nur über Vidar Eriksson sprechen, sie wollten Fotos, sie wollten ... alles Mögliche und vor allem Unmögliche. Ob es noch Kleidungsstücke von ihm gab ... am besten Unterwäsche ... Tofà schwirrte der Kopf. Sie war zwar in der Lage, eine Insel mit Wikingern zu bändigen, aber das hier ging über ihren Verstand. Mitten hinein in ihren Vortrag darüber, wie sie zur Bürgermeisterin gewählt worden war, plingten diverse Handys. Erst eins, dann zwei, dann, so kam es ihr vor, alle. Sie unterbrach ihre Rede und wartete. Alle Nacken waren gebeugt. Dann stöhnten die Ersten auf. Die Artikel von Peggy und Luc waren online gegangen und die Nachrichtensuchsysteme der Journalisten hatten darauf reagiert. Die Ersten sprangen auf und riefen: „Warum hat uns keiner was von der Einladung des Papstes gesagt?!"

„Weil ... weil ...", Tofà geriet ins Schleudern. „Weil ... das hätten wir Ihnen schon noch mitgeteilt, aber das sollte ... erst später ..."

„Zwei von uns haben es aber gewusst?!"

„Das kann nicht sein", sagte Tofà. „Das kann nicht sein!"

Die BBC reichte Tofà das Handy zur Kanzel hoch. Tofà las den Bericht. Ihr Kopf schwoll an, jedenfalls hatte sie das Gefühl, er würde das tun. Ihr wurde heiß, und das waren nicht die Wechseljahre. Sie schnaubte und schnappte nach Luft.

Dann hieb sie mit der Faust auf die Kanzel und rief: „Sie entschuldigen mich bitte! Ich schlage vor, wir machen eine Pause. Der Pfarrer wird Ihnen Kaffee reichen."

In ihrem Kopf kreiste ein einziger Gedanke: Ich werde Eyrunn vor aller Augen im Brunnen ersäufen. Es konnte nur sie gewesen sein, die das Geheimnis um die zwölf Karten verraten hatte, weil sie nicht einsehen wollte, dass eine Bürgermeisterin wohl wichtiger war als die Leiterin des Tourismusbüros mit ihrem Besichtigungsprogramm.

Tofà stürmte durch den Mittelgang und wies mit der Hand nach links. „Hier gehts zum Pfarrhaus. Pfarrer Habel erwartet Sie."

Kaum war die Bürgermeisterin durchs Kirchenportal entschwunden, setzte eine hitzige Diskussion unter den Journalisten ein. Einige stürmten ins Pfarrhaus, wo sie den Pfarrer und irgendeinen Wüüster Recken dabei antrafen, wie sie Arm in Arm um den Küchentisch tanzten und Wikingerlieder in einer sehr seltsamen Sprache sangen. Also, Hakon sang, Magnus Habel machte „Lalala". Und es standen noch jede Menge voller Flaschen auf dem Tisch. Wenn das mal kein Grund für eine tiefer gehende Recherche war.

Vom Wikingerschiff aus sah Peggy eine Masse Menschen aus der Kirche quellen und auf den Hafen zulaufen. Einige winkten und schrien, aber ... zu spät ... zu spät, frohlockte sie innerlich. Das Schiff ließ Hafen und Leuchtturm hinter sich, und die Meute verschwand aus ihrem Blickfeld. Sie lachte. Hatten sie also ihren und Lucs Bericht gelesen. Alles richtig gemacht. Von wegen Nachwuchstintenpisserin, wie ihre Kollegen sie immer nannten. Nicht mit Peggy Winter!

Sie ging durch die Reihen der rudernden und schwitzenden Männer zum hinteren Teil des Schiffs, fotografierte jeden einzelnen und notierte sich die Namen. Dann setzte sie sich neben Eyrunn und sagte: „Dann wollen wir mal."

Luc verabschiedete sich von Ole. „Ich muss dann mal. War toll."

Ole nickte und legte sich ins Zeug. „Kein Problem, du bist jetzt ein Wikinger." Thorgay beugte sich über die Reling und schöpfte mit seinem Helm Wasser, das er Luc über den Kopf goss. „Wir taufen dich auf den Namen: Hägar der Schreckliche. Hier ist dein Wikingerpass, mit dem bekommst du fünf Prozent auf alles auf dieser Insel." Er händigte Luc eine Plastikkarte aus, auf der Hägar der Schreckliche stand, mit dem Foto eines Wikingerhelms mit Hörnern und darunter zwei gekreuzte Streitäxte. Die anderen Ruderer lachten. Aber Luc bekam die Pointe nicht mit, weil er gar nicht wusste, wer Hägar der Schreckliche war. Für ihn klang das wie der Name eines Königs. Das gab ihm das Gefühl, um mindestens fünf Zentimeter gewachsen zu sein. Ich habe ein Wikingerschiff gerudert. Mit Helm. Und ich habe einen Wikingernamen bekommen. Da würden seine Kollegen aber Augen machen, wenn sie die Fotos sahen.

Zum Glück hatte Luc noch eine Menge Zeit, sich an seiner Heldentat zu erfreuen. Es würde noch dauern, bis er selbst die Fotos sehen und erkennen würde, dass er neben Ole aussah wie ein verhungertes, durchnässtes Kind unter einem viel zu großen Helm. Und der hämische Gesang seiner Kollegen aus der Redaktion, die, wann immer er irgendwo auftauchen würde, „Hey, Hey, Wickie, hey…" skandierten, wartete auf seine Rückkehr nach Luxemburg. Er packte seinen Laptop aus dem Rucksack aus, Eyrunn reichte ihm ein Handtuch, und das Interview mit den Verwandten des Papstes begann.

Im Bóthildr Rumhús zählten Rune und Birger tiefgefrorene Bauchfleischlappen fürs Mittagessen durch.

„Hast du nur Bauchfleisch in deinem Kühlhaus, oder was?", fragte Rune.

„Lässt sich am schnellsten auftauen, Mann."

Rune warf dem Metzger einen schrägen Blick zu.

„Ja, gut, es gibt auch noch Schnitzel und Steaks und Rehkeule … und Würstchen."

„Dann hol mir die Würstchen … für die Würstchen."

„Aber das sind meine Selbstgemachten."

„Umso besser, dann ist ja nicht so viel Fleisch drin."

„Rune! Ist dir Tofà wieder quer reingelaufen, weil an deinem Würstchen was auszusetzen war? Meine Würstchen sind topp, jedenfalls im Winter. Die mach ich nur für uns!"

Rune seufzte. „Weiß ich doch. T'schuldigung. Hol deine Würstchen … bitte. Ich nehm von den Festlandspacken das Dreifache und zahle dir den doppelten Einkaufspreis. Und bring aus dem Kühlhaus auch gleich noch sechs Eimer Kartoffelsalat mit. Zum normalen EK, bitte."

„Hört sich schon besser an", sagte Birger, griff zum Telefon und rief Knut Fenrir im Supermarkt an. „Knut, bring mal drei Wannen Würstchen und sechs Eimer Kartoffelsalat aus dem Kühlhaus …"

Birger konnte kaum verstehen, was Knut sagte, aber was er verstand, hörte sich nach Katastrophe an. „Was?! … Warum?! … Wieso?! Knut! Hör doch mal auf zu flennen!"

„Was ist los?", fragte Rune.

Birger rollte die Augen, warf den Hörer auf die Gabel und sagte: „Freya versucht Opa umzubringen. Hakon ist hinterher. Sif wirft im Salon mit Lockenwicklern, Knut hat keine Karte mehr und …" Weiter kam er nicht, denn die Tür des Restaurants flog auf und Tofà marschierte im Stechschritt auf die Theke zu. „W o   i s t   E y r u n n?!"

Rune zeigte mit ausgestrecktem Arm in den Gastraum. „Hier offensichtlich nicht."

„Mist! Ich kann sie nirgendwo finden, und wenn ich sie finde, bringe ich sie um."

„Warum denn?"

„Sie hat alles ausgeplaudert, über die Verlosung, und wer weiß, was sie noch alles anstellt, um sich ins Rampenlicht zu drängeln …"

„Wollte sie nicht mit den Journalisten eine Bootstour machen?"

„Kann sie ja gar nicht. Die sind alle bei mir in der Pressekonferenz."

„Ja, offensichtlich nicht mehr", sagte Birger mit Blick aufs Fenster. „Ich kümmere mich mal um die Würstchen." Er verschwand durch die Küche und nahm den Hinterausgang, während im selben Augenblick die vordere Tür auflog und die internationale Presse, abzüglich derjenigen, die Pfarrer Habel und Hakon mit dem geistigen Beistand halfen, den Gastraum flutete.

Tofà zischte: „Wo ist Eyrunn?!"

„Ich weiß es nicht. Und wenn du mich so fragst, ich würde es dir nicht sagen, selbst wenn ich es wüsste."

„Gib mir den Schlüssel zum Museum."

„Einen Teufel werd ich. Das ist Eyrunns Job. Du hast da nichts zu suchen. Und wenn du meine Cousine noch mal bezichtigst, irgendwelche Sachen ausgeplaudert zu haben, dann … dann …" Rune kam nicht dazu, den Satz zu beenden, denn wieder flog die Tür auf, Gustav rollerte mit den letzten Lithiumionen, die seine Batterie hergab, in den Gastraum und schrie: „Sie will mich umbringen. Verrammelt die Tür …!"

„Zu spät", sagte Rune, denn Freya stand mit wirrem Haar, irrem Blick und hoch erhobener Axt im Türrahmen. Die gute alte Bodicea, die einst Lundinium dem Erdboden gleichmachte, um es den alten Römern heimzuzahlen, hätte ihre helle Freude an dieser Schildmaid gehabt. Da Bodicea schon lange unter der Erde Britanniens lag, war die Freude ganz bei den Journalisten, die alles filmten und fotografierten. Endlich passierte mal wieder was auf dieser Insel.

Tofà kickte die Pumps von den Füßen, raffte ihren Rock, rannte auf Freya zu, wand ihr die Axt aus den Händen, rief: „Lokalrunde", und drängte Freya aus der Tür, die sich heftig wehrte. Die Rangelei endete am Brunnen, in den beide Frauen hineinfielen. Alles in allem eine weniger elegante Szene als Anita Ekbert weiland in der Fontana di Trevi. Bóthildr und ihr eiskaltes heiliges Quellwasser konnten die Gemüter nach mehreren Versuchen, sich gegenseitig zu ertränken, so weit beruhigen, dass Tofà unter großem Schnaufen und Hecheln hervorbrachte: „Bist du völlig übergeschnappt?"

„Nein, Gustav ist übergeschnappt. Er hat Knut und einigen anderen die Berechtigungskarten abgenötigt. Ja, abgepresst regelrecht!"

„Freya! Das ist ja wirklich ungeheuerlich von ihm. Ts! Aber beruhig dich mal ..."

„Einen Teufel werde ich. Wenn ich ihn nicht vierteilen darf, dann bring ich ihn aufs Festland – ins Altenheim. Meinetwegen kann er da versauern."

Freya ließ sich triefend nass auf den Rand des Brunnens fallen. Tofà setzte sich daneben und sagte: „Die wollen Gustav da nicht. Erinnere dich dran ..."

Und Freya erinnerte sich daran. Hakon und sie wollten vor zwei Jahren eine Woche runter von der Insel, um mal ganz für sich zu sein. Alleine. Ohne Insel, Familie und sonstigen Anhang. Knut hatte sich die Versorgung von Gustav nicht zugetraut, was nur zu verständlich war – er war schon als alleiniger Herrscher über den Supermarkt völlig überfordert; Schwester Fidelis sah sich ebenfalls außerstande, sich um ihn zu kümmern da just zu dem Zeitpunkt alle im Heim die Masern hatten, und der Rest der Insel fühlte sich nicht zuständig. Gustav als Mitglied der Inselgemeinschaft zu dulden war eine Sache – ihn zwei Wochen lang 24 Stunden um die Ohren zu haben, eine andere, zumal er rumposaunte, dass der Erstbeste, der versuchen würde, ihn zu waschen oder sonst was täte, seine Axt zu schmecken bekommen würde. Und so hatten Hakon und Freya beschlossen, ihn für vierzehn Tage in ein Altenheim in Büsum zu geben, wo er rund um die Uhr versorgt sein würde. Sie brachten den alten Herrn mit Sack und Pack ins St. Christopherus-Haus, Zimmer mit Blick aufs Meer, ignorierten seinen Protest, nahmen den nächsten Zug nach Hamburg und hatten ihre Plätze im Flughafenrestaurant noch nicht angewärmt, da hatte Freyas Handy geklingelt, es war Sif gewesen, die ihr mitteilte, dass Gustav auf der Insel gesichtet worden war, und das St. Christopherus-Haus sein Bedauern mitgeteilt habe, dass sie Gustav nicht hatten behalten können. Gleich drei Pflegerinnen hatten sich über den Lustgreis beschwert – und zwar so massiv, dass sie nichts unternommen hatten, als Gustav mit Vollgas dreimal durch die Drehtür am Eingang gerauscht, den Ausgang gefunden und seine Flucht in Richtung Hafen fortgesetzt hatte, um dort einen ihm bekannten Skipper zu nötigen, ihn zurück auf die Insel zu fahren. Die Rechnung dafür hatte der Skipper gleich dagelassen. Freya hatte Hakon das Handy übergeben und gesagt: „Es ist dein Vater. Ich fliege nach Madeira. Wohin du fliegst, weiß ich nicht."

Das hatte zwischen den Eheleuten nicht gerade zum häuslichen Frieden beigetragen, vor allem weil Freya auf Madeira noch eine Woche verlängert hatte, um dann braungebrannt, mit Knutschflecken am Hals und in bester Laune wieder auf Wüüst zu landen.

Als sie mit dem Erinnern fertig war, ließ sie den Kopf hängen und seufzte.

Wenn Tofà gedacht hatte, dass eine Lokalrunde die Presse vom Frauencatching ablenken könnte, hatte sie sich getäuscht. Als die beiden Streithennen aufsahen, stand die ganze Horde um sie herum. Tofà lächelte, Freya griff in den Brunnen und spritze Wasser in Richtung der Journalisten. Dann sprangen beide wieder in den Brunnen und schaufelten prustend Wasser, bis die Meute samt Kameras und Fotoapparaten wie ein Rudel begossener Pudel den Rückzug ins Bóthildr Rumhús antreten musste.

„Bis die trocken sind und zu Mittag gegessen haben, wird es dauern", sagte Tofà.

„Ich geh wieder in meinen Supermarkt."

„Nimmst du Gustav mit?"

„Auf gar keinen Fall. Und wenn du oder Rune ihn an eine Steckdose lasst, dann bring ich euch als Nächstes um. Der kommt mir bis heute Abend nicht mehr ins Haus."

„Weißt du, wo Eyrunn steckt? Die will ich nämlich umbringen."

„Hab sie nicht gesehen. Und selbst wenn, würde ich dir nicht sagen, wo."

Im Medienzentrum des Vatikans wurde man allmählich ob der Berichterstattung nervös. Der neue Heilige Vater sah das alles sehr gelassen, aber seine PR-Manager eher nicht. So hatten sie sich das alles nicht vorgestellt. So hatte sich das keiner vorgestellt. Die Kardinäle, die am Konklave teilgenommen hatten, kreuzten einer nach dem anderen im Medienzentrum auf und taten ihre Besorgnis kund. Ein Papst wird nicht gewählt, weil er der Frommste von allen ist. Ein Papst wird aus politischen Gründen gewählt. Von einem aus dem Norden hatte man sich frischen Wind und eine wiedererstarkende Zustimmung zur katholischen Kirche aus genau den Ländern erhofft, die reihenweise vom rechten Glauben abfielen. Vidar Eriksson war bekannt dafür, die Menschen in seinen Bann zu ziehen. Er stand für Modernität, er stand für Ehrlichkeit, dafür, mit beiden Beinen fest auf dem Boden zu stehen. Und nicht zuletzt stand er in den Augen der Kardinäle für all die Länder mit ausreichend Geld in der Tasche. Wenn zweihunderttausend Schäfchen in irgendeinem Drittweltland vom Glauben abfielen, bedeutete das keine großen finanziellen Einbußen, aber tausende Schäfchen aus reichen Industrieländern machten sich bemerkbar. Die Bilder aus Vidar Erikssons Heimat, die nun rund um die Welt gingen, waren nicht das, was man sich erhofft hatte. Mit diesem Affenzirkus würde man kein zweifelndes Schaf zurück in den Pferch locken. Und während Monsignore Valente noch sinnend auf Gordian Petersenns Couch zwischen Bothilde und Frode saß, klingelte sein Handy ununterbrochen, weil eben jene Kardinäle sich bei ihm ausheulen wollten. Jedes Mal schaute er nach der Nummer, entschied aber, das Gespräch nicht anzunehmen. „Manila … nein." Oder „Guatemala … nein", murmelte er ein um das andre Mal vor sich hin.

„Wollen Sie nicht rangehen?", fragte Gordian.

„Nein. Die Bischöfe und Kardinäle drehen ein bisschen am Rad. Der Erzbischof von Rabat hat mir eine WhatsApp geschickt – alle sollen in heller Aufregung sein. Wir sollten mal ins Internet schauen."

Gesagt, getan. Zwei Sekunden später beugten sich der Monsignore, Frode, Bothilde und Gordian über den Couchtisch, auf dem nun ein Laptop stand, und betrachteten die Fotos, Berichte und Filmschnipsel, die um die Welt gingen und jede Menge gute oder eben auch vernichtende Kommentare einheimsten.

„O weh", sagte Frode.

„Ganz recht", sagte Gordian.

Der Monsignore stieß einen Seufzer aus, denn sein Handy klingelte schon wieder. Er guckte die Nummer an und sagte: „Ja", nahm das Gespräch an, warf einen Blick gen Himmel und fuhr fort: „Eure Heiligkeit …"

„Es ist Vidar!", rief Frode.

„Pssst", machte Gordian.

Der Monsignore hörte aufmerksam zu. Sagte ab und zu „Ja" oder „Nein, Eure Heiligkeit", bis Frode es nicht mehr aushielt und ihm das Telefon aus der Hand schnappte. „Vidar, hallo, hier ist Frode … Ja, ich bin es selbst. Hör mal, das geht so nicht mit den Karten. Kannst du nicht neunundvierzig schicken, damit das Theater aufhört? Was hast du dir dabei gedacht? … Ich stell mal auf laut, damit alle mithören können." Frode drückte eine Taste, dann war die Stimme des neuen Papstes zu hören.

„Frode, wie gut, dass du über alles Bescheid weißt. Aber ihr müsst das Problem schon selbst lösen, findest du nicht? Ihr seid doch alle erwachsen."

„Das hat doch hier noch nie eine Rolle gespielt, das weißt du doch."

„Und weil ich es weiß, finde ich es umso amüsanter", sagte Vidar Eriksson.

„Ich finde das nicht zum Lachen. Die Leute fangen an, sich gegenseitig anzuschwärzen, und sie streiten wie doof, und

Sindri hat Fjell rausgeworfen und ... so was alles ... und Gustav ist der Schlimmste von allen ... Das ist nicht okay."

Dann war die Leitung ein paar Sekunden still.

„Bist du noch dran?", rief Frode in den Hörer.

„Ja, ja ... Ich werde darüber nachdenken, aber ich glaube jetzt schon, dass eventuell du der richtige Mann dafür bist, das Problem zu lösen."

„Was soll ich denn ...?"

„Es wird dir was einfallen. Und jetzt muss ich noch einmal mit Monsignore Valente reden."

Frode übergab das Telefon und ließ sich wieder aufs Sofa plumpsen. „Na, der hat Nerven", sagte er zu Gordian.

„Sonst wär er ja nicht Papst."

Mit ungefähr denselben Worten schloss Eyrunn den Bericht über ihren Bruder ab, gerade rechtzeitig, als das Wikingerschiff auf der Nordseite der Insel in einer Bucht anlegte. Genau sagte sie: „Thorgay und ich haben immer gewusst, dass Vidar was ganz Besonderes ist, sonst wär' er ja jetzt nicht Papst."

Luc und Peggy nickten. Wie besonders Vidar Eriksson war, hatten sie während der Bootsfahrt aus berufenem Mund erfahren und in ihren Laptops gespeichert. Zum Beispiel die Tatsache, dass er sich sein Geld für das Theologiestudium in München als Modell für Herrenmode verdient hatte. Was noch kein anderer rausgefunden hatte. Alles ganz gesittet, hatte Thorgay gesagt. „Und er war immer schick in Schale, weil die Leute ihm die Klamotten nach den Aufnahmen geschenkt haben."

„Ja, und für die Disko musste er nie Eintritt bezahlen ..."

„Das hat auch nicht aufgehört, als er schon längst im Priesterseminar war. Alle haben ihn nur Pfarrer Lustig genannt."

„Genau genommen hörte das erst in Rom auf. Er hatte ja so einen Schlag bei den Frauen."

Thorgay hatte etwas verkniffen gelacht. „Die Mädels hier sind reihenweise umgefallen, wenn er durch Groß Wüüst spaziert ist, als er zurückkam und für ein Jahr unser Pfarrer war."

„O là là", hatte Eyrunn die Worte ihres Bruders bestätigt.

„Ich war schon manchmal ganz schön eifersüchtig."

„Und wir Mädels waren eifersüchtig auf die Alva Kellisson, das war die Mutter von Frode Kellisson, der den Fahrradladen hat? Ach, hab ich ja vorhin schon gesagt …"

„Oh, ja, netter junger Mann", sagte Peggy.

„Ja, die Alva, die war Haushälterin im Pfarrhaus, als der Vidar in unserer Kirche seine erste Pfarrstelle angetreten hat."

„Die war ein Feger, als sie jung war", sagte Thorgay. Es klang wehmütig. Seine Schwester legte einen Arm um seine Schultern und sagte: „Sie müssen wissen, dass Thorgay als junger Kerl schwer in die Alva verliebt war. Aber dann hat sie den Kellisson geheiratet. Der hatte damals drei Fischkutter."

„Das will die Frau Winter doch gar nicht wissen", sagte Thorgay. „Vorbei ist vorbei."

Peggy und Luc packten ihre Siebensachen zusammen und verließen, begleitet vom lauten Gejohle der Mannschaft, das Wikingerschiff. Thorgay blieb zurück. Luc drehte sich noch einmal um und sah, wie er sich mit der Hand über die Augen fuhr.

„Eyrunn, hat ihr Bruder deswegen nie geheiratet?"

„Ja, das hat ihn damals schwer getroffen. Aber ein Mann muss das aushalten. Viel schlimmer war das ja, als die Alva so krank wurde. Da konnte keiner was gegen machen. Unser alter Inselarzt, der Jarl, der hat sie sofort nach Hamburg geschickt, aber als sie zurückkam, war sie nur noch Haut und

Knochen, das war schlimm. Die Valdis war mal grad acht und der kleine Frode mit seinem Hinkebein ein Jahr alt, als sie starb."

„Hat Vidar Eriksson ihre Trauerfeier abgehalten?", fragte Peggy.

„Nein, da war er schon in Rom. Fast ein Jahr. Er hätte das sowieso nicht gemacht. Keiner auf Wüüst wird kirchlich bestattet. Das machen wir hier nicht so."

Luc wollte etwas sagen, aber Peggy kam ihm zuvor. „Ist sie auch mit einem Schiff ...?"

„Natürlich."

„Was ist mit dem Schiff?", fragte Luc. Aber Peggy winkte ab und sagte: „Die Toten werden nicht an Land bestattet. Wikingerbegräbnis auf brennenden Schiffen."

„Wow! Aber das da sieht doch aus wie ein Friedhof", sagte Luc und zeigte auf ein circa fünfzig Quadratmeter großes Feld, das von Walrippen, die in der Erde staken, umschlossen war. Mittendrin standen sechs fünf Meter hohe und zwei Meter breite Steinplatten. Luc lief darauf zu. „Hier steht was drauf – in Runenschrift."

„Das sind die Geburtssteine. Alle, die bisher auf Wüüst geboren sind. Die rechten sind für Männer, die linken für die Frauen. Wir schreiben die Todesdaten nicht auf."

„Und warum nicht?", fragte Luc.

„Weil sie niemals fort sind. Sie sind hier immer willkommen. Einmal im Jahr gibt es ein Fest. Wenn unsere Freunde aus Island, Schweden, Norwegen und so weiter kommen. Dann sind alle Seelen eingeladen."

„Und kommen die auch?", wollte Peggy wissen und verkniff sich ein Grinsen, weil Eyrunn so ernsthaft darüber berichtete.

„Natürlich."

„Toll", sagte Luc und schaute sich um, ob nicht einer der Geister schon vor Ort war.

„Und warum kippen die Steine nicht um, ich meine, bei so Stürmen?", fragte Peggy.

„Weil das, was in der Erde steckt, noch mal so groß ist."

„Oh." Peggy und Luc schossen Fotos von allen Seiten.

„Und wenn die Steine vollgeschrieben sind?", fragte Luc.

„Dann drehen wir sie einfach um."

„Und danach ... also, wenn ..."

„Stellen wir neue auf."

Luc betrachtet die Stelen und sagte: „Bothilde, Bothilde ... noch eine ...?"

„Die Geburt unseres Inselschweins wird natürlich auch da eingetragen. Sie gehört ja zu uns."

Luc bekam den Mund nicht mehr zu.

„Toll. Und wo steht der Name von Vidar Eriksson?", fragte Peggy.

„Da." Eyrunn zeigte auf eine Zeile. „Vidar Eriksson, neunzehnhunderteinundsiebzig."

„Und das Datum?"

„Die einen sagen so, die anderen so ... Es war Mitternacht, Jarl, unser alter Doktor, war ... nicht ganz auf der Höhe ... Unsere damalige Gode, die Hulda, übrigens Mutter von Agni und Hedda ... nun ja ... sie bestand auf dem zwölften Juni und Jarl auf dem elften. Unser Vater ließ am Ende den dreizehnten eintragen, weil sonst der Streit zwischen Jarl und Hulda nie aufgehört hätte. Vidar hat es nie geändert."

Peggy und Luc machten Fotos.

„Und die sind alle hier geboren? So viele Namen ..."

„Wir haben eine über tausend Jahre alte Historie, junger Mann ... Aber genug davon... jetzt zeig ich Ihnen mein Haus und die Fotoalben und mache einen Kaffee für Sie. Ich muss auch noch irgendwo Kekse … Kommen Sie mit."

Die drei stapften durch den Sand auf ein kleines reetgedecktes Haus mit lilafarbenen Mauern zu, dass zwischen den Dünen zu versinken drohte. Vielleicht, dachte Peggy, drehen sie das auch irgendwann einfach um.

Während Eyrunn in der Küche Kaffee kochte und die Kekse suchte, saßen Peggy und Luc im Wohnzimmer und schrieben eifrig in ihre Laptops.

Wenig später, als die beiden längst ihre harten Sanddornkekse in den Kaffee tunkten, zogen die PR-Manager des Papstes im Medienzentrum des Vatikan sehr scharf die Luft durch die Zähne. Frauencatchen, Wasserschlacht und Berichte über die jungen Jahre des Papstes gingen viral. Bei Monsignore Valente klingelte das Handy wieder ununterbrochen.

In der Gaststube des Bóthildr Rumhús starrten alle auf ihre Smartphones statt auf ihre Würstchen mit Kartoffelsalat. Die BBC hieb vor Wut mit der Faust auf den Tisch, dass die Teller klirrten. Tofà, die sich zu den Journalisten gesellt hatte, um sie mit weiteren Geschichten aus der Wüüster Chronik zu unterhalten, sagte nur: „Was ist es diesmal?" Alle streckten ihr die Handys entgegen. Tofà sah nur die Headlines der Artikel. *Ist der neue Papst ein Bruder Lustig? Judas Thaddäus I. hat es faustdick hinter den heiligen Ohren. Geheimnis um Vidar Erikssons Geburtsdatum.* Darunter prangte ein Foto des jungen Vidar Eriksson bei einer Modenschau von Hugo Boss mit zwei Models im Arm. Ziemlich unscharf, aber immerhin. Peggy und Luc waren sehr darum bemüht, ihr Pulver wohl dosiert zu verschießen.

CNN rief: „Wo sind diese ... dieser ... verfluchte PeWi und Lucky Luc?", womit die Kürzel, mit denen Peggy Winter und Luc Junét ihre Artikel signierten, gemeint waren.

Um das herauszufinden, sprangen alle auf. Die BBC rief: „Das hier ist eine Insel. Weit können die nicht sein. Das geht so nicht. Wer ist die Quelle? Frau Bürgermeisterin, was haben Sie dazu zu sagen?"

Aber die Bürgermeisterin hatte sich bereits durch die Hintertür verabschiedet, denn ihr Vorhaben, Eyrunn zu finden und ihr den Hals umzudrehen, hatte sich auf der Prioritätenliste ganz nach oben geschoben.

Die Meute beschloss auszuschwärmen. Der Gastraum leerte sich schnell. Allianzen wurden geschmiedet, Suchtrupps gebildet, und man versprach hoch und heilig, alle Informationen brüderlich und schwesterlich zu teilen. Ja ... Ja ...

Rune blieb mit Valdis zurück, die in der Küche und beim Bedienen geholfen hatte.

„Das soll mir was werden", sagte er.

„Lass sie doch. Solange Gustav den Mund nicht aufmacht und aus dem Nähkästchen plaudert, ist doch alles gut", sagte Valdis.

„Wo ist der überhaupt?"

„Ohne Saft auf der Batterie in PeWis Zimmer."

„Du weißt, wer das ist?"

„Na klar, wer räumt denn hier die Zimmer auf?"

„Du."

„Siehst du."

„Du filzt die Sachen meiner Gäste?"

„Nein. Niemals." Valdis grinste Rune an.

„Und wer ist Lucky Luc?"

„Die seekranke Landratte aus Luxemburg, die bei Hedda und Agni untergekommen ist."

„Da ist er aber schnell gesund geworden", sagte Rune.

„Muss an der Wüüster Luft liegen", sagte Valdis und genehmigte sich ein Würstchen und eine Portion Kartoffelsalat.

Kapitel 11

Peggy und Luc, so kann man sagen, waren an diesem Tag die glücklichsten Journalisten der Welt. Sie hatten Eyrunns halben Bestand aus ihren Fotoalben eingescannt und waren mit ihrer Gastgeberin wieder auf dem Weg zum Wikingerschiff, das sie zur nächsten Station der Recherche, dem nächsten Anleger auf der Nordseite von Wüüst, bringen würde. Dort würden sie St. Bartholomäus besuchen – eine Stiftung der katholischen Kirche, gegründet auf besonderen Wunsch von Vidar Eriksson, der damals zum Bischof ernannt worden war. Alle Bewohner von St. Bartholomäus, bis auf Schwester Fidelis, waren auf dem Weg zum Bóthildr Rumhús. Rune hatte angerufen, es waren noch etliche Würstchen und Kartoffelsalat übrig. Die Journalisten, so kam es Rune vor, ernährten sich von Buchstaben, Sensationen und Alkohol.

Die Führung durch das Heim wurde von keinem Kinderlärm beeinträchtigt, und Peggy und Luc wurden überall herumgeführt. Sie fotografierten die Werkstätten, den Zimmertrakt, die große Küche, in der es noch aussah, als sei eine Bombe eingeschlagen. Schwester Fidelis entschuldigte sich dafür, Luzies Geburtstag war etwas ausgeufert. Peggy und Luc lachten pflichtschuldig und versprachen, das Chaos nicht zu erwähnen. Dann wurden sie in einen langen Gang geführt, der von beiden Seiten mit großen Glasfenstern ausgestattet war. Einen Blick in die hauseigene Kapelle mit Meditationsraum sollten sie auch noch werfen. Peggy und Luc zeigten aber mehr Interesse an den Bildern, die im Gang hingen als an der Kapelle. Schwester Fidelis und Eyrunn waren gute Gastgeber und kommentierten jedes Foto.

„Und das da", sagte Eyrunn, „ist der Besuch von Vidar Eriksson. Das war vor sieben Jahren. Schauen Sie mal, da bauen die Kinder gerade an der Snekkja. Und dieses hier", sie ging zum nächsten Bild, „zeigt Frode und Vidar Eriksson. Da ist Frode Kellisson gerade dabei, die Schlangen zu schnitzen."

„War Vidar Eriksson oft hier?"

„Ach, leider nicht, er hatte ja in Rom sehr viel zu tun", sagte Schwester Fidelis.

Luc studierte das Foto eingehend und wurde blass um die Nase.

„Geht es Ihnen nicht gut, junger Mann?", fragte Schwester Fidelis.

„Nein, nein, alles gut." Er schoss mit seinem Handy ein Foto vom Foto.

„Ach, das müssen Sie nicht", sagte Schwester Fidelis, „ich hab die alle auf einen Datenstick kopiert, für die Presse. Den geb ich Ihnen gleich mit. Den können Sie ja auch Ihren Kollegen zur Verfügung stellen."

„Wie nett", sagte Peggy, als Schwester Fidelis in ihre Schürzentasche griff und Luc den Stick aushändigte.

Den Rest der Führung war er ungewöhnlich still. So still, dass er zum Abschied genötigt wurde, den Inselschnaps namens Odins Vann zu verkosten, weil Eyrunn und Schwester Fidelis etwas mit dem Magen diagnostizierten. Luc trank tapfer das grünlich schimmernde Gebräu, das, wäre es in einem Science-Fiction-Film aufgetaucht, irgendwas mit Radioaktivität zu tun gehabt hätte. Es löste in seinem Inneren einen Sturm aus Sanddorn, Alkohol und einer undefinierbaren Zutat, die sich bitter und unaufhaltsam durch die Speiseröhre brannte, aus.

„Jetzt brauche ich wirklich einen Arzt", flüsterte er Peggy zu und hielt sich den Bauch. Sie hatte ihre Portion auf ex gekippt, zeigte aber keinerlei Symptome.

„Hey, Wikinger, jetzt bleib mal hart." Sie klopfte ihm auf die Schulter und kicherte: „Hägar der Schreckliche. Mach deinem Namen Ehre."

Luc straffte die Schultern und versuchte, einen Rülpser zu unterdrücken.

„Lassen Sie es raus, junger Mann", sagte Schwester Fidelis. „Das hilft. In zwanzig Minuten ist Ihr Magen so blank wie ein frisch gewaschener Babypopo."

Während die Journalistenmeute mit mehr oder weniger Geschick die Insel durchkämmte, saßen Luc und Peggy schon wieder auf dem Wikingerboot. Es war wie eine Schnitzeljagd ohne Schnitzel. Nach einer Stunde der Sucherei ohne Fortune sammelten sich alle Presseleute im Wikingerlager und ließen sich erschöpft dort nieder, wo sie gerade standen. Wir wollen es mal so betrachten – man war sich nicht mehr sicher, ob es PeWi und Lucky Luc überhaupt wirklich gab. Bei dem Chaos der Anreise war man zwar übereinander gestolpert, aber erinnern konnte sich niemand so recht, wer denn nun wer war. Einer erinnerte sich an den Büsumer Hafen, wo eine junge Frau in einen Hubschrauber gestiegen war. Das war aber auch schon alles. Wir merken uns: Journalisten habe die Aufmerksamkeitsspanne einer Eintagsfliege. Einige verbreiteten eine ganz und gar abstruse Theorie: Der Papst selbst lanciere die Berichte über sich und die Insel.

Ein anderer fragte zu Recht: „Warum sollte er das tun? Was hat er davon?"

„Ja, wenn wir das rausfinden, dann sind wir dem Geheimnis aus dem Vatikan schon viel näher."

Und schon fielen Worte wie: Geheimes Vatikanarchiv, der Opus Dei, die Tempelritter; ein Kollege war sich sicher, dass die Anordnung der Häuser auf der Insel ein Kreuz ergaben und die Anordnung der Geburtssteine, die sie auf ihrer Jagd in Augenschein genommen hatten, zum Sternbild Orion passten. Sein Fazit: Also, wenn es einen Templerschatz gibt, dann liegt er auf dieser Insel, und die Lagina-Brüder könnten mit ihren Bohrungen auf Oak Island aufhören. Er wurde übertönt durch Zwischenrufe nach Rosenkreuzern, Jesuiten, Propaganda Due, Verschwörungen, den Papst stürzen, bevor er überhaupt im Amt ist … Wie lange hat der andere noch gelebt, dieser Johannes Paul I. …? 30 Tage? Da darf man gespannt sein, wie lange es Judas Thaddäus I. schafft.

BBC und CNN brachten es auf den Punkt und waren sich zum ersten Mal überhaupt einig: „Leute, guckt euch mal den Namen an. Wie kann sich ein Papst Judas nennen?!"

Und schon ging es wieder los mit allem, was das Nähkästchen der Verschwörungstheoretiker hergab. Rai DUE wusste natürlich, wer Judas Thaddäus[10] gewesen war, kam aber nicht mehr durch, weil die Verlockungen steiler Theorien mehr Zugkraft hatten als eine flache Information basierend auf Fakten. Soweit man was die Bibel und alles, was danach zum Thema kam, überhaupt Fakten nennen kann. Aber immerhin.

Auf der Wüüsteborg wurde es allmählich eng auf der Couch. Im Laufe des Tages waren dort eingetrudelt: Sif, Knut, Aki, Fjell, Ivar, Leif, Gudrun und zum guten Schluss auch noch Rune, der die Speisung der Kinder Valdis überlassen hatte.

Monsignore Valente sah sich einer Phalanx der Enttäuschten gegenüber, der Abgezockten und Genervten, deren Unmut über die Ereignisse sich wie eine schwarze Wolke über

---

[10] Judas Thaddäus hat mit Judas Iskariot nichts zu tun. Judas Thaddäus war ein Apostel und starb, laut Quellen, im vorderasiatischen Raum den Märtyrertod durch Erschlagen. Er wird als Heiliger verehrt und in schwierigen und ausweglosen Situationen um Hilfe angerufen.

das Sofa senkte. Gordian kam mit dem Kaffeekochen nicht mehr nach, Bothilde suchte das Weite. Das war nichts für ihre schwachen Nerven. Da begab sie sich lieber ins Bóthildr Rumhús, vor allem als sie Rune sagen hörte, dass es noch Würstchen und Kartoffelsalat gäbe.

„Du hast das angerichtet mit deiner Verlosung, Frode", sagte Fjell.

„Ja, wenn Tofà alles so gemacht hätte, wie sie wollte, dann hätten wir jetzt diesen Salat nicht", sagte Aki.

„Genau", sagte Leif, „Sieh dir das Chaos an. Sindri hat Fjell rausgeworfen, Gudrun spricht nicht mehr mit ihren besten Freunden ..."

„Meine Frau will mich rauswerfen", sagte Rune.

„Meine Mutter hat mich bestohlen", sagte Aki.

„Und mir schwirrt der Kopf, und Freya will Gustav umbringen, Hakon betrinkt sich mit Magnus Habel im Pfarrhaus, und überall stolpern diese Pressefritzen rum ... Das ist doch zum Heulen!" Und weil das zum Heulen war, fing Sif auch gleich damit an.

Monsignore Valente guckte von einem zum anderen. Frode fuhr sich durch die Haare. Aha, jetzt war er also schuld an allem. Das wollte er nicht auf sich sitzen lassen, und bevor Gordian das Wort für ihn ergreifen konnte, sagte er: „Das könnte euch so passen. Jetzt bin ich schuld? Das glaub ich doch wohl nicht."

Der Monsignore wollte sich einmischen, aber Gordian gab ihm zu verstehen, dass er das lieber nicht tun sollte. Er hatte vollstes Vertrauen in Frode und seine Art und Weise, die Dinge zu handhaben. „Hören Sie ihm einfach zu", flüsterte er dem Monsignore ins Ohr, als er ihm den gefühlt zwanzigsten Espresso über die Sofalehne reichte. Alle wollten gleichzeitig reden, aber Frode hob die Faust und der Sturm verebbte. „Ich will euch mal was sagen: Eine Verlosung war das Gerechteste, was wir machen konnten. Die Götter haben entschieden. Aber wenn Gustav und Tofà euch die Karten abpressen konnten, wenn Leif meinte, Sif nötigen zu können, dann hattet ihr ja wohl alle Dreck am Stecken, sonst hätte Gustav oder Leif nix davon wissen können. Oder? … Also, packt euch an eure eigene Nase."

Rune nickte. „Wohl gesprochen. Könnten wir mal erfahren, um welchen Dreck am Stecken es überhaupt ging?"

Alle blieben stumm.

„Na gut", sagte Frode. „Ihr wollt nicht drüber reden. Was auf Wüüst passiert, soll auf Wüüst bleiben. Ist nur schwierig gerade. Wie es aussieht, amüsiert sich die Welt auf unsere Kosten. Guckt mal ins Internet, was da los ist."

„Was machen wir jetzt mit Tofà und Gustav? Die sind doch an allem schuld", rief Knut. „Leif kann sich ja bei Sif entschuldigen."

„Habt ihr nicht zugehört?", sagte Frode.

„Doch", grummelten alle und ließen die Köpfe hängen."

„Und wie versöhne ich mich jetzt wieder mit Sindri?"

„Geh hin und erzähl ihr alles und dann entschuldige dich, egal, was du angerichtet hast", sagte Frode.

„Und nun? Wie stehen wir denn da, übermorgen? Sollen wir etwa noch am Hafen winken, wenn Gustav mit seiner Blase auftaucht? Sif, hast du noch Lust mitzufahren?"

„Und du selbst, Rune?", fragte Sif. „Willst du mit deiner Frau durch die Weltgeschichte gondeln, nachdem sie dir gedroht hat?"

„Nein, ehrlich gesagt, nein." Er griff in seine Hosentasche und hielt seine Karte hoch. „Wer will?"

Leifs Hand wollte sich nach oben bewegen, aber Sif versetzte ihm eine Kopfnuss. „Ich will meine auch nicht mehr", sagte sie und gab die Karte dem Monsignore. Dasselbe tat Rune. Frode nickte. „Ihr habt's verstanden. Um den Rest kümmere ich mich." Ein Strahlen glitt über sein Gesicht. „Ich werde heute Abend was versuchen. Achtet auf Eure WhatsApp-Nachrichten. Vidar hatte recht. Wir müssen das selber lösen."

Alle erhoben sich. Rune nahm Frode in den Arm und drückte ihn heftig, dass der Monsignore dachte, er würde dem schmächtigen jungen Kerl alle Knochen im Leib brechen. Alle umarmten sich. Leif entschuldigte sich bei Sif, Fjell sah wieder etwas zuversichtlicher aus. Gudrun gab ihm einen freundschaftlichen Klaps auf die Schulter. Alles hätte nun eitel Freude sein können über den guten Ausgang dieses ungewöhnlichen Things, aber die allerletzten ungebetenen Gäste waren Magnus Habel und Hakon Trygvarsson, die betrunken die Wendeltreppe des Turms heraufgestolpert kamen.

Monsignore Valente warf Gordian einen flehenden Blick zu. Der zuckte nur die Schultern.

Frode rief: „Wer bringt Hakon nach Hause?"

Fjell und Knut hoben die Hände. „Das machen wir."

„Aber… aber … wir kommen, weil … weil … sag du Hakon", stotterte Pfarrer Habel.

„Wüüst in Gefahr …", lallte Hakon. „Gefahr."

„Wissen wir", sagte Frode.

„Schlimme Gefahr."

„Ja. Die überlebt man am besten im Bett", sagte Gordian.

Monsignore Valente wuchtete sich vom Sofa und hakte Pfarrer Habel unter. „Mein Sohn, wir gehen jetzt. Gott wird sich in seiner grenzenlosen Weisheit um alles kümmern."

„Tut er eben nicht", begehrte Magnus Habel auf. „Das haben Hakon und ich festgestellt. Das ist besorgnisverregnend."

Die anderen scharten sich um die beiden und drängten sie hinaus.

„Viel Glück", sagte der Monsignore zu Frode. „Was auch immer du vorhast. Gottes Segen ist dir gewiss."

„Was auch immer das zu bedeuten hat", sagte Frode, als sich die ganze Horde endlich durch die Tür gezwängt hatte.

„Was hast du vor?", fragte Gordian.

„Ich halte eine Ansprache im Radio."

„Guter Plan – und weiter?"

„Wirst sehen. Ich geh jetzt in meinen Laden und schreibe eine Rede."

„Soll ich dir helfen?"

Frode schüttelte den Kopf. „Nee, mach ich allein."

„Na, dann. Gutes Gelingen. Ruf an, falls du was brauchst."

Frode hinkte zur Tür. Dann drehte er sich um, als zweifele er an seiner eigenen Zivilcourage. Gordian nickte. „Das wird schon."

Dann war er verschwunden, und Gordian betrachtete das Chaos in seinem Turmzimmer, seufzte und begann mit den Aufräumarbeiten. Eben war er in die Tiefen seiner Spülmaschine abgetaucht, als sein Handy klingelte. Er staunte über die Nummer und ging ran. Eine Stimme, die ihm wohl vertraut war, sagte: „Wie läuft's?"

Gordian grinste. „Das Chaos lichtet sich. Frode hat es in die Hand genommen."

„Gut so. Und der Monsignore?"

„Vertraut auf Gott."

Dann war die Leitung still.

„Vidar? Ich meine, Eure Heiligkeit?"

„Ähm …?"

„Ach, das. Alles okay."

Auf der Rom-Seite der Leitung wurde hörbar ausgeatmet.

„Bis dann."

„Bis dann."

Gordian schaute ungläubig auf sein Handy.

Peggy und Luc absolvierten mit Eyrunn auch noch den Rundgang im Museum. Sie lernten viel über die Anfänge der Besiedelung durch die Völker des Nordens, die Angriffe anderer Völker von den britischen Inseln, die Wüüsteborg, von der keiner wusste, wer sie gebaut hatte, über Walfänger, die die Wüüster einst waren; sie sahen jede Menge Artefakte aus Ausgrabungen, manche so klein, dass man sie kaum sehen konnte, einen Zeremonialkessel aus purem Gold, Armreifen, Amulette und Fetzen von Kleidung, mangels Moor keine Moorleiche, auf die Peggy gehofft hatte, und zum Thema Vidar Eriksson gab es im Museum nichts.

Die beiden fotografierten den goldenen Kessel, als sich plötzlich Geschrei näherte. Geschrei aus Frauenkehlen, sehr hoch, sehr schrill und sehr bedrohlich. Luc duckte sich instinktiv, Peggy machte große Augen, Eyrunn lachte und sagte: „Ich muss dann mal. Wir werden gebraucht."

Peggy stürzte zum Fenster und sah Hedda und Agni, die eine Truppe Frauen anführten, die völlig außer Rand und Band waren.

„Wer, wir? Was ist los?", fragte Peggy.

„Ein Kind. Sindri bekommt ihr Kind, da müssen alle Frauen helfen. Sie können so lange hierbleiben, wie Sie wollen. Ich sag Ihnen dann, was es geworden ist."

„Kann ich mit?", fragte Peggy.

„Können Sie. Haben Sie ein Geschenk?"

Peggy durchwühlte ihren Rucksack, fischte den Haustürschlüssel für ihre Berliner Wohnung heraus und fummelte den Anhänger ab. Ein grinsendes Skelett aus Silber, mit einem winzigen Glöckchen im Schädel, das bimmelte, wenn das

Skelett hin und her schwang. „Kann man auch um den Hals tragen."

Eyrunn nickte. „Das geht." Sie wandte sich zu Luc um. „Sie, junger Mann, müssen leider hierbleiben oder sonst wo. Aber da, wo wir jetzt hingehen, haben Männer nichts zu suchen. Ziehen Sie einfach die Tür hinter sich zu, wenn Sie gehen."

Man konnte Luc die Erleichterung regelrecht ansehen. „Kein Problem. Ich hab ja genug Material, um mich zu beschäftigen."

Und vor allem hatte er etwas gesehen, das ihm das Blut in den Adern gefrieren ließ. Dieser Spur wollte er nachgehen, und das am besten, ohne dabei beobachtet zu werden.

„Ich werde dir berichten", sagte Peggy. „Und mach nichts ohne mich."

„Natürlich nicht", sagte Luc. Wenn seine Theorie stimmte, dann könnte seinethalben gerade ein Einhorn geboren werden, und es würde ihn nicht interessieren, und den Rest der Welt auch nicht.

Der Abend senkte sich über die Insel. Die Frauen lagerten mit ihren Geschenken rund um Sindris Haus und erwarteten die Geburt eines neuen Erdenbürgers, während drinnen Hedda und Agni der werdenden Mutter beistanden. Fjell, der auf dem Weg war, vor seiner Sindri auf die Knie zu fallen, um Abbitte zu leisten für seinen Alleingang in Sachen Futter für die Schafe, wurde der Frauen ansichtig, die die Methörner kreisen ließen. Er wusste, was das zu bedeuten hatte, blieb in respektvoller Entfernung stehen und wartete, bis Gudrun endlich geruhte, ihn zu bemerken.

„Wie geht es ihr?", rief er. „Brauchen wir den Hubschrauber?"

„Nein", grölte die Menge. „Geh und tu, was ein Mann tun muss."

Fjell blieb noch ein paar Minuten unentschlossen stehen, dann drehte er sich um und ging. Ihn fröstelte. Niemand ist auf Wüüst einsamer als ein werdender Vater. Er marschierte durch die Dünen in Richtung Groß Wüüst, kam am Fahrradladen vorbei und sah Frode an seinem Küchentisch hocken. Er kaute auf einem Bleistift herum und fuhr sich ein um das andre Mal durch die Haare. Fjell klopfte an die Scheibe und Frode winkte ihn hinein. Gemäß den Wüüster Gepflogenheiten wurde er ins Haus gebeten und mit einem Glas Odins Vann versorgt. Fjell sah die beschriebenen Zettel auf dem Tisch.

„Was machst du?", fragte er.

„Ich schreibe eine Rede fürs Radio."

„Kannst du mir einen Gefallen tun?"

„Klar."

„Kannst du dann noch sagen, dass ich mich bei Sindri entschuldige?"

„Kann ich."

„Sie bekommt grad ihr Kind."

„Weiß ich, hab die Frauen gehört."

„Hm. Ja …"

„Viel Glück", sagte Frode.

Fjell trank den Schnaps und verließ den Fahrradladen, denn mehr als einen würde er nicht bekommen. Die Frau bekam Geschenke, der werdende Vater holte sich in jedem Haus einen Schnaps ab, aber nur einen, und würde irgendwann irgendwo in die Dünen fallen, um seinen Rausch auszuschlafen. Erfahrungsgemäß erfuhr der Vater als Letzter, was es geworden, wie groß und wie schwer es war, und ob alles dran war, was man als Baby so braucht. Aber für eines war gesorgt – er ging niemandem länger als zehn Minuten auf die Nerven.

Und so machte sich Fjell auf, seine Pflicht als werdender Vater zu erfüllen, und steuerte das nächste Haus auf dem Weg an.

Luc fand diesmal seine Herberge ohne Probleme, aber sie war verschlossen, und einen Schlüssel hatte er nicht. Er probierte es auf der Rückseite, aber dort war das Fenster zu seinem Zimmer verriegelt. Kurz regte sich in ihm Unmut. Wie konnte seine Gastgeberin ihn aussperren? Geburt hin oder her - immerhin zahlte er für seine Unterkunft. Er machte sich auf den Weg ins Bóthildr Rumhús. Vielleicht könnte er in Peggys Zimmer in Ruhe seine Recherchen fortsetzen. Allein. Denn nach allem, was er je über Geburten gehört hatte, konnten die Stunden dauern.

Er war schneller da, als ihm lieb sein konnte. Bothilde hatte sich just vom Hotel auf den Weg gemacht, im Wikingerlager vorbeizuschauen, und nun kreuzten sich ihre Wege. Luc erstarrte, als er das große Schwein auf sich zutraben sah. Bothilde erkannte ein Opfer, wenn sie es nur roch, und gab noch etwas mehr Gas, rammte Luc die Nase in die unteren Weichteile, schnüffelte an ihm herum, ergötzte sich an seinen Schreien und hatte ihren Spaß. Vor allem als der junge Mann sich wieder aufrappelte und die wilde Hatz beginnen konnte. Sie würde ihn dreimal um den Brunnen jagen, nahm sie sich vor, und das Kunststück gelang. Mit infernalischem Quieken preschte Bothilde hinter ihrem Opfer her. Luc rannte, so schnell er nur konnte, was nicht besonders schnell war, denn sein zweiter Vorname war nicht Sport. Immer wieder stolperte er über seine eigenen Füße. Er keuchte und ächzte, und von Hägar dem Schrecklichen war nicht mehr viel übrig, als er den Brunnen das dritte Mal umrundet hatte und endlich die Kurve kriegte, die Tür vom Bóthildr Rumhús aufstieß und hinein-stolperte. Valdis betrachtete das Schauspiel gelassen. Während Luc keuchend um Hilfe flehte, kam Bothilde seelenruhig hinterhermarschiert. Luc flüchtete auf einen Stuhl. Bothilde setzte sich davor und wartete. Erfahrungsgemäß konnten Menschen nicht sehr lange auf einem Stuhl stehen. Irgendwann mussten sie unweigerlich aufs Klo oder schlafen. Und selbst wenn dies ein Menschenexemplar war, das für ihren Geschmack zu lange durchhielt, würde sie einfach den Stuhl umkippen.

„Jetzt lassen Sie doch endlich mal die Sau raus!", rief Luc.

Valdis lachte. Sie konnte sich kaum einkriegen, und ihr liefen die Tränen übers Gesicht, während Luc kurz vor einem Schreianfall war.

Die Kinder von St. Bartholomäus hatten zwar nach der Bratwurstsause das Bóthildr Rumhús schon verlassen, waren aber umgedreht, als sie Bothilde quieken und einen Menschen schreien hörten. Sie hatten das Rennen um den Brunnen aus sicherer Entfernung genossen, und nun drückten sie sich die Nasen an den Fensterscheiben platt und skandierten: „Sanddorn, Klotz und Schweine, eins nur hat vier Beine, zwei davon gar keine. Eines nur hat vier. Das ist hier![11]"

Luc hob drohend die Faust in ihre Richtung und die Nasen verschwanden unter großem Gejohle. Nur um am nächsten Fenster wieder aufzutauchen.

„Ah, Kinder können Sie vertreiben, Sie Held", sagte Valdis.

„Tun Sie doch endlich was", jammerte Luc.

„Ja was denn? Bothilde macht, was sie will."

„Geben Sie mir den Schlüssel für Peggy Winters Zimmer. Ich bin ein Freund, sie hat mir erlaubt, es zu benutzen."

---

[11] Ein Abzählreim, garantiert nicht aus der Feder von Olav Grimsson.

„Ist offen", sagte Valdis, „Nummer eins, den Gang gleich rechts."

Luc sprang über Bothilde hinweg vom Stuhl, und bevor sie auch nur registriert hatte, dass ihr Opfer sich aus der Affäre zog, war er den Gang entlanggerannt und hatte die Tür von Nummer eins hinter sich zugeschlagen, aus dem plötzlich Gustavs Geschrei zu hören war.

„Mist", sagte Valdis und ging in Richtung Nummer eins. Sie hatte Gustav die Axt nicht abgenommen, als sie ihn ins Zimmer geschoben hatte. Andererseits, es gab keine elegantere Art und Weise, diesen Schmierfinken von einem Journalisten loszuwerden. Dass er ein Schmierfink war, hatte ihr Bothilde soeben mitgeteilt. Und so drehte sie sich auf dem Absatz um und überließ die beiden Männer ihrem Schicksal. Die Geräusche, die aus dem Zimmer kamen, ebbten ab. Vielleicht ein gutes Zeichen. Gut für wen, war hier die Frage.

Gustav, nach dem ersten Schrecken über den Eindringling in seinem Gefängnis, bedachte beim zweiten Blick auf das schwitzende, abgehetzte Würstchen flugs die Chancen, die sich für ihn daraus ergaben. Er setzte sein Großväterchengesicht auf, lächelte und sagte: „Entschuldigung, junger Mann, ich hatte mich nur erschreckt." Und schon verschwand die Axt in der Seitentasche seines Rollstuhls.

„Was machen Sie im Zimmer meiner Freundin?"

„Ah, Ihre Freundin", echote Gustav. „Properes Mädel, muss ich sagen."

„Lenken Sie nicht ab", sagte Luc.

„Valdis hat mich eingesperrt. Und ich kann den Rollstuhl nicht bewegen, weil kein Strom mehr auf der Batterie ist, und sie hat die Räder blockiert."

Luc betrachtete das Hightech-Vehikel und den Abstand zwischen diesem und der Steckdose. Wie grausam diese Valdis war, zeigte der Abstand von 5 cm. Außerdem steckte ein circa ein Meter langer Ast in den Speichen der Räder. Er zog den Ast heraus, löste die Bremsen vom Rollstuhl und schob ihn unter großem Ächzen in Richtung Stromanschluss.

„Das Kabel ist in der hinteren Tasche", sagte Gustav.

Luc holte es heraus und verband es laut den Anweisungen Gustavs mit der Steckdose.

„Danke, junger Mann", sagte er. „Und jetzt zu dir."

„Ich geh duschen", sagte Luc, der über und über mit Sand und Schweinesabber besudelt war.

„Ja, mach das", sagte Gustav. „Und vielleicht bist du so nett und bestellst mir vorher noch ein Met und ein Abendessen bei der Furie hinter der Theke. Ich sitze hier seit Stunden."

Da Luc keine Lust auf eine neuerliche Begegnung mit der Inselsau hatte, rief er vom Haustelefon auf dem Nachttisch an der Theke an. Valdis ging ran, und Luc bestellte alles, was Gustav wollte, und alles, was er selbst wollte. Denn auch in ihm regten sich Hunger und Durst. Als er Valdis fragte, ob der Kartoffelsalat und die Wurst auch in Vegan zu haben seien, legte sie einfach mit den Worten auf: „Hier wird gegessen, was auf den Tisch kommt."

„Schreckliches Weib", sagte Gustav. „Aber die sind hier alle so. Pass auf, dass deine Freundin nicht infiziert wird."

Luc nickte und verschwand im Bad. Als er wieder herauskam, durchforstete er Peggys Koffer und fand eine Jeans, ein T-Shirt und saubere Socken. Gustav feixte. „Kein Stringtanga für den Jungen Mann? Und einen Pullover brauchst du auch noch ... den gibt's bei Frode im Fahrradladen. Aber, wenn du ein echter Kerl sein willst ... Fellwesten und Schwerter gibt's bei mir. Ich mach dir'n Sonderpreis. Schwert und Fellweste für tausendfünfhundert."

Luc starrte den Greis an. „Was?"

„Was ein echter Mann so braucht, ist nicht billig zu haben. Ich bin ein Meister der Schwerter. Sogar Schwarzenegger schwört drauf. Frag Conan, den Barbar." Das war zwar knapp gelogen, denn Gustav hatte seinerzeit die Schwerter für die Statisten gemacht, aber was soll's?

Luc hatte eine Strickjacke in der Reisetasche gefunden, dunkelblau mit rosa Punkten. Da er nicht vorhatte, draußen ein Schaulaufen zu veranstalten oder sich für Touristenkram ausrauben zu lassen, zog er sie an. „Die tut es auch."

Gustav lachte. „Wenn man ein Mädchen ist."

„Und wer oder was sind Sie außer geschäftstüchtig?", fragte Luc.

„Ich bin der Dorfälteste, Gustav Trygvarsson, Schmiedemeister, Waffenhistoriker ..."

„Dann kennen Sie ja Vidar Eriksson."

„Und ob. Mein bester Freund. Immer gewesen. Ich kann dir Sachen über den erzählen, da würden im Vatikan die Weihrauchschwenker tot umfallen ..."

„Aha? Dann erzählen Sie doch mal."

„Nein."

„Wie, nein?"

„Nein. Einfach Nein."

„Ich bezahl auch."

„Wie viel?"

„Zweihundert ..."

„Nein."

„Dreihundert?"

„Nein ... Junger Mann, ich bin eine Quelle, die du auf dieser Insel so schnell nicht mehr findest ... Ach was, auf der ganzen Welt ... Ich weiß alles ... Und was ich dir erzählen kann, ist Zehntausende wert ... Ich sage nur ..." Gustav wählte seine Kunstpausen sorgfältig, um in Lucs Gesicht zu lesen, ob er anbeißen würde. Der junge Kerl reagierte wunschgemäß mit großen Augen und einem offen stehenden Mund.

„Ja, da staunst du, Grünschnabel …"

Weiter kam er nicht, denn Valdis kam mit zwei Tellern ins Zimmer, guckte Gustav an wie eine Viper vorm Angriff, knallte Teller und Besteck auf den winzigen Schreibtisch und sagte: „Die Party ist vorbei." Sie zog den Stecker aus der Dose, packte den Rollstuhl, wie man einen Stier bei den Hörnern packt, und schob Gustav hinaus.

„Aber mein Essen … außerdem gebe ich grad ein Interview … He! Valdis …"

Vor der Tür der Gaststube wartete Birger, der eigentlich nur seine Fleischwannen wieder abholen wollte. Valdis schob Gustav hinaus und hätte den Metzger beinahe umgefahren. „Und den nimmst du gefälligst auch mit."

„Aber ich soll nicht … hat Freya gesagt, sie hat schon genug mit Hakon zu tun gehabt, und außerdem ist sie bei Sindri."

„Doch, du sollst!"

Valdis lief in die Küche, holte die Wannen und stülpte sie Gustav über den Kopf. „Mach mit ihm, was du willst. Ich gehe jetzt zu Sindris Haus … bin schon spät dran."

Und dann war es ganz und gar still im Bóthildr Rumhús. Luc bemerkte es erst gar nicht, denn mit der Gabel in der Rechten stopfte er sich Kartoffelsalat in den Mund, und mit der Linken hackte er auf seinem Laptop herum. Er hatte die Fotos aus dem Kinderheim, ein Porträt von Frode und eines von Vidar Eriksson vorbereitet, jagte sie durch eine Gesichtserkennungssoftware und klopfte sich dafür auf die Schulter. Die Software hatte so viel Geld gekostet – dieselbe, die auch das FBI verwendete. Seine Kollegen hatten ihn ausgelacht, aber wenn es neuen Schnickschnack auf dem Markt gab, war Luc der Erste, der vor dem Computerladen campierte. Und nun sah es ganz danach aus, als würde sich die Anschaffung amortisieren. Er brauchte keine Gustavs und Eyrunns ... alles, was man brauchte, war die richtige Technik. Er fischte die Plastikkarte, die er von Thorgay bekommen hatte, aus seinem Rucksack, und während er darauf wartete, dass das Programm seine Aufgabe erledigte, schaute er auf den Namen: *Hägar der Schreckliche*. Dann guckte er die Bratwurst an, stach mit der Gabel hinein, dass das Fett heraustropfte, führte sie todesmutig zum Mund und biss hinein. Für einen Veganer eine Heldentat. Luc fiel nicht tot um, sondern dachte: Lecker, und biss noch einmal ab. Wie gut, dass er noch eine zweite Portion hatte. Sein Laptop gab ein schüchternes Pling von sich. Luc starrte auf das Ergebnis. Und dann wusste er nicht so recht, was er mit sich anfangen sollte. Er hatte den größten Scoop aller Zeiten gelandet. Ganz allein. Selbst Peggy war nicht draufgekommen. Er ganz allein. Hägar der Schreckliche.

Kapitel 12

Frode war mit seiner Rede zufrieden. Er faltete das Blatt Papier zusammen, steckte es in seine Hosentasche, nahm sein Fahrrad und machte sich auf den Weg zum Studio des Inselradios im Bóthildr Rumhús. Unterwegs wäre er beinahe mit dem torkelnden Fjell zusammengestoßen, der ziellos durch die Gegend mäanderte.

„Ups", sagte Fjell.

„Habs eilig …", sagte Frode.

„Ich nich … ich will einen Schnaps … wo bin ich …?"

Frode stieg ab, drehte Fjell in Richtung Pfarrhaus und sagte: „Da warst du noch nicht."

„Ah … ja …"

Frode gab ihm einen Schubs, und der werdende Vater schlingerte glücklich auf das Pfarrhaus zu. Wo er dann auch blieb, denn Magnus Habel hatte noch jede Menge Spirituosen aus dem Keller geholt und fand, ein weiterer Helfer beim Verköstigen könne nicht schaden, denn sein Kumpel Hakon war auf unerklärliche Weise verschwunden. Es war ihm etwas einsam geworden, seit die anderen Gäste, die kleine Schar Journalisten, die nach Abbruch der Pressekonferenz den Anschluss zum Wikingerlager verpasst hatten, nach ausgiebigem Konsum und diversen Tänzen um den Küchentisch sich zwecks Rauschausschlafens in die Kirchenbänke gelegt hatten. Wüüst ist eine Insel, die vor allem eine Prüfung für jede Leber parat hat.

Frode überließ Fjell seinem Schicksal, ging ins Bóthildr Rumhús und traf zu seiner freudigen Überraschung Bothilde an, die ihre seelischen Wunden leckte, die dieses Bürschchen von einem Journalisten ihr geschlagen hatte. Er war ihr entwischt. Das konnte sie nicht auf sich sitzen lassen. Frode fischte ein kaltes Würstchen von einem Tablett auf der Theke, brach es entzwei und gab Bothilde die eine Hälfte, die andere schob er sich in den Mund.

„Komm, wir haben viel vor."

Bothilde schmatzte und guckte in Richtung Gang, in dem ihr Widersacher verschwunden war.

„Eigene Pläne?", sagte Frode.

Bothilde quiekte.

„Okay, dann nicht."

Er betrat das kleine Studio. Schickte eine WhatsApp und wartete zehn Minuten. Dann setzte er sich die Kopfhörer auf und schaltete das Mischpult ein.

Überall auf der Insel hatte es geplingt. Überall auf der Insel wurde das Inselradio eingestellt, sogar im Schafstall von Sindri und Fjell, wohin sich die Frauen zurückgezogen hatten, denn es war in der Tat etwas kalt geworden, auch für ihre Verhältnisse. Peggy Winter spürte ihre Blase und schlug sich in die Büsche.

Pfarrer Habel brauchte sein Küchenradio nicht einzuschalten, das tat es automatisch, wenn eine entsprechende WhatsApp-Nachricht kam. Auch im Geburtszimmer wurde zwischen zwei Presswehen aufmerksam gelauscht. Gordian schickte Monsignore Valente eine Nachricht über die bevorstehende Verkündigung, hob andächtig in seiner Burg ein Glas Rotwein und wartete auf Frodes Stimme.

Der Monsignore befand sich derweil im Supermarkt, denn er hatte aus dem Pfarrhaus die Flucht ergriffen, nachdem er Pfarrer Habel in der Küche zurückgelassen hatte. Knut an der Kasse war ein angenehmer, weil stiller Gesprächspartner, und so war der Monsignore dort geblieben. Knut hatte ihm einen Stuhl neben die Kasse gestellt, und die beiden hatten eine ruhige Zeit in seligem Schweigen verbracht. Der Monsignore im Gebet, Knut mit nichts außer einer Tafel Schokolade, er war einfach still. Und wenn jemand etwas hätte bezahlen wollen, hätte er die richtigen Tasten gedrückt und das Geld kassiert. Aber kein Kunde hatte den Laden betreten. Nur Gustav, der von Birger zwischen Käsetheke und Dosenregal abgestellt worden und eingeschlafen war.

„Radio", sagte Knut, drehte sich auf dem Stuhl um und drückte hinter sich einen Knopf.

Luc Junét erschrak bis in die Knochen, als sich im Zimmer der Kampfschrei der Wikinger breit machte.

„An alle Wüüster", sagte Frode. „Hier spricht Frode Kellisson. Ich habe euch etwas zu sagen: Wir haben uns in den letzten Stunden nicht mit Ruhm bekleckert, wie man so sagt. Es sind Menschen in den Besitz der Berechtigungskarten für Rom gekommen, die die Götter bei der Verlosung nicht ausgewählt haben. Ich will keine Namen nennen, aber ich bitte diejenigen, die Karten zurückzugeben. Ihr könnt die Karten in meinen Briefkasten am Fahrradladen werfen. Ich will euch nicht sehen und ich will euch nicht sprechen. Ich bitte euch nur, gebt die Karten zurück. Ihr seid nicht auserwählt. So was machen Wüüster nicht. Merkt euch das."

Gustav war vom Wikingerschrei erwacht und hatte die Aufforderung mitbekommen. Auch Tofà hatte gehört, was Frode zu sagen hatte. Peggy hatte nichts gehört, denn als sie nach der Pinkelpause zurückkam, war die Ansprache vorbei gewesen.

Im selben Augenblick, als Frode die Regler herunterziehen wollte, fiel ihm ein, was Fjell ihm aufgetragen hatte. „Und noch etwas, eine Nachricht von Fjell an Sindri. Die anderen können jetzt weghören. Fjell entschuldigt sich von ganzem

Herzen bei dir. Er verspricht, dass es nie wieder vorkommen wird. So."

Kaum ausgesprochen, erreichte ihn eine WhatsApp-Nachricht. Er las sie und rief ins Mikrofon: „Und hier noch eine Nachricht. Diesmal eine tolle. Es sind zwei Kinder. Ein Junge und ein Mädchen. Beide gesund. Wir gratulieren der Mutter Sindri. Wir sind auf Wüüst jetzt einundfünfzig. Herzlich Willkommen, Sture und Solveig."

Der Monsignore klatschte in die Hände. Knut drehte jubelnd ein paar Ehrenrunden auf seinem Stuhl an der Kasse. Gustav fluchte.

Tofà ließ sich nichts anmerken, sondern fiel in den allgemeinen Jubel über die Geburt der Kinder mit ein. Im Schafstall wurden die Geschenke eingesammelt, und sie ging, die Arme voll beladen, dass der Turm bis über ihre Nasenspitze reichte, ins Wohnhaus. Agni erwartete sie, nahm alles entgegen und sagte: „Ich hoffe, du hast Frode gut zugehört."

„Gratulation an die Mutter", sagte Tofà und ging zurück zu den anderen Frauen, die nun auf der Insel ausschwärmen würden, um den jungen Vater zu suchen und ihm die freudige Nachricht zu übermitteln. Wenn sie ihn denn überhaupt finden würden, denn er lag mit Magnus Habel unter dem Küchentisch. Frodes Ansprache hatten die beiden zwar gehört, aber ob sie auch nur ein Wort verstanden hatten, war die Frage. Nur Fjell lallte: „Sture und Solveig."

Magnus lallte zurück: „Wer sind die denn?"

„Zwillinge."

„Ah …"

Die Journalisten im Wikingerlager hatten natürlich gar nichts gehört und machten, was sie immer machten, sie feierten sich und ihre Heldentaten.

Luc indes nahm die Rede zum Anlass, einen weiteren Artikel zu schreiben, der Wüüst in schlechtem Licht erscheinen lassen würde. Man stritt sich um die Karten für einen Trip nach Rom zum Papst. Was er in der Nacht zuvor an der Burg gesehen hatte – und nun diese verzweifelte Ansprache, ließen seine Fantasie Amok laufen. Und Peggy würde sicherlich dasselbe tun, dachte er.

Aber die hatte wegen ihrer Sextanerblase gar nichts mitgekriegt, saß auf einem umgekippten Eimer und schrieb einen rührseligen Artikel über die Geburtsrituale auf Wüüst und wie feministisch die seien. Da spräche eine jahrtausendealte Kultur, die den Müttern alle Ehren zuteil werden ließ. Plötzlich spürte sie eine Hand auf ihrer Schulter. Als sie sich umdrehte, guckte sie in die feuersprühenden Augen von Agni.

„… jahrtausendealte Kultur … Feminismus? Kindchen, hast du einen an der Waffel?"

„Nein. Das ist doch so toll, was ihr hier macht. Bei uns in Berlin wird man mit Blaulicht ins Krankhaus gefahren und dann glotzt man in blöde Neonröhren und …"

„Verstehe", sagte Agni. „Verstehe. Und ihr könnt gar nichts dagegen machen, was? Ihr armen Berliner Frauen oder wo ihr sonst noch so gebärt."

Peggy kniff die Lippen zusammen. Dann sagte sie: „Sie haben recht. Ich werde das schreiben. Gebt den Frauen ihre Würde zurück, belasst das Gebären in ihren Händen …!"

Agni schüttelte den Kopf. „Nee, es geht nicht darum, etwas zu bekommen, es geht darum, es sich zu nehmen."

„Darf ich Sie zitieren? Wie heißen Sie?"

„Agni, ich bin die Gode von Wüüst." Sie griff in die Taschen ihres wollenen Umhangs, hob beide Hände über ihren Kopf und schnippte mit den Fingern. Kleine grüne Flammen zischten über ihren Kopf hinweg. Peggy bekam den Mund nicht mehr zu. Agni lachte. „Ihr Städter seid so leicht zu be-eindrucken. Das kannst du meinetwegen auch zitieren."

Peggy schluckte die Kröte und sagte: „Ist das schon immer so, dass hier die Frauen das Sagen haben?"

„Yo."

„Und warum?"

„Wegen Bothilde."

Agni raffte ihren Umhang zusammen. „Ich bin müde, Schätzchen. Steht alles in der Info über Wüüst. Eyrunn hat dir bestimmt so'n Wisch gegeben."

Peggy nickte.

„Dann lesen Sie. Das können Sie doch, oder?"

Peggy nickte wieder. Dann löste sich die Versammlung auf. Sie blieb auf ihrem Eimer sitzen und schrieb unverdrossen an ihrem Artikel. Die Schafe fanden den letzten Gast in ihrem Stall äußerst interessant, sammelten sich am Gatter und starrten Peggy an. Die suchte in den Eingeweiden ihres Rucksacks nach der Insel-Info. Sie lag zuunterst und war schon etwas zerknittert. *Wüüst, Insel der Frauen … das Erbrecht sieht vor, dass nur Frauen Güter und Häuser erben … Historisch wird das darauf zurückgeführt, dass die Frauen um das Jahr 800 herum den Kampf gegen die immer wieder auf der Insel einfallenden britischen Stämme mithilfe ihrer Schweineherden gewannen, die damals auf der Insel gehalten wurden. Während die Männer mit Schiffen auf Raubzügen unterwegs waren, oblag es den Frauen, die Insel zu verteidigen. Von dieser Heldentat zeugt noch immer der Bóthildr Brunnen. Die Schweinezucht wurde später durch andere Erwerbszweige abgelöst, aber die Insel beherbergt immer eine Sau, die auf der Insel tun und lassen kann, was sie will … wenn Sie also Bothilde auf der Insel begegnen, dann begegnen Sie ihr mit Respekt.* Toll, dachte Peggy und schrieb. Das leise Pling, als sie ihren Beitrag über den Inselfeminismus abschickte, ließ die Schafe kollektiv einen

Schritt zurückgehen. Peggy packte ihre Sachen zusammen, trat hinaus in die Dunkelheit und wusste prompt nicht mehr, wo sie war. Auf der Insel war es still, bis auf den Wind, der durch den Strandhafer strich. Sie seufzte und nahm irgendeine Richtung.

Frode wartete darauf, den hölzernen Deckel seines Briefkastens klappern zu hören, aber es tat sich nichts. Es war schon lange Mitternacht vorbei und ihm fielen die Augen zu. Geweckt wurde er von seiner Schwester, die ziemlich derangiert gegen zwei Uhr nach Hause kam.

„Wie siehst du denn aus?", fragte Frode.

„Hm. Du solltest erst mal die beiden anderen sehen. Diskussion mit Tofà, die wollte Eyrunn umbringen. Während wir alle bei Sindri waren, hatte sie sich noch im Griff, aber auf dem Nachhauseweg ist Tofà auf Eyrunn losgegangen."

„Warum denn?"

„Weil die alles verraten hat über die Insel und die Verlosung und so …"

„Das glaube ich nicht."

„Klang aber logisch."

„Nicht logisch."

„Und warum?"

„Weil die Artikel ganz früh am Morgen online waren. Ich hab es nachgeguckt. Ich wette, dass wir beim Thing belauscht worden sind. Von dieser Peggy und … diesem Luxemburger."

„Ach, was du alles weißt."

„Man muss nur nachgucken. PeWi und Lucky Luc. Und Tofà muss sich grad beschweren. Die hat Aki die Karte weggenommen, die er von dir bekommen hat. Was führt sie sich so auf?"

„Da hast du recht. Und wie läuft's bei dir? Karten schon zurück?"

„Nein."

„Dann geh endlich schlafen. Entweder die sind morgen im Briefkasten oder nicht."

„Hm."

„Und was machst du, wenn sie nicht da sind?"

„Überlegen."

„Viel Spaß dabei, und gute Nacht, Frode."

„Gute Nacht, Valdis."

Eyrunn lag mit zerzausten Haaren und einem Veilchen auf dem linken Auge in ihrem Bett und schluchzte. Gute Nacht, Eyrunn.

Tofà hatte ihren Mann Rune samt seinem Bettzeug auf die Couch geschickt, kühlte die Beule an ihrem Kopf mit einem Eisbeutel und verwünschte den Tag, an dem Vidar Eriksson zum Papst gewählt worden war. Gute Nacht, Rune. Gute Nacht Tofà.

Freya löschte das Licht in ihrem Supermarkt. Gustav ließ sie der Einfachheit halber einfach da, wo er war, zwischen Käsetheke und Dosenregal. Knut war nach Hause gegangen. Der Monsignore ebenfalls. Freya hatte sich eine Flasche Wein aus dem Regal genommen und setzte sich damit an den Bóthildr Brunnen. Die Kälte machte ihr nichts aus. Aber es machte ihr was aus, in ihre Wohnung über dem Supermarkt zu gehen, um ihrem Hakon beim Schnarchen zuzugucken. Mittlerweile machte ihr die ganze Insel was aus. Ihr geliebtes Wüüst hatte sich in eine Irrenanstalt verwandelt. Und wer war schuld? Vidar Eriksson. Sie nahm einen Schluck aus der Weinflasche und ließ sie am Brunnen stehen. Dann ging sie zurück zum Supermarkt, sperrte auf und weckte Gustav.

„Gib Frode die Karten zurück", sagte sie.

„Nein."

„Doch."

„Nein. Fahr mich in meinen Laden. Ich muss mich hinlegen, ich kriege schon Schwielen am Arsch. Und gegessen habe ich auch noch nichts."

Freya gab ihm eine Flasche Wasser und einen harten Kanten Klotz, das Schlimmste, das man Gustav antun konnte, und verließ den Supermarkt. „Du hast es nicht anders gewollt."

„Du kannst mich doch nicht hier lassen … Freya … Ich erzähle es Hakon …"

„Das tu mal."

Sie überließ Gustav seinem Schicksal, ging zum Brunnen zurück, nahm die Flasche Wein und lief zum Hafen. Wie oft schon hatte Freya mit ihrer Inselheimat gehadert. Das Problem mit Gustav ließe sich so viel leichter lösen, wenn es irgendwo eine Klippe gäbe oder ein Sumpfloch. Aber Wüüst hatte keines von beiden. Und Gustav in die See zu schubsen hatte keinen Sinn, das Meer mochte ihn auch nicht, denn jedes Mal, wenn Gustav irgendeinen Stunt mit seinem Rollstuhl gedreht oder sich vor Wut ins Wasser gestürzt hatte, hatte die Nordsee ihn wieder ausgespuckt, wie etwas, das man nicht im Mund haben will.

Das Wikingerschiff lag ruhig auf dem Wasser. Freya kletterte an Bord, rollte sich in eine Decke und schlief ein. Ein bisschen hoffte sie, dass die Taue sich lösen würden und der Wind sie forttrüge. Sie träumte von ihrem Sohn und ihren Enkeln. Nicht mehr lange, dann würden die Schiffe kommen und ihr alle Lieben bringen, die sie so sehr vermisste. Gute Nacht, Freya.

Sindri lag mit ihren beiden Kindern im Bett und guckte sie unentwegt an. Hedda hatte sich ins Nebenzimmer zum Schlafen hingelegt. Solveig und Sture, Sture und Solveig, dachte sie unentwegt, was seid ihr doch für hübsche Kinder. Und ihr kommt überhaupt nicht nach eurem Vater, bis jetzt jedenfalls nicht. Sie dachte an Fjell und die Entschuldigung, die er über den Äther geschickt hatte. Ob sie ihm verzeihen würde, wusste sie noch nicht. Aber sie wäre froh, ihn morgen halbwegs nüchtern wieder zu begrüßen und dann zu entscheiden, wie lange sie ihn leiden lassen würde. Über diesen Gedanken schlief sie ein. Sture und Solveig machten ihren Wikingergenen alle Ehre, denn kaum war ihre Mutter weggedöst, löste sich aus ihren Kehlen das, was später mal ein Kampfschrei werden sollte. Und was soll man sagen – kaum ein paar Stunden auf der Welt, waren sie schon verdammt gut darin. Gute Nacht, Sindri. Gute Nacht, Sture und Solveig.

Monsignore Valente kniete vor seinem Bett und fragte seinen Gott, was er mit diesem missratenen Pfarrer anfangen solle. Meldung nach Rom machen? Ihm ins Gewissen reden? Hatte das überhaupt Sinn? Er grübelte, aber ein kluger Gedanke wollte sich nicht fassen lassen. Ebenso wenig hörte er eine göttliche Stimme, die ihm einen Rat gab. Also beschloss er, alles auf den nächsten Tag zu verschieben und Magnus Habel dann gehörig an den Ohren zu ziehen, um ihn damit auf ein ernsthaftes Gespräch vorzubereiten. Ganz besonders bedauerte er den Verlust so vieler Flaschen Messwein und Odins Vann. Was war nur in diese Insel gefahren? In jeden einzelnen ihrer Bewohner? Vidar Eriksson, was hast du dir nur dabei gedacht? Fahren Sie, Monsignore, es wird wie Urlaub sein. Ja? Wird es das? Sie werden die Bewohner etwas befremdlich finden, aber sie sind durch die Bank ehrliche und liebenswürdige Leute. Ja? Sind sie das? Sie werden Magnus Habel mögen, da bin ich mir sicher. Ja? Eure Heiligkeit, werde ich das? Und plötzlich fing Monsignore Valente an zu lachen, denn er dachte an Don Camillo, sein großes Vorbild. Und noch etwas fiel ihm ein. Er öffnete seinen Koffer und entnahm ihm das Gastgeschenk, das eigentlich für den Pfarrer gedacht gewesen war. Zur Aushändigung war es aber durch die Flut der Ereignisse Gott sei Dank noch nicht gekommen: eine Flasche feinsten Grappas, ein geradezu himmlisches Gesöff. Er schickte einen dankbaren Blick gen Himmel. Der Abend war gerettet. Gute Nacht, Monsignore Valente.

In St. Bartholomäus waren die Lichter schon lange erloschen. Aber Schwester Fidelis lag in ihrem kargen Zimmer und betete. Sie betete darum, dass die beiden jungen Leute nichts bemerkt hätten. Und sie schalt sich selbst einen Dummkopf. Sie hätte die Bilder abhängen sollen. Diese Peggy war vielleicht ein Feger, aber sie war unkonzentriert, hingegen dieses Bürschchen, dieser Luc, der hatte es faustdick hinter den Ohren. Soviel war ihr aufgegangen. Als die Kinder ihr auch noch erzählt hatten, wie Bothilde ihn erst um den Brunnen und dann auf einen Stuhl gejagt hatte, hatte sie sich vor Lachen nicht mehr eingekriegt. Bothilde war unbestechlich, wenn es darum ging, den Charakter eines Menschen auszuloten. Sie wusste sofort, wie jemand tickt. Und Eyrunn, das dumme Huhn? Wenn sie einmal in Plauderlaune war, dann gab es kein Halten mehr. Wenn sie sonst auch nur herumstotterte, bei Vorträgen kannte sie keine Gnade. Fidelis schickte einen flehenden Blick gen Himmel. Gute Nacht, Schwester Fidelis.

In einem anderen Zimmer von St. Bartholomäus kritzelte die endlich volljährig gewordene Luzie unter der Bettdecke beim Licht einer Taschenlampe in ihr Poesiealbum. Um den

Namen Frode malte sie ein großes rotes Herz. Dann legte sie ihre neue Streitaxt unters Kissen, strich über die wunderschöne Gravur, die aus ihrem Namen ein Kunstwerk machte, und löschte das Licht. Gute Nacht, Luzie.

Auf der Wüüsteborg schloss Gordian Petersenn Bothilde in die Arme, die kurz zuvor ihren Wachposten im Bóthildr Rumhús aufgegeben hatte. Der Spargeltarzan aus Luxemburg war einfach nicht mehr aus dem Zimmer gekommen. Und irgendwann mussten auch Schweine mal schlafen. Gute Nacht, Bothilde. Gute Nacht Gordian.

Im Wikingerlager war es schon lange ruhig. Man war über gefühlten eintausend Verschwörungstheorien eingeschlafen, ohne auch nur eine einzige davon in die Welt hinausposaunt zu haben. Dafür hatte Odins Vann gesorgt, den ein paar findige Kollegen in einer, wie sie glaubten, verlassenen Schnapsbrennerei in den Dünen zwischen Groß Wüüst und dem Lager gefunden hatten. Auf den Schwingen von Hugin und Munin[12] flogen die Reporter nun träumend durch die Nacht. Am nächsten Morgen würden ihre Mägen so sauber wie die Popos von Sture und Solveig sein. Gute Nacht, Pressevertreter dieser Welt.

Nur eine einsame Wanderin kam zu vorgerückter Stunde am Bóthildr Brunnen vorbei, schwenkte auf das Bóthildr Rumhús zu und scheiterte an der Tür. Sie rappelte und klopfte, aber niemand öffnete. Sie lief um das Haus herum und klopfte im Erdgeschoss an jedes Fenster, das sie erreichen konnte. Und

---

[12] Hugin und Munin, die Raben Odins. Hugin steht für „Gedanke, Sinn" und Munin für „Gedenken und Erinnern".

sie hatte Glück. Eines der Fenster öffnete sich. Bis auf die Tatsache, dass der Kerl ihre Sachen trug, war Peggy hocherfreut, Luc zu sehen. Sie kletterte ins Zimmer, und kaum drinnen, ergoss sich ihr Bericht über die Geburt der Zwillinge, die Frauen und den Feminismus auf Wüüst über ihren ahnungslosen Kollegen. Luc nickte, Interesse heuchelnd, zu allem und hoffte, dass die Tirade bald ein Ende haben würde, denn er war müde vom Nachdenken und Schreiben seines Artikels, den er noch nicht abgeschickt hatte. Ihm schwante, dass er zuvor eventuell seinen Chefredakteur darüber informieren sollte, dass er die Story des Jahrhunderts in der Tasche hatte.

„Und was hast du so gemacht?", fragte sie ihn, als sie einen Striptease hinlegte, der eher an einen Slapstick erinnerte, denn das Zimmer war so klein, dass man sich kaum umdrehen konnte, wenn man alleine drin war.

„Nicht viel, die Fakten sortiert und einen allgemeinen Bericht über die Insel abgeschickt."
Peggy verschwand im Bad, und kaum rauschte das Wasser, klappte Luc ihren Laptop auf. Tatsächlich fand er den Artikel über die Zwillinge mit Bildern der Frauen, die sich im Schafstall selig die Kante gaben.

An Sex war in dieser Nacht nicht mehr zu denken, Peggy gähnte schon unter der Dusche ununterbrochen, und Luc war längst eingeschlafen, als sie aus dem Bad kam. Sie setzte sich auf die Bettkante und horchte auf seine Atemzüge. Dann öffnete sie vorsichtig seinen Rucksack und holte den Laptop hervor, klappte ihn auf und hatte dann noch eine Viertelstunde zu lesen, bevor sie beschloss, ihren Kollegen zu erwürgen. Von wegen: Nicht viel …! Peggy las den Artikel wieder und wieder. Sie konnte es nicht glauben. Sie betrachtete die Bilder, die Luc für den Artikel aufbereitet hatte. Soweit war alles schlüssig. Aber war es auch richtig?

Sie rüttelte ihren Kollegen wach, und kaum hatte er die Augen aufgeschlagen, fuhr sie ihn an: „So, so, nicht viel gemacht, mein Freund, Luc Junét aus Luxemburg!"

„Was?!"

„Tu nicht so. Dein Artikel. Der Papst hat einen Sohn und der heißt Frode Kellisson?!"

Luc richtete sich auf und schnappte ihr den Laptop aus den Händen. „Das geht dich gar nichts an, das habe ich entdeckt und weiterverfolgt."

„Wollten wir nicht alle Informationen teilen? Hm. War das nicht unsere Abmachung?"

„Du hast selbst gesagt, das hier ist Krieg."

„Ja, aber ich dachte, wir sind beide auf derselben Seite. Wir sind die Guten."

Luc drückste herum. Irgendwie hatte sie ja recht, aber teilen wollte er trotzdem nicht. Nicht so eine Bombe.

„Du kannst meinen Artikel haben", sagte Peggy großmütig.

„Ich schreib doch keinen Kack über Feminismus und Geburten."

Peggy gab Luc eine Kopfnuss.

„Aua!"

Plötzlich hörte sie wieder die mahnende Stimme ihres Chefredakteurs in ihrem Kopf gellen, und sie sagte: „Du hast das hoffentlich nicht abgeschickt?!"

„Noch nicht."

„Na, Gott sei Dank."

„Warum?"

„Weil es kein Hand und Fuß hat. Um so eine Behauptung aufzustellen, musst du sie erst mal beweisen können."

„Seit wann das denn? Die Bilder reichen doch. Guck dir das Kinn von den beiden an und die Augen, auch die Ohrenabstände und die Ohrmuschelausformung. Meine Software ist vom FBI! Vidar Eriksson ist der Vater von Frode Kellisson."

„Könnte sein, muss aber nicht. Hast du recherchiert, ob Vidar Eriksson eventuell einen Bruder hat?"

„Nein. Wir wissen doch, dass er einen hat. Und eine Schwester, und die haben beide dieses Kinn ... und diese Augen ..."

„Ja?", fragte Peggy und dehnte das Ja so lange aus, bis Luc endlich begriff. „Wir erinnern uns, der Bruder war verliebt in Alva Kellisson. Schon vergessen? Und falls dieser Thorgay doch nicht der Erzeuger von Frode ist, muss man sich fragen, wie sah dieser Kellisson aus, der Frodes offizieller Vater sein soll? Was für ein Kinn hatte der wohl?"

„Weiß ich doch nicht."

„Eben, jetzt guckst du blöd aus der Wäsche. Hast du einen DNA-Test angeleiert?"

„Woher soll ich denn DNA von diesem Thorgay herkriegen ... oder vom Papst?"

„Alles etwas kurz gedacht, mein Lieber, nicht wahr?"

„Aber das ist der Scoop des Jahrhunderts."

„Ja, wenn es bewiesen wäre, dann wäre das der Scoop des Jahrhunderts."

„Dann wäre Vidar Eriksson kein Papst mehr, bevor er überhaupt einer war. Du willst mit deiner Meckerei bloß verhindern, dass ich das abschicke."

„Du bist ein Arsch, Luc."

„Hättest du mir das gesagt, wenn es deine Entdeckung gewesen wäre?"

„Natürlich."

„Es geht nicht darum, etwas zu bekommen, es geht darum, es sich zu nehmen ... oder so'n Quatsch ..."

„Du hast in meinen Laptop geguckt!"

„Du doch auch!"

„Verpiss dich. Das ist mein Hotelzimmer."

„Ich kann nicht, da draußen lauert das Schwein."

„Tut es nicht! Husch in irgendein Körbchen, gibt ja genug hier."

Luc starrte seine nackten Füße an, dann auf Peggys Taille und ihre blonden Haare, sie rochen frisch gewaschen und ... und ... dann sagte er: „Okay. Wir machen das zusammen."

„Nein. Erstens: Du hast mich hintergangen. Zweitens: Ich geh nicht mit den Bach runter und lande im Archiv, wenn das alles nur Hirngespinste sind ... und ..."

„Drittens?"

„Kann ich dich nicht mehr leiden. Ich konnte dich gut leiden, bis vor zwei Stunden, aber jetzt ... bist du auch nur so ein Arsch wie alle anderen da draußen, die mich Anfängertinten-pisser nennen ... Es reicht bei denen noch nicht mal für ein Pisser*in."

„Geht mir genauso. Ich kann dich auch nicht mehr leiden. Mein Gott, ich hab alles vorbereitet. Et voilà, da ist die Sensation. Ich hab gedacht, wenn ich Peggy das erzähle, dann fällt sie mir um den Hals und alles ... aber du machst alles kaputt."

Peggy zog eine Augenbraue hoch. „Wann hättest du es mir denn gesagt?"

„Gleich morgen früh ... eh, heute früh ..."

„Tatsächlich?!"

„Tatsächlich."

„Wer soll das glauben, Luc?"

„Du."

„Tut mir leid. Ich bin zwar laut meiner Redaktionskollegen doof wie Brot, aber nicht doof genug." Peggy nahm ihm die Decke weg, rollte sich darin ein, knautschte sich das Kissen zurecht und machte sich im Bett breit. Luc klappte seinen

Laptop zu und versuchte, wenigstens einen kleinen Zipfel der Decke zu erhaschen, um nicht zu erfrieren. Schließlich wickelte er die Strickjacke fester um sich, zog Peggys grünen Pullover an und quetschte sich auf die Bettkante. Da findet man die Nadel im Heuhaufen, das Einhorn unter Eseln, ein Foto des Yeti, den Schatz von Oak Island, den heiligen Gral und den Beweis, dass es Drachen gibt, aber alles, was passiert – die Frau nimmt dir die Decke weg. Toll, da haben wir heute ja viel erreicht.

Gute Nacht, Hägar der Schreckliche. Gute Nacht, Peggy Winter.

Kapitel 13

Good Morning, Wüüst!

Monsignore Valente hatte erneut Posten auf dem Kirchturm bezogen. Er sah Frode Kellisson aus der Tür seines Fahrradladens treten und den Briefkasten kontrollieren. Aber seine Hände blieben leer. Mit hängendem Kopf verschwand er wieder im Laden. Der Monsignore konnte die Enttäuschung des jungen Mannes verstehen. Der Prophet gilt nichts im eigenen Land, fiel ihm dazu ein. Armer Junge, hatte Vidar Eriksson ein bisschen zu viel auf diese schmalen Schultern geladen? Er schickte ein Gebet zum Himmel, der Herr möge sich dieser jungen Heidenseele annehmen und Trost schicken. Und als wäre seine Bitte positiv beschieden worden, sah er, dass Bothilde von der Burg herangaloppiert kam, wie schon am Morgen zuvor. Frode öffnete die Tür und streichelte das Tier hinter den Ohren. Es hätte ein bisschen mehr sein können, mein Lieber, dachte Monsignore Valente, aber Frode sah schon wieder zuversichtlicher aus.

Der Feldstecher bewegte sich weiter, und auf der Nordseite der Insel beobachtete der Legat des Papstes Männer mit Helmen und Fellwesten, die sich an das blaue Haus heranschlichen. Schafe blökten aufgeregt, ein Hund kam aus seiner Hütte geschossen, bellte laut und begrüßte die Männer freudig. Zwei der Kerle gingen in das blaue Haus und kamen nach wenigen Minuten mit hoch erhobenen Armen, in denen jeder ein Bündel trug, hinaus. Die anderen johlten und tanzten, dann rannten sie auf die nahe Bucht zu, in der ein Wikingerschiff mit Drachenköpfen an Bug und Heck lag. Die Männer gingen mitsamt den Bündeln, die, schlussfolgerte der Monsignore, die beiden Neugeborenen sein mussten, an Bord und setzten sich auf die Ruderbänke. Einer hisste das Segel, nahm die beiden Kinder in Empfang, und die Männer legten sich in die Riemen.

Der Monsignore schwenkte zum Haus zurück. Dort standen mittlerweile zwei Frauen in der Tür, die sich in den Armen hielten. Sie machten keine Anstalten loszurennen, um die Babys zu retten. Der Monsignore schnaubte und holte sein Handy aus der Tasche. Er schaute es unverwandt an. Dann begriff er, dass er auf der ganzen Insel keinen einzigen Polizisten gesehen hatte und auch kein Haus, an dem *Polizei* stand, und dann wusste er nicht mehr weiter. Schließlich seufzte er und drückte in seiner Verzweiflung eine Kurzwahltaste – die Kurzwahltaste, um die ihn die halbe Welt beneidete.

Am anderen Ende meldete sich der aufgeräumte Bass von Vidar Eriksson. „Monsignore, guten Morgen, wie geht es Ihnen in meiner Heimat?"

„Eure Heiligkeit, ich habe soeben beobachtet, wie ungefähr zwanzig Männer die beiden Neugeborenen, die …"

„Sture und Solveig", half Vidar Eriksson aus. „Und warum flüstern Sie?"

„Ja, Sture und Solveig … woher wissen Sie?"

„Das tut hier nichts zur Sache", sagte Vidar Eriksson.

„Ja, Eure Heiligkeit, tut es nicht … was ich sagen wollte … sie sind entführt worden. Was mache ich denn nur? Man hat sie auf ein Wikingerschiff gebracht, und jetzt sehe ich es nicht mehr … Und hier gibt es ja gar keine Polizei! Das hat bestimmt mit den verflixten Karten zu tun … Hier sind alle verrückt geworden … Ach …!"

„Nicht verrückter als sonst auch. Warten Sie ein Weilchen, Monsignore, das Schiff wird gleich hinter der großen Düne auf der nordwestlichen Seite wieder auftauchen."

„Aha? Und was soll das? Was machen die mit den Kindern?"

„Eine Inselrundfahrt. Das ist so Brauch. Sie werden aus dem Haus geholt und dann mit dem Dreki um die Insel gefahren, damit sie sofort wissen, woher der Wind weht und woher sie kommen."

„Immer?"

„Immer. Bei Wind, Wetter, Hagel, Schnee und Sonnenschein."

Der Monsignore fasste sich an den Kopf.

„Sind Sie noch dran?", fragte Vidar Eriksson."

„Ja, bin ich, Eure Heiligkeit. Hat man das etwa auch mit Ihnen gemacht?"

„Aber sicher. Und hat es mir geschadet? Nein. Alles nur ein großer Spaß."

Monsignore Valente war sich nicht sicher, ob er diese Frage genauso beantwortet hätte. Aber das Schiff tauchte tatsächlich auf wie prophezeit, und der Gesang der Männer war bis zur Kirchturmspitze zu hören. Der Monsignore betrachtete das Schauspiel durch seinen Feldstecher. Die Kinder schienen wohlauf. Er atmete hörbar aus und sagte: „Danke, Eure Heiligkeit. Danke, ich hätte mich beinahe entsetzlich blamiert. Was ist ein Dreki?"

„Ein Drachenschiff. Wir sehen uns. Die Kinder werden bald ihrer Mutter wohlbehalten ausgehändigt werden."

„Ja. Ja … Danke, ich danke Ihnen vielmals. Ich wollte nicht stören …"

Vidar Eriksson hatte aufgelegt, der Monsignore ließ sein Handy in die Tasche zurückgleiten und hob den Feldstecher an die Augen. Ein Mann wuchtete einen goldenen Kessel über den Schiffsrand und schöpfte Wasser, das er über die beiden Kinder ausgoss. Was dann geschah, konnte er nicht mehr verfolgen, denn das Schiff passierte den Hafen und verschwand hinter dem Leuchtturm. Beinahe hätte er die Wiederwahltaste gedrückt, aber sein Magen knurrte, und den Papst wegen eines goldenen Kessels und nasser Kinder zu behelligen, fand er dann doch übertrieben. Judas Thaddäus I. hatte gesagt, es sei in Ordnung, also war es in Ordnung. Er ließ seinen Blick noch einmal über die Insel schweifen. Ob in Erwartung weiterer abstruser Späße oder um sich für den nächsten Punkt auf seiner Tagesordnung etwas abzukühlen, das wusste nur Gott allein. Der Monsignore sah die Dünen, das Gras, die Vögel, den Strand, die bunten Häuser mit ihren reetgedeckten Dächern, er sah Rauch aus Schornsteinen aufsteigen, Schafe, die aus dem Stall gelassen wurden, Hühner und Enten, er sah die Kinder von St. Bartholomäus, die mit Schwester Fidelis zum Frühsport angetreten waren. Jedes hüpfte oder kreiselte nach seiner eigenen Art mit den Armen, und Schwester Fidelis kreiselte und hüpfte mit. Und wie so oft stellte er fest, wie sehr eine Idylle trügen konnte. Diese Insel war eine Prüfung, und er würde diese Prüfung bestehen. Wieder hob er das Fernglas an die Augen und sah im Wikingerlager, wie die ersten Journalisten mit Handtüchern um die Schultern bibbernd in die Duschen wankten, wie das Wikingerschiff bereits den Südstrand erreicht hatte, wie vor dem Schafstall die eine Frau die andere umarmte, wie ein junger Mann, den er als Fjell identifizierte, unsicher auf seinen Beinen auf das blaue Haus zuschritt, und dann sah er eine unscharfe blasse Masse direkt vor seinem Fernglas. Er wich einen Schritt zurück.

„Toll hier, was?", sagte Magnus Habel mit einem Grinsen im unrasierten Gesicht.

Der Monsignore straffte die Schultern. „Auf ein Wort, Herr Pfarrer." Der Tonfall, in dem der Monsignore diesen schlichten Satz aussprach, führte dazu, dass das Grinsen des Pfarrers auf Zehenspitzen davonschlich, um einem beinahe würdevollen Gesichtsausdruck Platz zu machen. Hätten sich da nicht ein Hauch Zerknirschtheit mit einer Prise Spott und der Duft von Restalkohol eingeschlichen, hätte der Monsignore an ein nächtliches Wunder geglaubt. Aber diesen Gesichtsausdruck kannte er zur Genüge. Monsignore Valente wies mit dem ausgestreckten Arm auf die Treppe, und Magnus Habel ging unsicher die steile Stiege voraus nach unten.

„Haben Sie sich eigentlich schon mal den drei wichtigen Fragen gewidmet?", fragte Monsignore Valente.

„Wieso, weshalb, warum?", sagte Magnus Habel flapsig und spürte plötzlich eine starke Hand auf seiner Schulter.

„Nein, nicht diese drei", sagte der Monsignore, und das Gewicht seiner Hand lastete schwer auf dem armen Pfarrer, der plötzlich das Gefühl hatte, die heilige Inquisition habe sich seiner angenommen. Da lag er nicht so falsch.

Niemand erwartet die Inquisition, wie wir alle wissen, aber wenn sie da ist, ist sie da und sie ist unerbittlich. Unter anderem fand sie sich bei Rune und Tofà ein, die nichts weiter auf dem Küchentisch hatten als schwarzen Tee, der allmählich kalt wurde, und ein dickes Problem. Das Problem saß mit seinem fetten Hintern quasi in der Butter und suhlte sich. Der Toast wurde schon weich, die Gemüter eher nicht. Rune seufzte. Tofà seufzte. Dann sagte Rune: „Hast du das ernst gemeint, dass ich ausziehen soll, wenn du aus Rom zurückkommst?"

Tofà schwieg.

Rune kannte seine Frau gut genug, um zu wissen, dass ihr Mund meistens schneller war als ihr Hirn, und er wollte ihr eine Chance geben, zurückzurudern.

„Ich habe meine Karte übrigens an Monsignore Valente zurückgegeben. Ich werde nicht fahren", schob er hinterher.

„Deine Sache."

„Hast du deine Karte in Frodes Briefkasten geworfen?"

Tofà verschränkte die Arme vor der Brust und starrte in ihre Teetasse, auf der sich bereits eine gräuliche Haut gebildet hatte.

„Also nicht", sagte Rune. „Wenn das so ist, dann bin ich weg, wenn du aus Rom zurück bist. Freiwillig."

„Mach doch, was du willst", sagte Tofà und biss in ihren Toast. „Bäh, labberig."

In Freyas Küche war die Butterdose etwas größer und der Hintern des Problems dementsprechend zufriedener. Gustav mampfte an seinem Schinkenbrot. Hin und wieder verlor das Gebiss seinen Halt und er fuhrwerkte mit den Fingern in seinem Mund herum. Hakon starrte die Wand an und Freya hatte ihren Kopf in die Hände gestützt. Schließlich schaute sie auf und sagte: „Ich teile euch etwas mit."

„Ja?", sagte Hakon, dessen Hirn immer noch in einer Marinade aus Odins Vann und Messwein eingelegt war und den Schädel, den es bewohnte, für zu klein hielt.

„Und das wäre?", sagte Gustav kampflustig. Fliegende Butterbrotkrümel begleiteten die Frage.

„Du ziehst aus, Gustav", sagte Freya, die angewidert die Reise eines Krümels bis in die gute Sanddornmarmelade verfolgt hatte.

Gustav guckte seinen Sohn an, dessen glasiger Blick sich nicht länger an der Wand festhalten konnte, abrutschte und träge zu seiner Frau eierte.

„Sag jetzt ein falsches Wort, und du gehst mit", sagte Freya zu ihm.

„Wo soll ich denn hin?", krähte Gustav, „Ich bin behindert, ich brauche Pflege, ich kann nicht alleine wohnen."

„Musst du ja auch nicht. Ich habe mit deiner Schwester auf Island telefoniert. Sie kommt mit den Schiffen hierher. Sie hat hier noch ein Haus – und in das wirst du einziehen. Sie bleibt bis zum Saisonbeginn. Außerdem bringt sie einen Pfleger für dich aus Island mit."

„Etwa diesen Snorri, der auch ihren Mann versorgt hat?" Gustav hielt es kaum mehr in seinem Rollstuhl.

„Ja, genau den."

„Ihr Mann ist tot! Und mich wird er auch umbringen. Der hat Hände wie Schaufeln. Und bringt er etwa auch seine Frau mit?"

„Ja."

„Ich bin ein toter Mann, Freya! Sohn, hilf mir …!"

Hakon guckte erst seine Frau an, dann seinen Vater und dann nickte er. „Wenn Freya das so will, wird das so gemacht."

Gustav sackte in seinem Rollstuhl zusammen und murmelte: „Ich werde dahinsiechen. Besser ich sterbe jetzt, von eigener Hand, als das zu ertragen. Regelmäßige Mahlzeiten … und dann muss ich auch noch jeden Tag duschen, am Ende befolgt dieser Totpfleger noch die Ratschläge von Hedda. Weißt du, was das heißt? Die verbietet mir den Met. Das hält man doch nicht aus. Am besten, ich bring mich ..."

„Das sagtest du schon. Es steht dir frei zu sterben, wann immer du willst", sagte Freya.

„Warte nur, wenn ich Vidar das erzähle."

„Mach nur. Und wenn er alles gehört hat, soll er mich anrufen, dann sag ich ihm was dazu."

Gustav schob die Reste seines Schinkenbrots auf dem Teller hin und her. „Würde es was ändern, wenn ich die Karten zurückgebe?"

„Nein", sagte Freya. „Du hattest deine Chance. Mir ist egal, was du mit den Karten machst. Ich fahre sowieso nicht mit. Und du Hakon?"

Er schüttelte den Kopf und murmelte: „Nein."

„Aber Birger kommt mit. Und dann frag ich Valdis, die kann mich versorgen."

„Wenn du meinst. Also, ich hoffe, du hast verstanden, dass sich an meinem Entschluss nichts ändert. Wenn die Schiffe aus dem Nebel kommen, dann hast du gepackt und bist bereit zum Umzug. Und noch etwas, wenn ich erfahre, dass es wegen dir nicht gut läuft, dann nehmen dich die Schiffe mit nach sonst wohin. Die sollen dich von Bord schubsen, wo immer sie wollen. Ich werde vor der Inselversammlung beantragen, dass du ausgewiesen wirst."

Hakon wollte den Mund aufmachen, aber Freya trat ihm unter dem Tisch auf den Fuß. Sie schob ihren Stuhl nach hinten, erhob sich und hatte zum ersten Mal das Gefühl, wieder frei atmen zu können.

An der Inquisition knapp vorbeigeschrammt war Fjell, der am Nordstrand Hand in Hand mit seiner Frau Sindri stand, um die Ankunft der Zwillinge zu erwarten, die kurz davor waren, ihre Inselumrundung abzuschließen. Und endlich hörten sie den Gesang, dann sahen sie das Schiff, es flog regelrecht über das glatte Meer. Thorgay stand breitbeinig am Mast und hielt die Zwillinge fest im Arm. Fjell rannte los, um beim Anlegen zu helfen. Thorgay sprang an Land, das Wasser spritze, die Babys wurden nochmals nass, aber sie zuckten mit keiner Wimper. Sindri ging gemessenen Schrittes zum Schiff, streckte ihre Arme aus und Thorgay legte die Kinder hinein. Er verabschiedete sich. Der Dreki legte ab und nahm Kurs auf den Hafen, um dort eine Runde neben der Snekkja zu schlafen.

Fjell zappelte aufgeregt herum, als er seine beiden Kinder sah. „Darf ich sie halten?"

Sindri zögerte ihre Antwort hinaus. Als sie sah, dass Fjell Tränen in den Augen hatte, sagte sie endlich: „Ja, Fjell. Hier sind deine Kinder. Solveig und Sture. Solveig und Sture, das hier ist euer Vater. Ärgert ihn ausgiebig. Er hat es verdient."

Wie auf Kommando erwachten die beiden und übten ein bisschen Wikingergeschrei. Fjell jubelte und tanzte mit den beiden durch die Dünen. „Ich bin euer Vater, dass ihr das nur wisst … ich bringe euch alles bei. Über Schafe … und Wikinger … über das Meer … und über Schwerter und Helme … und wie man einen Wal fängt, wenn man einen braucht … und wie man Feinde abschlachtet und Städte plündert … und brandschatzt …" Und dann sang er für seine beiden Racker ein Willkommensliedchen, das sich übersetzt ungefähr so anhört: *Der Snorri raubt dir Schaf und Brot. Er raubt dir alles auf dem Hof. Das bringt er nicht mehr wieder. Und du hast große Not. Drum schwing die Axt und hau ihn platt, damit dein Leid ein Ende hat.*

In Zimmer Nr. 1 im Bóthildr Rumhús war die Luft so dick, dass die Inquisition sich hineinquetschen musste. Als Peggy die Augen aufschlug, war Luc immer noch da. Er saß in ihrem Pullover am kleinen Schreibtisch und brütete über seinem Artikel.

„Bist du immer noch nicht weg?", fragte sie.

„Nein, ich dachte, du wolltest dabei sein. Lies das."

Peggy rieb sich den Schlaf aus den Augen und las. „Das ist so Kack-Boulevard … hätte, könnte, wäre …", sagte sie, als sie damit fertig war. „Alles nur Annahmen und Mutmaßungen. Ich bleibe bei meiner Meinung. Das kannst du so nicht bringen."

„Ich habe schon mit meinem Chefredakteur telefoniert."

„Was hast du ihm gesagt?"

„Dass ich ein Riesending über den Papst laufen habe. Dass er einen Sohn hat."

„Und was sagt er?"

„Er will das Maximum an Emotionen und Drama … ein Interview mit Frode und so … Wenn ich es fertig hab, dann soll ich ihm das schicken."

„Er würde es bringen?! Ohne wissenschaftliche oder was auch immer Nachweise?!"

„Ja, würde er. Und bei der Gelegenheit werde ich Frode und Valdis ein paar Haare ausreißen, für einen DNA-Test. Dann wüssten wir wenigstens, ob die beiden verschiedene Väter haben. Das wäre ein Schritt weiter."

Peggy warf sich in die Kissen. So viel Action hätte sie diesem Hänfling nicht zugetraut. Mitgefangen, mitgegangen, mitgehangen, dachte sie. Egal, was Luc noch ausgraben würde, das wollte sie sich nicht entgehen lassen. Sie nickte und sagte: „Ich bin dabei."

Luc klappte den Laptop zu. „Und jetzt Sex mit dem Starjournalisten?"

Peggy zog sich die Decke über den Kopf und sagte: „Nein. Die Torte wird nicht verteilt, bevor sie überhaupt gebacken wurde."

„Wenigstens zusammen duschen?"

„Mach dich nicht lächerlich. Seit wann bettelt Hägar der Schreckliche?"

Gordian saß an seiner Küchentheke und lauschte. Aber er hörte nichts. Noch nicht einmal Bothildes regelmäßiges

Schnorcheln, denn Bothilde war gar nicht da. Die Ruhe war ungewöhnlich. Er ging zum Fenster und beobachtete die See, sie war so ruhig wie ein Spiegel. Gefährlich ruhig. Wenn es nicht so kalt gewesen wäre, hätte man annehmen können, da draußen mache sich ein heißer Sommertag breit. Er nahm Kaffeetasse und Fernglas und stieg bis zu seinem Ausguck im Turm hinauf und ließ den Blick über die Insel schweifen. Er sah Fjell mit seinen Babys durch die Dünen karriolen, sah ein paar Journalisten aus dem Zeltlager, die sich nach Groß Wüüst aufgemacht hatten, und er sah Frode mit hängendem Kopf, beide Hände tief in die Hosentaschen vergraben, auf die Burg zuschlurfen. Das Hinken hatte sich verstärkt, ein untrügliches Zeichen dafür, dass ihm etwas schwer auf der Seele lag. Bothilde zockelte hinter ihm her. Gordian seufzte ob dieses traurigen Anblicks und rief: „Frode, ich bin hier ganz oben!"

Frode blickte auf und winkte. Er beschleunigte das Hinken und war binnen Minuten ganz oben auf den Zinnen des Turmes. „Ich muss dich was fragen", sagte er. Gordian reichte ihm seinen Kaffee. „Dann frag."

„Ist es gerechtfertigt, eine Straftat zu begehen, wenn damit vielen geholfen wird?"

„Was hast du vor?"

„Keinen Mord."

„Immerhin. Gehe ich recht in er Annahme, dass du heute Morgen nichts im Briefkasten hattest?"

„Ja."

„Und deswegen willst du eine Straftat begehen?"

„Ja."

„Und dann?"

„Dann wird alles gut."

Gordian nickte. „Ich könnte dir einen besseren Rat geben, wenn ich wüsste, was du genau vorhast."

„Du wirst es heute Nacht erfahren. Ich brauche deine Hilfe dabei."

„Das ehrt mich, Frode, aber ich soll jetzt einwilligen, ohne zu wissen, um was es geht? Du kennst den Spruch: Mitgegangen, mitgefangen, mitgehangen?"

„Ja."

„Ich soll dir, also einem zukünftigen Straftäter, einfach vertrauen?"

„Ja."

„Warum?"

„Weil wir Freunde sind."

Gordian hielt sein Gesicht in die sanfte Brise, die vom Meer kam und salzige Luft brachte. Frode hielt den Kaffeebecher in den Händen, Bothilde stemmte sich auf die Hinterbeine und legte die Pfoten auf den steinernen Rand des Ausgucks.

„Also", sagte Gordian, „wenn es wirklich vielen hilft, dann könnte es durchaus gerechtfertigt sein, etwas ansonsten Illegales zu tun. Zum Beispiel – wenn ein Amokläufer mit einem Maschinengewehr durch die Stadt rennt …"

„Das Beispiel meine ich. Ich bin mir nur nicht sicher, ob ich es auf diese Angelegenheit anwenden kann."

„Also, entweder ist es allgemeingültig – oder das ist es nicht."

„Ich denke, es ist auf diese Situation anwendbar, obwohl Gustav und Tofá keine Attentäter sind … nicht ganz, jedenfalls", sagte Frode mit Zuversicht in der Stimme.

Gordian schickte einen Blick gen Himmel und entschied, dass es besser sei, Frode zu helfen, statt ihn mit seinem Vorhaben alleine zu lassen. „Okay, ich bin dabei – wann immer es losgehen soll."

„Mitternacht."

„Gut. Ich werde bereit sein."

„Zieh dir was Dunkles an. Wir dürfen nicht gesehen werden."

Gordian grinste. Planung ist alles. „Soll ich dir eine Sturmhaube mitbringen, oder sollen wir uns die Gesichter schwärzen?"

„Sturmhaube reicht", sagte Frode voller Ernst.

„Brauchen wir den Hubschrauber?"

„Nein." Frode guckte Gordian von der Seite an. Dann lachten beide.

Bothilde quiekte leise, und die Sorge in ihren Schweinsäuglein war unübersehbar, da konnten die beiden lachen, so viel sie wollten.

„Komm, Bothilde, Valdis wartet im Laden mit deinem Haferbrei."

Gordian und Frode gaben sich ein High-Five, dann polterte der Straftäter ins spe mit Bothilde die Treppe hinunter. Gordian guckte das glatte Meer an und sagte: „Tu nicht so unschuldig. Du bist entlarvt."

Das Meer produzierte eine kleine Welle, ganz weit draußen, als würde es über einen guten Witz lachen.

Im Pfarrhaus lachte niemand. Pfarrer Habel hielt sich beide Hände vors Gesicht, weil die Schamesröte, die ihm heiß bis in die Haarspitzen gedrungen war, den Teint versengte.

Monsignore Valente saß daneben und betrachtete sein Werk. Er hatte den Pfarrer in den Beichtstuhl gebeten, und was er dort gehört hatte, hatte seinem Teint ebenso geschadet wie dem des reuigen Sünders.

„Was mache ich denn jetzt bloß mit Ihnen?", fragte er und seufzte.

Magnus Habel gab keine Antwort. Er hatte keine. Darauf genauso wenig wie auf die drei Fragen, die der Monsignore ihm zuvor gestellt hatte. 1. Ist Ihr Herz noch bei Jesus Christus, unserem Herren? 2. Haben Sie den Eindruck, das Pfarramt mit all seinen Belangen weiterhin ausführen zu können, ohne der Kirche und Ihren Mitmenschen Schaden zuzufügen? Und 3. Sind Sie bereit, in Gebet und Meditation auf den rechten Weg zurückzufinden?

„Wissen Sie, der Lebensweg, den wir eingeschlagen haben, ist nicht nur für uns steinig. Er ist auch steinig für alle, die uns mit unseren Unzulänglichkeiten begegnen. Wir müssen ein Vorbild sein, obwohl auch wir zuweilen die Orientierung verlieren und verzagen. Vergessen Sie das nie."

„Sind Sie selbst auch schon mal vom Weg abgekommen, Monsignore?"

„Aber sicher, mein Sohn. Ich kämpfe täglich gegen den Zweifel, gegen den Grappa und gegen Tette delle Monache[13]. Und jetzt reißen Sie sich zusammen, sammeln Sie sich. Schwester Fidelis kommt gleich mit ihren Schützlingen. Wir wollen die Kirche für morgen schmücken und den Hafen, damit wenigstens das gut über die Bühne geht."

Magnus Habel schaute auf. „Ja, Monsignore. Natürlich. Aber ich muss zuvor noch einen Besuch machen. Einen kurzen Besuch."

Der Monsignore seufzte, schaute dem Sünder direkt in die Augen und sagte: „Wenn's der Wahrheitsfindung dient. Zwanzig Minuten. Höchstens."

„Ja."

Der Pfarrer nahm die Beine in die Hand und rannte mit wehender Soutane in Richtung Fahrradladen. Dort angekom-

---

[13] Tette delle Monache – Nonnenbrüste, ein fluffiges Biskuitgebäck aus Süditalien mit einer Füllung aus Crema pasticcera (Vanillecreme). Der frivole Name verweist auf die enge Verbindung von Küche und Kirche, Keuschheit und Erotik, auf Glaube und Blasphemie.

men, blieb er stehen, sortierte seine Erscheinung und schaute durch ein Fenster. Er sah Valdis im Morgenmantel am Küchentisch, daneben Bothilde, die ihren Kopf in ihren Napf versenkt hatte, und Frode, der einem Fahrrad eine neue Bereifung verpasste.

„Meinst du, wir könnten die Küchenschränke noch mal reparieren?", fragte Valdis.

„Ich guck es mir an, wenn der Tumult vorbei ist", sagte Frode. „Ich glaube, die Böden müssen auch komplett ausgewechselt werden ... und das Dach. Tofá hat das Haus einfach sich selbst überlassen. Es hat gelitten."

Valdis seufzte. Die Liste, an der sie schrieb, wurde immer länger, aber das Geld würde nicht reichen, das wusste sie auch. Es würde noch Monate dauern, bis sie in ihrem Haus wohnen konnte.

„Jetzt mach dir doch nicht so viele Sorgen", sagte Frode. „Wir machen das nach und nach." Er griff unter die Werkbank, stellte eine Holzkiste vor Valdis hin und sagte: „Mach auf."

„Was ist das?"

„Mach auf."

Sie hob den Deckel und fuhr zurück. Die Kiste war voll mit Geldscheinen. „Frode!"

„Für dich. Für das Haus. Der Gewinn der Saison und der letzten zwei Tage."

Valdis sprang auf und umarmte ihren Bruder. „Aber das geht doch nicht."

„Doch, das geht, hab ich ausgerechnet." Und hätte Valdis in dem Moment geahnt, warum das ging und warum ihr Bruder ihr alles Geld hingelegt hatte, das in seinem Besitz war, hätte sie nicht so freudig zugestimmt, sondern seine Ohren lang gezogen. Denn Frodes geheimer Plan war zwar genial, aber er konnte auch schiefgehen, und wenn das passierte, dann würde er von der Insel verwiesen werden, dessen war er sich sicher. Und sollte es so kommen, dann sollte wenigstens Valdis nicht mittellos dastehen. Das sollte sich nicht noch einmal wiederholen.

Magnus Habel flatterten die Nerven. Er wusste nicht, ob er bleiben oder gehen sollte. Monsignore Valente hatte ihm einen Vortrag über die Würde des Amtes gehalten und alles Mögliche und Unmögliche, aber er wusste, dass Valdis, wie sie da mit ihrem Bruder sprach, wie sie am Küchentisch saß, wie sie ihr Leben lebte, das war, an dem er teilhaben wollte. Er schaute auf seine Uhr, nur noch ein paar Minuten, bis er zurück sein musste. Er gab sich einen Ruck, klopfte und trat durch die Tür. Frode schaute auf und grinste. „Valdis, ich glaube, da kommt noch ein Heiratsantrag."

„Ach je", rief sie aus der Küche, wo sie die Schachtel mit dem Geld unter einer losen Bodendiele verstaute. „Wer ist es diesmal?"

„Der Pfarrer."

„Soll in zwei Jahren wiederkommen, bis ich das Haus fertig habe."

„Valdis, bitte. Ich meine es ernst", rief Magnus Habel.

Sie kam aus der Küche und sah ihn an. „Ah, ja. Ein katholischer Priester in voller Montur kommt hier rein und macht mir einen Heiratsantrag. Das nenn ich mal eine Überraschung."

Magnus Habel riss sich die Soutane vom Leib, kniete mitten zwischen Fahrrädern und Ersatzteilen und sagte: „Valdis Kellisson, möchtest du meine Frau werden? Ich lasse alles hinter mir. Ich gebe mein Priesteramt zurück. Du kannst doch jetzt heiraten. Du hast ein Haus …"

Valdis Augen verengten sich zu Schlitzen. „Ah, daher weht der Wind. Hat der Monsignore dir Feuer unterm Hintern gemacht?"

„Ja. Und ich habe eingesehen, dass ich kein Priester sein kann. Ich war auf dem falschen Weg. Aber jetzt weiß ich, was richtig ist … für dich und für mich."

„Okay", sagte Valdis gedehnt. „Dann beweise es. Geh da raus in die Welt, mach dein Ding, und komm in drei Jahren wieder, nein, besser vier."

„Sieben", sagte Frode.

„Danke Bruderherz, in sieben Jahren … wenn du was zu bieten hast, wenn du bewiesen hast, dass du es auch alleine kannst. Und dann sehen wir weiter. Du musst wissen, ich hasse Schmarotzer. Verstanden? Man muss eine Menge tun, um etwas zu erreichen. Und komm zwischendurch bloß nicht auf die Insel, ich hab zu viel zu tun."

Magnus Habel hatte das Gefühl, von Thors Hammer erwischt worden zu sein; nebenbei bemerkte er, dass eine Schraube dabei war, sich in sein Knie zu bohren. Er rappelte sich auf, zog die Soutane wieder an und sagte: „Warum sagst du nicht einfach Nein."

„Hab ich doch", sagte Valdis. „Ich wollte es nur nicht so hart klingen lassen. Hat meine Mutter mir beigebracht."

„Kann ich noch einen Kuss … zum Abschied?"

„Nein."

Er stürmte hinaus und rannte zurück zur Kirche. Monsignore Valente stand in der Tür des Pfarrhauses und sah die Staubwolke, die Magnus Habel begleitete. Als der Pfarrer außer Atem endlich an der Türschwelle angekommen war, fragte er ihn: „Wie ist es gelaufen?"

„Gut", sagte Magnus Habel. „Sie hat mich in null Komma nix kastriert."

„Na, dann …"

Die beiden verschwanden im Pfarrhaus, wo Schwester Fidelis mit der Mannschaft von St. Bartholomäus bereits wartete. Sie guckte dem Pfarrer in die Augen.　　„Ts!"

„Guten Morgen, Schwester Fidelis."

„Guten Morgen, Pfarrer Habel."

Sie beugte sich zu Monsignore Valente und flüsterte: „Was ist passiert? Sie haben ein Wunder bewirkt."

„Ich nicht. Das war seine Ex-Haushälterin."

Schwester Fidelis hob eine Augenbraue. „Egal wie, gute Arbeit." Sie drehte sich um und rief: „Dann mal ran an die Buletten, morgen ist ein großer Tag. Für uns alle, nicht wahr, Herr Pfarrer?"

„Ja, sicher … natürlich."

„Geben Sie mir Ihre Soutane." Magnus Habel war verwirrt und riss entsetzt die Augen auf. Schwester Fidelis lächelte ihn an. „Na, was ist?! Die muss gewaschen werden, mein Lieber. Sie wollen doch wohl morgen nicht befleckt vor die Kameras treten? Und ziehen Sie sich was Bequemes an, wir haben viel zu schleppen."

Halb war sie schon mit der Soutane in der Waschküche verschwunden, als sie sich noch einmal umdrehte. „Haben Sie Ihre Predigt fertig für morgen? Wir beginnen das Ganze doch wohl mit einem Gottesdienst."

„Was?! Ja … natürlich. Ich meine … nein … Was für ein Thema?"

„Wie wäre es damit: Ihr seid begierig und erlangt's nicht; ihr mordet und neidet und gewinnt nichts; ihr streitet und kämpft; ihr habt nichts, weil ihr nicht bittet. Jakobus vier Vers zwei."

„Ja … ja, Schwester Fidelis. Das ist eine gute Idee."

Er atmete erleichtert aus. Das war knapp gewesen.

Kapitel 14

Peggy und Luc liefen in Richtung Fahrradverleih. Luc legte einen strammen Schritt vor. Er war beseelt von seinem Vorhaben, sich und die Luxemburger Presse in die Höhen des journalistischen Olymps zu katapultieren, höher noch als Woodward und Bernstein von der Washington Post, die die Watergate Affäre aufgedeckt hatten.

„Jetzt warte doch mal, Luc."

„Worauf? Dass du mir wieder mit deinem Feminismus kommst … und Faseleien von irgendeinem Pressekodex?"

Peggy blieb stehen und trat ihre Zigarette aus. „Ich weiß nicht, von welchen Drogen du genascht hast oder was Agni dir in den Tee getan hat. Aber du bist nicht der Luc, den ich kennengelernt habe."

„Du hast mich eben im falschen Moment kennengelernt."

Peggy beschleunigte ihren Schritt, um wieder aufzuholen. „Ich glaube, die Inselluft bekommt dir nicht. Wo ist denn der freundliche Luc? Der mit dem Grips in der Birne und der guten Schreibe? Willst du den armen Jungen immer noch mit deiner Geschichte konfrontieren?"

„Ja, sicher. Ich brauche Emotionen. Ich brauche Drama, und ich brauche DNA-Material."

Peggy schüttelte den Kopf. Zur Umkehr war es zu spät, sie standen bereits vor dem Fahrradladen. Luc klopfte an und trat durch die Tür. Frode, bis zur Nasenspitze mit Öl beschmiert, schaute auf. „Hej, brauchst du ein Fahrrad?"

„Nein. Ich möchte mit dir sprechen."

Frode legte den schwarzen Lappen zur Seite, mit dem er ein Schwert poliert hatte. Peggy betrat hinter Luc den Laden und versuchte, Frode Zeichen zu geben. Sie hüpfte auf und ab, gab die Pantomime Lippenreißverschluss, die Rübe-ab-Geste, aber er verstand nicht. „Ach, Peggy, hallo. Mit dem Rad alles in Ordnung?"

„Ja … alles in Ordnung … nein … beinahe … nicht …"

„Hast du es dabei? Guck ich mir sofort an."

Peggy war verzweifelt. „Vielleicht kommst du lieber auf der Stelle mit raus."

Frode kam nicht mehr dazu, eine Antwort zu geben. Luc stellte seinen Laptop auf den Verkaufstresen und sagte: „Peggys Fahrrad hat Zeit. Ich habe große Neuigkeiten für dich, Frode Kellisson. Ich weiß, wer dein richtiger Vater ist."

Valdis war in der Küche und gerade dabei, den Boden zu schrubben, bevor sie ins Bóthildr Rumhús gehen und beim Kochen helfen wollte. Sie hielt die Luft an.

„Und der wäre", sagte Frode in aller Gelassenheit.

„Vidar Eriksson."

„Ja", sagte Frode.

„Was, ja."

„Ja, und?"

„Du weißt das?!"

„Ja. Alle wissen es. Die ganze Insel weiß es, bis auf Pfarrer Habel."

„Und es macht dir gar nichts aus?"

„Warum sollte es? Euer Gott hat doch auch einen Sohn, dann wird es wohl nicht so schlimm sein."

Luc fand recht schnell aus seiner Verwirrung, die ihm Frodes Satz beschert hatte, und sagte: „Du bist mir ja ein Experte. Dein Vater ist ein Lügner und Betrüger, an allen Menschen, die ihm vertrauen, an der gesamten Christenheit, und er hat dich im Stich gelassen, als deine Mutter starb."

„Nein, hat er nicht, und alles andere muss er mit sich selbst ausmachen."

„Ach, und warum vegetierst du hier in deinem dreckigen Laden und schläfst in der Küche? Oder was? Weil dein heiliger! Vater sich ach so liebevoll um dich kümmert?"

„Weil ich das so will. Ich habe alles, was ich brauche. Ich habe drei Väter, falls du es genau wissen willst."

„Ha! Und wer soll das sein? Vater, Sohn und Heiliger Geist, oder was?! Und noch'n paar Engel im Himmel?!"

Peggy machte große Augen, versuchte aber immer noch, Frode Signale zu geben, er möge aufhören, alles auszuplaudern.

„Vidar Eriksson, den toten Kellisson und Gordian Petersenn. Der Gordian ist ein Freund von Vidar. Und deswegen ist er hier, um mir zu helfen, für alle Fälle."

Luc schwindelte es, aber er wollte sich nichts anmerken lassen. „So, dein Freund … toller Freund … Bezahlt der Papst ihn dafür?"

„Nein, muss er nicht. Der Gordian ist reich."

„Und sonst noch so? Eventuell noch pädophil, wie … ?"

Valdis kam aus der Küche geschossen. „Raus hier!" Sie wollte sich auf dieses Luxemburger Würstchen stürzen, aber Frode schüttelte ganz unmerklich den Kopf, schob kurz das Kinn vor und Valdis verstand. Sie flüsterte ihrem Bruder ins Ohr: „Antrag angenommen", und lief zurück in die Küche.

Luc betrachtete den Rückzug von Valdis als Etappensieg, und mit großer Geste klappte er den Laptop auf. „Das große dreckige Geheimnis einer kleinen Insel … Und gleich weiß es die ganze Welt."

„Nein", sagte Frode.

„Das kannst du nicht verhindern."

„Ich sage Nein. Du wirst das nicht veröffentlichen."

„Schon mal was von Pressefreiheit gehört? Ich mache mit meinen Informationen, was ich will. Und du wirst sogar berühmt und kassierst eine Menge Geld."

„Nein", sagte Frode wieder, schwang das Schwert und hieb es ins Holz des Tresens.

„Du bedrohst mich?"

„Nein, warum sollte ich? Du wirst das nicht tun. Einfach so."

„Ha! Wovon träumst du nachts?", sagte Luc.

Peggy wusste nicht, was sie tun sollte. Das hier würde in den nächsten Minuten aus dem Ruder laufen, so viel stand fest. Valdis' Abgang verstand sie nicht, dann aber meinte sie, das leise Klappern eines Fensters gehört zu haben. Sie ging auf Zehenspitzen rückwärts aus der Tür, dann rannte sie ums Haus und fand Frodes Schwester, die im Sand saß und ihr Handy bearbeitete.

„Valdis", flüsterte Peggy. „Valdis!"

„Verpiss dich."

„Tu ich nicht. Ich will nicht, dass er das veröffentlicht." Peggy setzte sich neben Valdis in den Sand. „Ich rede seit gestern Abend auf diesen Hirni ein, dass er das lassen soll."

„Tatsächlich?"

„Ja, ich bin nicht nur blond. Auch, wenn ich nicht wusste, wann der Koreakrieg war, aber ich weiß, dass Luc auf dem Holzweg ist. Sollten wir nicht wieder reingehen und Frode helfen?"

„Der kommt schon klar."

„Wenn du meinst. Nicht dass er noch was Dummes anstellt."

Valdis grinste. „Na und? Und was bewegt dich dazu, diese rasenden Neuigkeiten nicht veröffentlichen zu wollen?"

„Wegen ... ach, einfach allem." Peggy stockte. „Wegen Frode. Er ist nett, er ist so jung, und wenn die halbe Welt sich auf ihn stürzt, dann ... dann ... und ich finde, das geht niemanden was an."

Valdis guckte ihr starr ins Gesicht, aber sie sah kein nervöses Flackern in ihren Augen. Peggy meinte das wirklich ernst.

„Weißt du, Vidar Eriksson kenne ich nicht, der ist erwachsen, der hat eine PR-Maschinerie, der ... der ... aber dein Bruder ..."

„Hab's verstanden", sagte Valdis. „Wir müssen uns beeilen."

„Womit?"

„Wir schalten das W-Lan ab."

„Ach?!"

Valdis rannte gebückt am Haus vorbei, Peggy hinter ihr her. Drinnen stritten Frode und Luc um die Oberhoheit über Informationen. Aus dem Augenwinkel sah sie, wie die beiden anfingen, sich gegenseitig zu schubsen.

„Los, komm endlich", zischte Valdis.

Als sie den Asphaltweg erreicht hatten, nahm Valdis ein Fahrrad aus dem Ständer. Peggy schnappte sich auch eins, und dann strampelten sie, was das Zeug hielt, auf die Burg zu. Kaum im Hof angekommen, sprang Valdis vom Rad und rannte zum Turm. „Gordian, Gordian!"

„Hier bin ich", war seine Stimme aus der Scheune zu hören. Er stand in einem ölverschmierten Overall auf einer Leiter neben seinem Hubschrauber und hielt eine Schraube in der Hand. „Was gibt's?"

„Stell das W-Lan ab. Mach irgendwas. Störung ...!"

„Warum?"

„Machen Sie schon", rief Peggy. „Luc hat einen beschissenen Artikel über Frode und den Papst geschrieben, von wegen: Der Papst disst seinen behinderten Sohn ... und ... Sie kommen bestimmt auch darin vor ... und den Scheiß will er gleich absenden."

„Was?!"

„Ja, Gordian. Sie weiß es. Dieser dämliche Luc weiß es. Mach den Verteiler platt. Es darf nichts rausgehen, bis wir mit diesem Idioten fertig sind."

Peggy wunderte sich über das Wir. Wer ist Wir?

Gordian legte die Schraube sorgfältig auf die oberste Sprosse der Leiter und stieg hinunter. „Ich geh zur Versorgungsstelle und dreh einfach den Strom ab. Müsste reichen."

„Wo ist die denn?", fragte Peggy.

Er zeigte hinter sich. „Nordstrand. Ich mach das. Valdis, schick allen eine WhatsApp-Nachricht, dass die Telefone und das Internet gleich down sind. Und schreib, dass es eine Störung ist. Die sollen den Journalisten Bescheid geben. Sonst laufen die Amok."

Gordian lief in Richtung Nordstrand. Valdis setzte sich auf eine Metallkiste und schrieb zwei Nachrichten. Binnen Sekunden plingte ihr Handy. „Ja! Sie sind dabei."

„Bei was?", fragte Peggy.

„Dem Damenkränzchen. Wirst schon sehen."

„Aha?"

„Ruf Luc an. Sag ihm, dass sich ein Informant bei dir gemeldet hat. Er möchte sich mit ihm treffen. Bei den Geburtssteinen. Heute Abend, bei Einbruch der Dunkelheit, was so gegen achtzehn Uhr sein wird. Nein, sag achtzehn Uhr sieben. Kriegst du das hin?"

„Ja."

„Wirklich?"

„Seh ich so blöd aus?"

„Wenn du mich so fragst ..."

Peggy verschränkte die Arme vor der Brust. Valdis rollte die Augen. „Dafür ist jetzt keine Zeit."

„Du hast angefangen."

„Mach endlich, bevor Luc auf den Knopf drückt. Gordian braucht mindestens fünf Minuten bis zum Verteiler. In fünf Minuten kann alles passieren. Sag diesem Luc, die Informationen sind so brisant, er soll den Bericht nicht abschicken."

„Okay. Aber vielleicht hat er ihn schon abgeschickt, oder dein Bruder hat ihn geköpft."

„Na, dann kann Gordian den Verteiler wieder einschalten."

Peggy wählte und hatte nach zweimal Klingeln Luc am Apparat. „Was willst du? Warum bist du abgehauen, anstatt mir zu helfen? Der Typ hat mich aus dem Laden gedrängt. Ich steh hier doof an der Straße rum und such dich."

„Ja, ja, ich hatte einen dringenden Anruf. Von einem Informanten. Der sagt, er hat noch mehr über den Papst. Das musst du dir anhören. Unbedingt. Schick noch nichts ab. Das werden wir brauchen. Er sagte was von Unterlagen. Handfestes Zeug also."

„Ach! Noch handfester als Frode Kellissons tumbes Ja?"

„Was er jederzeit widerrufen kann. Die Quelle ist bereit, sich mit dir … uns zu treffen, heute Abend, wenn es dunkel wird. Achtzehn Uhr sieben. An den Geburtssteinen."

„Okay?! Und du verarscht mich auch nicht?"

„Warum sollte ich? Wir haben gesagt, wir teilen. Also, ich halte mich an unsere Abmachung."

„Gut. Wo bist du jetzt?"

„Auf dem Weg. Du müsstest mich gleich sehen können. Tschüss."

Valdis warf Peggy einen bewundernden Blick zu.

„Ich kann eben auch was. Auf eine Sache ist Luc noch gar nicht gekommen. Sankt Bartholomäus … warum sollte Vidar ein Behindertenheim stiften ...? Hm ...? Das einzige behinderte Kind von der Insel ist Frode. Und du musst zugeben, der sieht ihm verdammt ähnlich."

„Behalt's für dich. Und das über Gordian auch."

„Ehrenwort. Was ist das überhaupt fürn Vogel? Ein Freund von Vidar Eriksson?"

„Lange Geschichte."

„In drei Sätzen?" Peggy wollte nicht aufgeben. Was zu erfahren war, musste sie erfahren.

„Frag ihn doch selbst."

„Aber er wollte mir noch nicht mal seinen Nachnamen sagen.

„Eben." Valdis' Augen sprühten Funken und Peggy ruderte zurück.   „Großes Ehrenwort. Ich werde schweigen, wie ein Grab. Und ihr solltet die Bilder von Frode und Vidar Eriksson in Sankt Bartholomäus abhängen. So ist Luc nämlich drauf gekommen."

Valdis nickte. „Da hat keiner dran gedacht. Das Eriksson-Kinn. Mist!"

Peggy stieg aufs Fahrrad und fuhr los. Kaum kam Frodes Laden in Sicht, sah sie ein Knäuel von fliegenden Armen und strampelnden Beinen auf der Straße. Es rollte von links nach rechts und wieder zurück. Sie trat in die Pedale. Beim Näherkommen erkannte sie Frode und Luc, die aufeinander einschlugen.

„Aufhören! Sofort aufhören!"

Als sie die beiden erreicht hatte, sprang sie vom Rad, stürzte sich auf die Streithähne und zerrte an Frodes Lederweste, bis er endlich von Luc abließ, der eindeutig der Unterlegene bei dieser Rangelei gewesen war. Mit aller Kraft drängte Peggy Frode ein paar Meter von seinem Opfer weg und zischte: „Deine Schwester plant irgendwas ..."

„Weiß ich."

„Woher?"

„Weil ich einen Antrag gestellt habe."

„Was'n für'n Antrag? Wann soll das gewesen sein?"

Frode zuckte die Schultern und grinste. „Noch was?"

„Ja, Gordian stellt das Verteilerdings für das W-Lan ab."

„Gut."

„Ja. Du kannst Luc also in Ruhe lassen."

Er nickte. „Ich geh wieder in meinen Laden. Du bist nicht so doof, wie du dich erst angestellt hast."

„Danke. Ich würde jetzt gerne einen Tee mit dir trinken, aber das …"

„Dann mach doch."

„Nee, ich muss den Irren bei Laune halten und aufpassen, dass er nicht doch irgendwas ausplaudert. Ich weiß überhaupt nicht, was in den gefahren ist."

Frode lachte. „Luxemburg … Die sprechen da so komisch."

Peggy gab ihm einen Klaps auf die Schulter und ging zu Luc. Der hatte sich mittlerweile aufgerappelt und seinen Rucksack geschultert. „Was hast du ihm gesagt?"

„Dass du ihn wegen Körperverletzung anzeigen wirst. Er geht jetzt zurück in seinen Laden, und wir beide gehen ins Dorf und verhalten uns ruhig, tun, was alle so tun und warten ab, bis es so weit ist."

Sie guckte auf ihr Handy, das Zeichen für W-Lan war erloschen. Ein Stein fiel ihr vom Herzen. „Komm, wir mischen uns unters Volk und machen Bilder von den Vorbereitungen für morgen."

„Nee, ich schick das jetzt ab. Die Sache mit dem Informanten kann ich hinterher immer noch …"

„Kannst du nicht, W-Lan ist grad down."

Luc wollte es nicht glauben, als er seinen Laptop aufklappte, um selbst nachzusehen. Aber da war kein einziger, winziger schwacher Balken.

Bis die beiden Groß Wüüst erreicht hatten, war Peggys Lügengeschichte über den geheimen Informanten und wie sie ihn aufgegabelt hatte ungefähr zwanzig eng beschriebene Seiten lang. Es kam sogar eine Geburtsurkunde darin vor. Luc hörte ihr gebannt zu.

„Ja", sagte Peggy, „ich kann nicht nur Artikel über Geburten." Ich könnte eigentlich auch Märchenbücher, dachte sie.

Und ich werde die ganze Insel an den Haken hängen, dachte Luc. Die stecken alle mit drin. Vatikanverschwörung. Die halten alle die Klappe, damit Vidar Eriksson Papst werden kann. Wer weiß, was der Kerl noch vorhat, wenn er erst mal auf dem Thron sitzt.

Valdis wartete im Burghof, bis Gordian vom Nordstrand zurückkam.

„Wie gehts weiter?", fragte er.

„Wie üblich."

„Okay. Soll ich mal kurz zu Frode gehen, vielleicht braucht er ein bisschen Trost?"

„Nee, der poliert grad sein Waffenarsenal auf. Außerdem hat er diesen Reporter wohl ordentlich verdroschen, wie ich ihn kenne. Ich geh zu Agni. Frode hat einen Antrag gestellt."

„Oh! Dann will ich dich mal nicht aufhalten." Gordian ging in die Scheune, kletterte auf die Leiter, nahm die Schraube in die Hand und machte ein fragendes Gesicht. Dann klaubte er eine Lesebrille aus der Brusttasche seines Overalls und blätterte im Wartungsheft des Hubschraubers.

Valdis lief auf dem Asphaltweg ein paar Meter in Richtung Fahrradladen, dann bog sie nach links in die Dünen ab. Vor ihrer Hütte saß Agni auf einem dreibeinigen Hocker. Sie hatte ihren Wollumhang eng um ihre Schultern geschlungen und malte mit einem Stock Symbole in den Sand. Dabei murmelte sie unentwegt. Als Valdis näher kam, schaute sie auf und sagte: „Wie konnte das passieren?"

„Wir haben alle die Bilder in Sankt Bartholomäus vergessen. Und euer Logiergast ist zwar nicht seefest, aber blöd ist er nicht, und ziemlich karrieregeil."

„Ich hab meiner Schwester gleich gesagt, wir sollen keinen von denen bei uns reinlassen."

Hedda trat zu den beiden und hockte sich in den Sand. „Wir hätten dieses Frettchen am Hafen seinem Schicksal überlassen sollen."

„Zu spät", sagte Valdis. „Aber eine schicke Krätze, das könnte doch Agni bewerkstelligen, oder?"

„Du meinst noch obendrauf?"

Die drei Frauen lachten.

„Hauptsache, er verschwindet", sagte Hedda.

„Ja", sagte Valdis.

„Hauptsache, die Tintenpisser verschwinden hier bald alle", sagte Agni.

„Ja", sage Valdis. „Ist ja nicht mehr lang."

„Wer ist heute Abend noch dabei?"

Valdis checkte ihre WhatsApp-Nachrichten. „So gut wie alle."

„Das wird lustig", sagte Hedda.

„Ja, für uns auf alle Fälle." Agni malte noch ein paar Zeichen in den Sand, griff in einen ihrer Lederbeutel, häufte ein braun-grünes Pulver in die Mitte und zündete das Häufchen an. Es zischte und stank bestialisch. Die drei Frauen hielten sich die Nasen zu und lachten.

Bothilde saß vor dem Brunnen und bewunderte die Statue ihrer Namensvetterin, die von zwei fleißigen Helfern poliert wurde. Das Gewusel im Dorf und am Hafen hatte bereits Früchte getragen. Überall hingen Wimpel, der Weg zum Anleger war mit Wikingerschilden eingefasst, hinter denen am nächsten Morgen je ein Recke stehen würde, um die Reisenden bis zum Boot zu geleiten. Eyrunn war in ihrem Element. Sie dirigierte jeden Helfer auf seinen Platz und stotterte kein bisschen. Gudrun trat auf sie zu und flüsterte ihr was ins Ohr. Die beiden lachten. Immer wieder verschwanden von den Frauen zwei oder drei mit einem fetten Grinsen im Gesicht und tauchten nach Minuten oder auch erst nach einer Stunde wieder auf.

Monsignore Valente stand auf der Treppe zum Eingang des Pfarrhauses und betrachtete das Treiben mit gemischten Gefühlen. Wenn Frauen flüstern, hat das nie etwas Gutes zu bedeuten. Schwester Fidelis trat mit einer Tasse Tee in der Hand neben den Monsignore und sagte: „Sehen Sie, wie gut alles läuft?"

„Ja, es sieht so aus. Aber irgendwas ist mit diesen Frauen los. Ich komme einfach nicht dahinter."

Schwester Fidelis warf einen Blick zum Himmel und log: „Ich wüsste nicht, was. Sieht doch alles geschäftig aus."

„Und das Internet ist plötzlich kaputt, und die Telefone gehen nicht mehr."

„Das passiert hier öfter. Kein Grund zur Sorge. Unser Boot wird morgen sicher den Hafen erreichen."

„Sie flüstern miteinander", murmelte er gedankenverloren und drehte sich nach links, aber Schwester Fidelis war verschwunden. Der Monsignore ging ins Haus, wo er Pfarrer Habel am Küchentisch fand, der über seiner Predigt brütete.

„Geht es voran?", fragte der Monsignore.

„Ja, ja … tut es."

Monsignore Valente warf einen Blick über die Schulter von Pfarrer Habel und sah ein weißes Blatt Papier.

„Soll ich Ihnen eventuell zur Hand gehen?"

„Nein, nein, ich schaffe das schon. Ha, ha, ist ja nicht meine erste Predigt."

„Sicher nicht. Aber bestimmt die Erste unter anderen Vorzeichen. Ich lege mich ein wenig hin."

„Machen Sie das."

Monsignore Valente stieg in den ersten Stock hinauf und guckte aus dem Fenster. Er konnte nicht glauben, was er sah: Ein etwa drei Meter langes Boot, eigentlich ein sehr kleiner Nachbau der im Hafen liegenden Snekkja, wurde kopfüber von fünf Frauen in die Dünen getragen. Und eine Frau, darauf hätte er sein Birett verwettet, trug das Habit einer Nonne. In dem Gesandten des Papstes machte sich Besorgnis breit, so breit, dass er am liebsten die Kurzwahltaste auf seinem Handy bemüht hätte, aber das ging ja nicht. Die Insel war von der Außenwelt abgeschnitten. Vielleicht sollte er Erkundigungen darüber einziehen? Wurde hier ein Anschlag geplant? Sabotage? Dieses Getuschel und die seltsamen Aktivitäten der Frauen … Es ging ihm nicht aus dem Kopf, aber eine Erklärung dafür fand er nicht.

Am Hafen versammelte sich die gesamte Pressemeute, denn zu ihrer großen Freude und Überraschung ließ Thorgay mithilfe seiner Mannschaft die Fähre wieder zu Wasser. *Erik der Rote* war zwar nicht auf Hochglanz poliert, dafür fehlte einfach die Zeit, aber er würde den Weg nach Büsum und zurück am nächsten Tag ohne Probleme schaffen. Die Nachricht über die geplante Veröffentlichung eines gewissen Artikels von einem gewissen Lucky Luc hatte unter den Inselbewohnern die Runde gemacht, und allen war klar, dass die Journalisten so schnell wie möglich die Insel wieder verlassen mussten. Und das hatte sogar Thorgay eingesehen und *Erik der Rote* wieder flott gemacht. Geplant war, dass das Schiff der Reisegruppe ‚Vatikan' seine kostbare Fracht in Büsum abwerfen würde, dort wartete ein Bus auf sie, der alle schnellstmöglich nach Hamburg zum Flughafen bringen würde, wo ein Privatflugzeug alle nach Rom expedierte. *Erik der Rote* würde das Schiff der Reisegruppe mit den Journalisten an Bord bis Büsum begleiten, und alle wären glücklich. Das jedenfalls hatte Monsignore Valente zur Reiseplanung an diesem Morgen Eyrunn und Thorgay erklärt. Eyrunn hatte es beim Frühstück im Bóthildr Rumhús den Journalisten erzählt, die daraufhin beschlossen hatten, in Büsum einen Bus zu chartern, mit dem sie die Reisegruppe ‚Vatikan' auf der Autobahn nach Hamburg verfolgen konnten. Diesem Plan wurde zunächst ein Strich durch die Rechnung gemacht, denn alle Telefone waren tot und das Internet funktionierte auch nicht mehr. Um des Tumults Herr zu werden, hatte Eyrunn ihren Bruder aufgesucht und ihn darum gebeten, per Funk in Büsum einen Bus zu besorgen. Dass die Funkanlage der Fähre selbstverständlich noch funktionierte und auch die in der Hafenmeisterei bei Hakon, hatte sie geflissentlich für sich behalten.

Die Journalisten waren besänftigt und murrten auch nicht, als Hakon kam und von jedem zweihundertfünfzig Euro für die Fähren- und Buspassage nach Hamburg einforderte.

Auch Peggy und Luc hatten ihren Obolus an Hakon entrichtet, saßen am Hafen und fotografierten die Aufbauarbeiten.

„Ich muss diesem Frode noch irgendwie Haare ausreißen", sagte Luc. „Was ist, wenn der Informant ein Betrüger ist? Oder sich nur wichtig machen will?"

„Dann geh doch hin und versuch's", sagte Peggy. „Reichen dir deine blauen Flecken und dein rotes Ohr noch nicht?"

„Du tust ja geradezu so, als wärst du auf seiner Seite?" Am liebsten hätte Peggy gesagt: Ja, das bin ich auch, weil ich einsehe, dass die Welt das nicht wissen muss. Es hat keinen Mehrwert, schon gar nicht für Frode, diesen harmlosen Hinkefuß, Fahrradverleiher und Helmschmied, der nichts anderes will, als sein Leben zu leben, und bis auf seinen ausgeprägten Sinn für Geld keiner Fliege was zuleide tut. Es hat nur einen Mehrwert für Luc Junét. Aber sie erinnerte sich an ihren Auftrag und sie erinnerte sich auch daran, wie Valdis bei ihrer Ankunft die Axt in die Esche geschleudert hatte und sagte: „Ich bin auf der Seite der abgesicherten Information. Wenn man so ein Ding raushaut, dann muss das hundertprozentig wasserdicht sein."

Luc verzog das Gesicht. Irgendwie hatte sie ja recht, aber es kribbelte in seinen Fingern und in seinem Nacken. Ein solches Ding am Laufen zu haben war besser als Sex.

„Und wenn jetzt noch einer von den Kollegen ins Behindertenheim geht und dasselbe sieht wie ich? Was dann?"

„Dann hast du eben Pech gehabt. Aber der Kollege eben auch, weil keiner irgendwas irgendwohin schicken kann."

„Ja, so ein Scheiß mit dem Internet hier. Ich hätte mein Satellitentelefon mitnehmen sollen ..."

Peggy zuckte die Schultern. „Wird schon alles klappen. Alle anderen treiben sich hier rum, gleich gehen wir zum Mittagessen. Vermutlich werden wir von unseren Kollegen gelyncht, weil sie uns beim Frühstück nicht erwischt haben, und fertig. Wir werden sie auslachen und unsere Quellen nicht preisgeben. Das bringt sie noch mehr auf die Palme. Das muss erst mal reichen, findest du nicht?" Und egal, was heute bei Einbruch der Dunkelheit passiert, weil Frode einen „Antrag" gestellt hat, dachte Peggy, ich werde dabei sein, aber nicht auf der dunklen Seite der Macht.

Gustav saß in seinem Laden für Wikingerbedarf im Rollstuhl und fluchte. Birger hatte sich nur so weit herabgelassen, ihm die Kleidung aus seinem Schrank und seinen Seesack aufs Bett zu werfen, und war wieder verschwunden, anstatt ihm beim Packen zu helfen. Stattdessen hatte er ihm seine Berechtigungskarte auf den Tisch geworfen und gesagt: „Sieh zu, wie du klarkommst."

Wenn Gustav mittlerweile eines klar geworden war, dann dass er die überzähligen Karten irgendwie loswerden musste. Und er wusste auch schon wie. Er prüfte den Ladezustand seines Rollis und machte sich auf den Weg zu Tofà. Die soll die Karten verteilen. Wer sollte das tun, wenn nicht die Bürgermeisterin?

Tofà hatte längst gepackt, saß in ihrem Büro und koordinierte … nichts. Eyrunn hatte wider Erwarten alles im Griff, umso besser konnte sie sich auf ihre Rede konzentrieren, die sie am nächsten Tag halten würde. Aber kaum war sie so richtig in Schwung gekommen, ging die Tür auf und Gustav rollerte herein.

„Was willst du hier?", fragte sie.

„Du musst mir helfen."

„Ach was?!"

„Ich hab vier Karten übrig. Eigentlich fünf, weil Sif auch nicht fahren will. Und was ich gehört habe, will dein Rune auch nicht mehr."

„Die Karte hab ich an Aki gegeben."

„Ja, und was machen wir jetzt mit dem Rest?"

„Verteil's an die Armen."

„Ich kenne keine."

„Dann bist du erledigt, Gustav Trygvarsson. Du hast sie dir eingeheimst, jetzt sieh zu, wie du klarkommst."

„Aber wie wird das aussehen? Du stehst morgen da und willst die Namen der Reisegruppe verkünden. Die wird aber nur aus dir, Aki, mir, Agni und Hedda bestehen. Das ist doch blamabel, besonders für dich. Oder?"

Tofà schlug mit der Faust auf den Tisch. Daran hatte sie noch gar nicht gedacht. „Gib sie doch denjenigen zurück, von denen du die hast."

„Das hab ich schon versucht. Fjell und Sindri haben ihre Zwillinge, die fahren nirgendwohin. Gudrun spricht nicht mehr mit mir und Knut, Leif und Ivar auch nicht."

Tofà hielt es nicht mehr auf ihrem Stuhl. Sie wanderte in ihrem Büro auf und ab. Und immer, wenn sie an Gustavs Rollstuhl vorbeikam, hätte sie ihm am liebsten eine Kopfnuss verpasst. Plötzlich, als hätte sie der Blitz getroffen, blieb sie stehen und sagte: „Ha!"

„Was, ha!?"

„Gib mir deine Karten."

„Warum?"

„Weil ich dir deinen ungewaschenen Hintern retten werde – und die Inselehre. Ich setze eine neue Verlosung an. Heute Nacht. Und keiner dieser Journalisten wird was merken."

„Aber die Telefone gehen nicht."

„Alle sind im Dorf und am Hafen unterwegs. Wir gehen rum und sagen allen Bescheid, dass sie um zwölf zum Thing kommen sollen. Leise!"

„Du gehst rum. Ich muss packen."

„Gustav!"

„Ich bin behindert, Frau. Und Birger hat mir meine Sachen aufs Bett geworfen, und jetzt steh ich da. Keiner hilft mir. Kannst du mir nicht beim Packen …?"

„Geh einfach, Gustav, wenn dir dein Leben lieb ist", sagte Tofà und machte sich auf den Weg. Damenkränzchen um sechs, Thing um zwölf. Sie würde am nächsten Tag schwer gegen Tränensäcke und einen müden Teint kämpfen müssen, aber das war es wert.

Kapitel 15

Wir können die Ereignisse bis zum Abend getrost überspringen. Es gab so gut wie keine. Bis auf den kleinen Tumult, den Bothilde auslöste, weil sie Luc Junét ins Visier nahm, als dieser mit Peggy zum Mittagessen gehen wollte, wo, wie sie feststellen mussten, die gesamte Journalistenmeute ihnen den Rücken zukehrte. Luc empfand das geradezu als Auszeichnung, aber dass Rune, als er bei ihm abkassierte, den Wikingerausweis nicht anerkennen wollte und keine Prozente auf seine Rechnung gab, ärgerte ihn. „Der gilt nur während der Saison und jetzt ist keine Saison", hatte Rune gesagt und seine Oberarmmuskeln spielen lassen. Murrend hatte Luc seine Henkersmahlzeit bezahlt. Des Weiteren waren ein paar Nervenzusammenbrüche bei den Presseleuten, die dem Internet hinterherweinten, zu vermelden, denen Agni mit Kräuterpillen entgegenwirkte. Freya musste am frühen Nachmittag mit ansehen, wie diverse Journalisten alles an Spirituosen und Zigaretten im Supermarkt aufkauften, was sie da hatte. Knut kam mit dem Kassieren kaum hinterher. Fjell meißelte die Namen seiner Kinder in die Geburtssteine, während Solveig und Sture friedlich neben ihm in ihrem Bollerwagen schliefen. Ach ja – in der Schnapsbrennerei war das Lager leer, wie Rune feststellen musste, als er Nachschub von Odins Vann holen wollte. Das löste aber bei ihm keinen Nervenzusammenbruch aus, denn ein kurzer Blick ins Zeltlager hatte den Fall „Das Verschwinden von Odins Vann" prompt gelöst, ohne dass Sherlock Holmes bemüht werden musste. Der Flaschenwald unter den Feldbetten sprach Bände. Er würde den Diebstahl auf alle Inselgäste umlegen, ob sie wollten oder nicht. Beim Abendessen würde er die Minibar-Rechnungen abkassieren, notfalls mit Wikinger-Charme. Er selbst, Birger und Arne hatten jede Menge davon anzubieten.

Und dann waren um halb sechs alle Wüüster Frauen nicht mehr auffindbar. Sie waren fort, verschwunden, hatten sich in Luft aufgelöst. Sogar Schwester Fidelis war weg und hatte die Kinder im Pfarrhaus in der Obhut von Pfarrer Habel und Monsignore Valente gelassen. So ungefähr, die Kinder waren einfach noch da, aber Schwester Fidelis nicht. Sie waren weniger beunruhigt als die beiden Geistlichen und spielten zwischen den Kirchenbänken Verstecken, während der Monsignore auf die Suche gehen wollte. Zwar war Pfarrer Habel nicht in alle Geheimnisse der Inselrituale eingeweiht, aber er war klug genug zu sagen: „Das machen die manchmal so. Kein Grund zur Sorge ... Kinder, wollt ihr meine Predigt für morgen hören?"

„Nein", kam es aus allen Kehlen, und Luzie schrieb auf ihre Zaubertafel: „Nein, danke."

Damit war für alle der Fall erledigt.

Luc schaute immer wieder auf seine Armbanduhr. „Wir müssen uns auf den Weg machen", sagte er. „Es ist gleich dunkel, und wir haben uns schon so oft verlaufen ... Was, wenn ..."

„Warte noch zehn Minuten. Ich kenne den Weg."

„Aha? Seit wann das denn?"

„Wenn ich einmal irgendwo war, dann finde ich das wieder."

Oder wenn man einen Zettel mit einer genauen Wegbeschreibung in der Tasche hat, den Valdis ihr beim Mittagessen unter den Teller geklebt hatte.

Luc kam es so vor, als sei Peggys Zimmer noch weiter geschrumpft. Immer wieder hatte er seinen Laptop aufgeklappt, um nachzusehen, ob das W-Lan wieder da war. Aber es hatte sich nichts getan. Und jedes Mal, wenn er sah, dass sich nichts getan hatte, ließ er eine Schimpftirade über die Insel los, über die Rückständigkeit auf dem Land oder das Unvermögen der Inselbewohner, das Problem anzugehen ... und über die unverschämte Rechnung, die Rune in Heddas Auftrag von ihm einkassiert hatte. Und jedes Mal, wenn es wieder losging, rollte Peggy die Augen. Schließlich fing sie an, ihre Tasche zu packen. Mehr gab es derzeit nicht zu tun. Sie hatte alles fotografiert und abgespeichert, alles notiert und abgespeichert. Bliebe nur noch der nächste Tag, an dem eine Reisegruppe ein Boot besteigen würde. Den Bericht würde sie live über den Online-Kanal ihrer Zeitung senden – falls das überhaupt gehen würde ... falls nicht, könnten es ebenso wenig die anderen Kollegen, also war nichts verloren, und ihr Chefredakteur könnte ihr nichts vorwerfen.

Luc sprang auf. „Die zehn Minuten sind rum."

„Kann ich meinen Pullover wiederhaben?"

„Dann gib mir meine Jacke zurück."

Der Austausch der Kleidungsstücke wurde getätigt. Peggy sah wieder aus wie Peggy und Luc sah aus wie Luc. Nur sein Gesicht war anders, stellte Peggy fest. Sie mochte es nicht mehr. Und Luc? Der sah ihr in die Augen und verstand ebenfalls nicht, was er noch vor einem Tag so toll an ihr gefunden hatte. Um die Hüften war sie zu rund, ihre blonden Haare flogen nicht mehr, und ihre Augen sprühten immer noch, aber anders.

„Gehen wir", sagte Peggy und stieg aus dem Fenster.

Keine Viertelstunde später sahen sie am Zielort ein kleines Feuer brennen. Rundherum war alles finster. Auf ihrem Weg waren sie niemandem begegnet, denn die Inselmänner hielten sich geschlossen, sobald ein Antrag angenommen worden war. Peggy wunderte sich darüber, dass Luc nicht erstaunt war über die völlige Stille auf der Insel. Die Journalisten saßen beim Abendessen, Bothilde war mit den Frauen unterwegs – und das war es.

Nach einem kurzen Marsch schritten die beiden durch das Tor aus Walrippen auf das Feuer zu. Kaum hatten sie den Platz betreten, wurde eine Gestalt hinter dem Feuer sichtbar. Peggy erkannte Agni, im vollen Ornat einer Wikingerpriesterin, mit einer schweren, goldenen Torque[14] um den Hals, einem Helm auf dem Kopf und einem langen Stab in der Hand. Sie konnte gerade eben noch erkennen, wie sie die Linke hob und etwas ins Feuer fallen ließ. Es gab eine laute Verpuffung, und das Feuer brannte lichterloh. Peggy konnte den Vergleich mit einem Scheiterhaufen nicht verdrängen. Bevor ihr richtig bange werden konnte, wurde sie plötzlich von hinten gepackt und in den Kreis der Frauen gezogen, deren Gestalten rund um das Feuer allmählich sichtbar wurden. Da waren sie, die Inselfrauen, das Damenkränzchen. Während sie bei der Geburt der Zwillinge noch Frohsinn und Heiterkeit verbreitet hatten, waren sie nun eindeutig auf dem Kriegspfad. Und Luc? Der fand sich umringt von furchterregenden Hexen in Umhängen, Helmen auf den Köpfen, Äxten in den Händen und großen Kampfschilden. So ungefähr musste es ausgesehen haben, als die Frauen die Insel in grauer Vorzeit verteidigt hatten. Bothilde nahm ihren Platz neben Agni ein, als wäre es das Selbstverständlichste von der Welt. Luc schlotterten die Knie, und er machte ein Geräusch, das sich anhörte wie: „Kriiii." Eigentlich hatte er sagen wollen: „Was soll der Scheiß?", aber der Anblick schnürte ihm die Kehle zu.

---

[14] Torque – offener Halsreif aus Metall, oft Gold, Silber oder Bronze

Valdis trat vor, ging zu Luc und nahm ihm den Rucksack ab, holte seinen Laptop heraus und warf ihn Bothilde vor die Füße. Das Schwein schnüffelte daran herum, und dann ging ein Furor durch das massige Tier. Es trampelte darauf herum und biss hinein. Ein gewisser Vernichtungswille gegen dieses Gerät konnte ihr nicht abgesprochen werden. Luc sank weinend auf die Knie. Valdis leerte seinen Rucksack und warf alles ins Feuer, das aussah wie ein Datenstick, eine externe Festplatte oder sonstige elektronische Gerätschaften, inklusive seines Mobiltelefons. Dann schob sie mit dem Fuß die Reste, die Bothilde vom Laptop übrig gelassen hatte, ins Feuer. „Irgendwas, irgendwo in einer Cloud gespeichert?", fragte sie.

Luc zog den Kopf zwischen die Schultern und wimmerte: „Nein."

Valdis filzte seine Hosen- und Jackentaschen, aber da war nichts, das nach einem Datenspeicher aussah. Nur der Wikingerausweis, den sie in hohem Bogen in die Flammen schnipste.

Die Frauen schlugen mit ihren Äxten auf ihre Schilde, als alles verbrannte.

„Peggy! Hilf mir doch!", schrie Luc, aber als er sich suchend hin und her drehte und auf den Knien rutschte, fand er sie samt beseeltem Gesichtsausdruck in der Runde der Frauen, was nicht schwer war, denn ihr Gesicht war nicht geschwärzt, wie das der anderen Frauen. Sie schüttelte den Kopf.

Agni hob beide Arme und das Trommeln hörte auf.

„Luc Junét, wir haben dich als Gast auf unserer Insel willkommen geheißen. Du hast diese Gastfreundschaft mit Füßen getreten. Wir verweisen dich der Insel. Du wirst nie wieder hierherkommen. Du wirst keine Informationen über die Kinder dieser Insel, Frode Kellisson und Vidar Eriksson und unseren Freund, Gordian Petersenn, veröffentlichen, nie wieder über die Insel und deine Erlebnisse auf Wüüst schreiben oder sprechen – sonst wird dich der Zorn Odins treffen. Hugin und Munin werden dich finden, wo auch immer du sein magst. Hast du das verstanden?"

Luc starrte Agni an.

„Hast du das verstanden, Luc Junét?!"

Valdis verpasste ihm einen Tritt in die Rippen. „Antworte."

Luc keuchte und brachte schließlich ein Gurgeln heraus, das man durchaus für ein Ja halten konnte.

„Steh auf!", sagte Agni. „Dreh dich um und geh." Ihr ausgestreckter Arm wies ihm die Richtung.

„Aber da ist das Meer", brachte er krächzend hervor.

Die Frauen schlugen wieder mit den Äxten auf ihre Schilde und kamen auf ihn zu. Immer lauter wurde der Lärm und immer bedrohlicher klang das Stampfen ihrer Füße. Luc packte die Reste seines Rucksacks, rappelte sich auf und rannte. Die Phalanx der Frauen trieb ihn vor sich her. Er floh ins schwarze Nichts und bemerkte das Wasser erst, als es ihm bereits bis zu den Knien ging. Luc blieb stehen und sah sich um.

Zwei der Frauen entzündeten Fackeln und ein kleines Wikingerboot wurde sichtbar. Luc wurde klar, dass diese Furien wollten, dass er einstieg. In der Menge erkannte er das Gesicht von Schwester Fidelis. Sie trug ihren Nonnenhabit nicht, sondern sah so aus, wie alle anderen – mittelalterlich und vollkommen irre. Er rief ihren Namen, aber Fidelis gab keine Antwort. Sie nickte ihm nur zu, dass er endlich ins Boot steigen solle.

Valdis packte ihn, schubste ihn über den niedrigen Bootsrand und warf ihm ein Paddel hinterher, das ihn beinahe am Kopf getroffen hätte.

„Aber das ist nur eins", kam es wimmernd von Luc.

„Das reicht zum Sterben", sagte Valdis und lachte.

Dann traten die Frauen vor, packten das Boot und schoben es ins Meer. Sie ließen es erst los, als ihre Köpfe im Wasser zu versinken drohten. Das Boot wurde von der Strömung erfasst und vom Strand weggetrieben.

Luc konnte nicht mehr atmen, sein Herz schlug ihm bis zum Hals. Plötzlich war er allein, die Angst drohte ihn zu verschlingen. Voller Panik tastete er im schwankenden Boot herum und entdeckte zu seiner Verwunderung, dass sein Rollkoffer da war. Von ihm würde nichts bleiben, er würde samt seinen Habseligkeiten ein Opfer des Meeres werden, und die Fische würden den Rest erledigen.

Die Fackeln entfernten sich von ihm. Er schrie: „Ihr könnt mich doch hier nicht verrecken lassen!"

Das Meer fühlte sich nicht angesprochen, die Frauen auch nicht. Sie stiegen aus dem Wasser und lachten. „Huh, ist das scheißkalt … im Sommer macht so was mehr Spaß …"

Peggys Zähne klapperten, das Wasser troff ihr aus jedem Knopfloch. Sie blickte aufs Meer, aber vom Boot war nichts mehr zu sehen. Zu ihrer grenzenlosen Erleichterung hörte sie Hedda sagen: „Ist der Peilsender an?"

„Ja", antwortete Gudrun.

„Wann funkt Hakon die Seenotrettung in Büsum an?"

„In fünfzehn Minuten", sagte Freya.

Die Frauen umarmten sich, und Peggy fand ihre Stimme erst wieder, als Valdis ihr sagte: „Und darüber schreibst du auch nicht."

„Nein, werde ich nicht."

„Vielleicht schreibst du am besten überhaupt nicht mehr", sagte Agni. Im Fackelschein sah sie noch überzeugender aus als Sauron auf seinem Thron in Mordor. Die Frauen strömten auseinander. Valdis packte Peggy am nassen Pullover und zog sie mit sich zurück auf die asphaltierte Straße. Bibbernd und schlotternd trottete sie neben Valdis her, bis die sich am Fahrradladen verabschiedete und keine Anstalten machte, sie ins Trockene einzuladen. Peggy stolperte alleine weiter bis zum Hafen, wo sie Hakon begegnete. Sie hob eine Hand und wollte ihn aufhalten und fragen, ob er Büsum angefunkt hatte, aber er nickte ihr nur zu und ging einfach weiter. Peggy ging zum äußersten Punkt des Anlegers, und nach ein paar Minuten sauste ein blinkendes Licht übers Meer. Sie drehte sich um und ging zurück ins Hotel.

Monsignore Valente starrte ebenfalls auf das Licht. Die Tür seines Zimmers ging auf und Pfarrer Habel fragte: „Monsignore, wollen Sie nicht zu einem gemütlichen Gläschen runterkommen?"

„Da draußen geht irgendwas vor sich."

Pfarrer Habel trat ans Fenster. „Ach das, das ist die Seenotrettung. Wird wohl wieder so ein Idiot den Weg zurück nach Büsum nicht gefunden haben."

„Gott sei mit der armen Seele", sagte der Monsignore und bekreuzigte sich.

„Aber sicher", sagte Pfarrer Habel, erntete einen Blick des Missfallens und bekreuzigte sich ebenfalls schnell. „Gott sei mit der armen Seele."

Unten klappte die Eingangstür des Pfarrhauses und die Kinder johlten: „Schwester Fidelis ist wieder da!"

Sie scharte alle um sich und bemerkte die beiden Männer auf dem oberen Treppenansatz. „Was ist denn los?"

„Sie waren plötzlich verschwunden", sagte Monsignore Valente.

„Oh, nur eine dringende Angelegenheit bei den Zwillingen", sagte Schwester Fidelis, kontrollierte den Sitz ihres Schleiers im Garderobenspiegel und entfernte den letzten Rest schwarzer Asche vom linken Ohrläppchen.

Der Monsignore schritt die Treppe hinab und guckte sie mit zusammengekniffenen Augen an. „Regnet es etwa wieder?" Er zeigte mit dem Finger auf den weißen Stirnrand ihres Schleiers, der dunkel verfärbt war.

„Oh, ach ... nein. Wir haben Sture und Solveig gebadet, die sind ja so niedlich ... Hat wohl ein bisschen gespritzt. Ich werde gleich in die Waschküche ... das bügele ich raus."

Fidelis war in Heddas Haus so schnell in ihre trockenen Sachen gesprungen, dass sie vergessen hatte, sich die Haare abzutrocknen, und jetzt nässte das Meerwasser unter ihrem Schleier durch. Sie eilte in Richtung Waschküche, nur weg von Monsignore Valente und seinem kritischen Blick. „Gott im Himmel", murmelte sie, „es war für Frode, das weißt Du doch. Lass mich jetzt nicht auffliegen."

Pfarrer Habel blickte ihr nach und rief: „Die Seenotrettung ist ausgerückt!"

„Ach ja? Wieder so ein Idiot, der seinen Kompass nicht lesen kann?"

„Schwester Fidelis, beten Sie lieber für die arme Seele", rief der Monsignore.

„Aber das tu ich, ganz bestimmt." Sie schloss die Tür der Waschküche hinter sich, lehnte sich dagegen und rang nach Luft. Das war so aufregend gewesen. Zum ersten Mal in all den Jahren, die sie auf der Insel lebte, war sie zu einem Damenkränzchen geladen worden. Agni hatte ihr erklärt, dass es eine einmalige Sache für sie sei, und ihr würde die Ehre nur zuteil, weil es um einen ihrer ehemaligen Schützlinge ging, und nach einem kurzen Gebet für die gute Sache hatte sie eingewilligt. Dass es nicht um Kaffee und Kuchen gehen würde, hatte sie sich gedacht … aber das! Schwester Fidelis bekreuzigte sich und schickte ein Stoßgebet gen Himmel, dass die Seenotretter Luc bald finden mögen. Nicht so bald, ein bisschen Leiden müsste sein … Dann nahm sie den Schleier ab, stöpselte das Bügeleisen ein, und während sie wartete, trocknete sie sich die Haare an Pfarrer Habels Soutane ab, die auf der Leine hing.

Als sie wenig später mit tadellosem Schleier und der gebügelten Soutane ins Wohnzimmer kam, wo Pfarrer Habel und der Monsignore einträchtig an einem Grappa nippten und die Kinder brav um sie herum lagerten und sie mit Fragen über Gott und die Welt löcherten, war sozusagen ihre Welt wieder in trockenen Tüchern.

Trocken war auch Peggy Winter wieder, als sie sich im Gastraum des Bóthildr Rumhús einfand. Auf die Frage der Kollegen, wo der Idiot von Luc Junét abgeblieben sei, zuckte sie nur die Schultern. Ein paar von ihnen waren zwar immer noch sauer auf sie, aber es überwog dann doch ein leiser Hauch der Bewunderung, was ihre Quellen anging. Ein Horn Met gab das andere, und in kürzester Zeit hatten sich alle wieder lieb, bis es an der Zeit war, den Weg zum Wikingerlager anzutreten, wo die Party noch lange nicht vorbei sein würde. Die BBC lud sie sogar ein, mitzukommen, aber Peggy lehnte dankend ab, blieb am Tisch sitzen und guckte Valdis zu, die auch irgendwann trocken wieder aufgetaucht war und hinterm Tresen aufräumte.

„Wenn du oder dein Bruder irgendwann mal nach Berlin wollt, dann ruft mich an. Ich hab ein Gästezimmer."

Valdis grinste und nickte. „Wirst du weiterschreiben? Bei 'ner Zeitung und so …?"

„Vielleicht. Ich kann ja nix anderes, nur Märchen und heiße Luft."

„Willst du noch'n Absacker?"

„Hast du noch von diesem Teufelszeug? Odins Dings …"

Valdis stellte eine halb volle Flasche auf den Tresen und füllte zwei Pinnchen. „Auf diesen dämlichen Luc", sagte sie.

„Von wem sprichst du?" Peggy kippte ihr Pinnchen auf ex. „Bah! Weißt du, wie das viel besser schmecken würde?"

„Nein."

„Als Füllung in Sanddornbonbons. Zum Auflösen in Wodka. Das wäre was fürs Berghain[15]. Ihr habt doch hier Sanddorn im Überfluss … und auch noch bio …"

Valdis lachte. Das arme Mädel war definitiv mit dem Wüüster Virus infiziert.

Am Nordstrand kämpften Gordian Petersen und Leif Sturlusson, der neben *Gas-Wasser-Scheiße* auf seinem Firmenschild auch ganz klein *Elektro* stehen hatte, darum, den Verteiler der Telefongesellschaft wieder in Gang zu bringen. Leif fluchte. „Warum hast du mich nicht gefragt, bevor du den Stecker gezogen hast?"

„Weil Gefahr im Verzug war."

„Und ich muss den Kack wieder hinkriegen."

„Wir können auch warten, bis der Service von der Telekom kommt", sagte Gordian.

„Nee, lass ma …" Leif fühlte sich bei seiner Handwerkerehre gepackt und fummelte sich durch Drähte, Anschlüsse und Stecker. Und plötzlich machte es in Gordians Overalltasche Pling, Pling, Pling. Er holte das Handy heraus und sagte: „Geht wieder. Du meine Güte … vierzehn Mails."

---

[15] Berghain: Techno-Club in Berlin

Leif trat einen Schritt von der Verteilerstation zurück und bestaunte sein Werk. Auch sein Handy plingte und er guckte aufs Display. „Oh, Scheiße, Mann, in Sifs Salon ist der Abfluss verstopft, und ich muss Freya und Knut beim Auffüllen der Regale im Supermarkt helfen."

„Na dann. Danke dir. Die Rechnung kannst du Tofà schicken."

Leif nahm seinen Werkzeugkasten und seine Messgeräte und machte sich davon.

Gordian trödelte in Richtung Burg, wo er von Bothilde erwartet wurde, die vor der Tür zum Turm hockte. Selten hatte er ein zufriedeneres Schwein gesehen.

„Hopp, hopp, meine Liebe. Wir haben vor unserer Mission Impossible gerade noch Zeit, ein Gulasch aufzutauen und ein Nickerchen zu machen."

Bothilde nahm zwei Stufen gleichzeitig, und eine halbe Stunde später saßen sie mampfend auf dem Sofa. Als sie damit fertig waren, stellte Gordian seinen Wecker auf 23.30 Uhr.

In Zimmer Nr. 1 eins packte Peggy ihre letzten Sachen in die Reisetasche. Sie hatte sich von Valdis eine Mülltüte leihen wollen, aber es gebe keine Plastiktüten auf der Insel, hatte Valdis gesagt und ihr den guten Rat erteilt, dass man die Inselinfo vorher lesen sollte, und so blieb ihr nichts anderes übrig, als alles klamm und feucht in die Tasche zu stopfen. Irgendwie hatte sich der Inhalt auf magische Art und Weise vermehrt und sie bekam den Reißverschluss nicht zu. Ziehen und Zerren half nicht. Sie kippte alles auf dem Bett aus und dabei polterte eine massive Eisenkette mit einem Schloss heraus. Daran hing ein Zettel. Sie erkannte Frodes Schrift. *Ich danke dir, Peggy Winter. Komm gut nach Berlin. Die Kette für dein Fahrrad habe ich gemacht. Ich hoffe, du hast überhaupt eins in Ber-*

lin. Falls nicht, du kannst eins bei mir bestellen. Frode Kellisson.
Und dann fand sie noch etwas im Seitenfach ihrer Reisetasche.
Sie holte einen Datenstick heraus. Sie hatte wegen des Da-
menkränzchens vollkommen vergessen, dass sie Luc Junéts
Artikel kopiert hatte, als er am Nachmittag kurz auf die Toi-
lette gegangen war. Beinahe brannte der Stick ein Loch in ihre
Hand. Aber es war auch ein gutes Gefühl. Sogar ein bisschen
berauschend. Sie hatte die Daten, sie hatte den Bildvergleich.
Wer weiß, was man damit irgendwann mal anstellen könnte.
Irgendwann mal. Wer weiß, wer weiß ...? Sie steckte ihn in
ihre Hosentasche. Und dann wurde ihr übel und ein stechen-
der Schmerz machte sich in der Leiste breit. Oh, zu viel Odins
Vann vermutlich. Vielleicht hätte sie mit Valdis keine Probier-
runde mit aufgelösten Sanddornbonbons, Wodka und dem
Teufelszeug machen sollen. Genaugenommen waren es drei
Runden gewesen, bis Valdis von der Idee überzeugt gewesen
war. Peggy setzte sich aufs Bett und versuchte, den Schmerz
zu ignorieren, aber das klappte nicht. Als hätte sich ein fieses
kleines Tier mit langen Zähnen in ihren Gedärmen festgebis-
sen. Sie stand auf und stolperte zurück in die Gaststube. Aber
da war niemand mehr. Sie rief nach Valdis, aber es rührte sich
nichts. In Panik klopfte sie an alle Türen und rief laut um
Hilfe. Schließlich hörte sie schwere Schritte näher kommen. Es
war Rune, der, unter jedem Arm ein Fass Met, aus dem Ge-
tränkekeller kam.

„Was wird das hier?", fragte er und stellte die Fässer ab.

„Schmerzen", keuchte Peggy und zeigte auf ihren Unter-
leib.

Rune stellte die Fässer ab und legte eine Hand an ihre Stirn.
„Sie haben Fieber."

„Ah?"

Er nahm den Hörer vom Wandtelefon und wählte. Während er darauf wartete, dass am anderen Ende Hedda abhob, sagte er zu ihr: „Legen Sie sich da auf eine Bank, sonst kippen Sie mir noch um."

„Wen rufen Sie an?"

„Na, den Doktor."

Es knackte in der Leitung.

„Hedda! Du musst kommen, bring den Wagen mit. Ein Notfall. Ja, hier im Rumhús. Nicht blutig, sieht mir eher aus wie Blinddarm. Ja … Peggy Winter, die Frau aus Berlin … Was? Ja. Moment." Rune hielt die Sprechmuschel zu und sagte zu Peggy: „Die Doktorin fragt, ob sie sich jetzt doch um anderer Leute Scheiß kümmern soll."

„Bitte, sie soll kommen. Ich entschuldige mich auch."

„Sie entschuldigt sich und sagt, du sollst kommen." Er hängte den Hörer ein. „Sie ist in fünf Minuten da."

Gordian hatte es sich mit Bothilde auf der Couch bequem gemacht und seinen Augenlidern erlaubt, zuzufallen, als nach zehn Minuten seliger Ruhe ein infernalischer Lärm losbrach. In seinem Turmzimmer rotierte ein rotes Licht, und das Heulen einer Sirene ging durch Mark und Bein. Er schoss vom Sofa hoch, hechtete zu einem Kasten über dem Lichtschalter und stellte das Gejaule ab. Bothilde guckte ihn besorgt an.

„Ein Notfall. Sie brauchen den Hubschrauber."

Er zog die Stiefel wieder an und rannte die Treppe hinunter zur Scheune, um den Bell klarzumachen. Er zog ihn auf dem Rollwagen in die Mitte des Burghofs, überprüfte das linke Gepäckfach auf den Kufen, schob eine Krankenbahre hinein und montierte mit zwei Handgriffen den Plexiglasdeckel, der für Krankentransporte vorgesehen war. Egal, wer gleich mit

Hedda hier ankommen mochte, er würde den Flug seines Lebens haben.

Und da kam auch schon der Krankenwagen in den Burghof gesaust. Hedda stieg aus und sagte: „Es ist dein Fluggast aus Berlin."

„Was ist passiert?"

„Blinddarm. Büsum ist informiert. Die warten auf uns. Kannst du mir helfen?"

Sie hievten Peggy aus dem Wagen, aber als sie merkte, welcher Platz für sie reserviert war, keuchte sie: „Nein, nein … Nein! Nein, nei …"

„Doch Schätzchen. Geht nicht anders. Hopp, da rauf und leg dich flach hin. Wir schnallen dich fest", sagte Hedda.

Peggy guckte Gordian flehend an, aber der half ihr lediglich dabei, sich hinzulegen, breitete eine dicke Thermodecke über sie und zog die Sicherheitsriemen an.

„Moment", flüsterte Peggy und griff in ihre Hosentasche. Sie legte Gordian den Stick in die Hand. „Geben Sie das Frode, er soll es verbrennen. Unbedingt. Bitte."

Gordian nickte und schloss die Plexiglashaube, die Peggys Körper nur vom Kopf bis zum Brustbein bedeckte. „So, und jetzt bitte nicht rumrollern, ganz still liegen bleiben. Wird toll. Das verspreche ich Ihnen."

„Sie bringen mich um … ich weiß es …" Für einen kurzen Augenblick keimte in ihr der Verdacht auf, dass Valdis sie mit irgendwas vergiftet hatte – im Namen des Damenkränzchens, mitgegangen … mitgefangen … mit … in ihrem Kopf drehte sich alles und der Gedanke flog vom Karussell, bevor er Zeit hatte, sich einzunisten.

„Nein, tu ich nicht. Ist alles im Koreakrieg erprobt worden. Es wird Ihnen nichts passieren. Und kreischen Sie nicht rum, das ist nicht gut für Ihren Bauch."

Hedda hatte Peggys Rucksack und die Reisetasche auf der anderen Seite im Gepäckfach verstaut und festgeschnallt. Dann kletterte sie auf den Sitz neben Gordian.

„Du siehst müde aus", sagte er.

„Damenkränzchen", sagte Hedda.

„Darf man fragen …"

„Du wirst es sowieso erfahren. Wahrscheinlich treffen wir den in Büsum im Krankenhaus wieder."

„Den Luxemburger?"

„Den Luxemburger."

„Hätte auch auf Freyas Wunsch hin Gustav sein können."

„Ja, hätte sein können. Wir hätten es in einem Aufwasch erledigen sollen." Hedda seufzte.

„Und Aki hat freiwillig eins der Totenboote hergegeben?"

„Nicht ganz." Hedda lächelte.

Die Rotorblätter fingen an, sich zu drehen. Gordian überprüfte alle Anzeigen und testete das Leitwerk, und als der Hubschrauber abhob, über die Burgmauer schlenzte und aufs offene Meer hinausflog, fing Peggy an zu schreien.

Hedda und Gordian setzten sich die Kopfhörer auf und zuckten die Schultern. Erfahrungsgemäß hörte das Geplärre nach zehn Minuten auf. Entweder der Fluggast war ohnmächtig geworden oder der Blinddarm war geplatzt – oder beides.

Kapitel 16

Im Turmzimmer klingelte pünktlich um halb zwölf der Wecker, den Gordian sich gestellt hatte, aber von ihm war weit und breit nichts zu sehen. Bothilde kletterte vom Sofa und setzte sich vor das große Panoramafenster, und nach wenigen Minuten sah sie das Licht des Hubschraubers auf die Burg zukommen. Sie rannte die Treppe hinunter, öffnete die Tür mit ihrer Nase und war bereit. Es durfte keine Zeit verloren werden, denn Frode erwartete sie.

Der Hubschrauber sank tiefer und tiefer und setzte sanft auf. Die Rotorblätter kreisten langsamer. Hedda sprang aus dem Cockpit und winkte Gordian zum Abschied. Er warf einen Blick auf seine Uhr und beeilte sich, den Bell in die Halle zu schieben. Bothilde quiekte aufgeregt. Sie hatte in einiger Entfernung Lichter ausgemacht und stupste Gordian ans Knie. Gordian beobachtete die Fackeln, die direkt auf die Burg zukamen.

„Schon wieder ein Thing? Bothilde, nichts wie weg hier."

Gordian schob das Rolltor zu und schlug sich in die Dünen, um niemandem auf seinem Weg zum Fahrradladen zu begegnen. Um Punkt zwölf Uhr öffnete er die Tür, und Frode strahlte ihn an.

„Können wir?"

„Wir können, Gordian. Es wird ganz leicht. Alle sind wieder beim Thing."

„Und was machen wir?"

„Wir brechen in Tofàs Büro ein."

„Noch einen Tee für die Helden?", fragte Valdis, die mit zwei Bechern aus der Küche kam und sie vor Frode und Gordian auf den Verkaufstresen stellte. „Wen hast du nach Büsum geflogen?"

„Peggy Winter. Blinddarm."

„Oh", sagte Frode. „Hat sie mein Geschenk …?"

„Hat sie. Rune hat alles für sie eingepackt. Ich soll dir übrigens was von Peggy geben."

Gordian übergab den Datenstick an Frode. „Du sollst das verbrennen, hat sie gesagt."

„Sie hatte also doch eine Kopie", sagte Valdis.

„Hatte", sagte Frode, warf den Stick auf den Boden, verpasste ihm einen heftigen Tritt mit seinen Stiefeln und warf ihn in den Schmiedeofen. „Wird sie wieder gesund?"

„Ja, bestimmt. Ist nur ein Routineeingriff. Das hätte Hedda auch auf dem Küchentisch machen können. Aber Notfall ist Notfall, nicht wahr?"

Frode lachte. Der Datenstick schmolz zusammen und verbreitete einen üblen Geruch.

Auf der anderen Seite der Insel war die unterirdische Destille des heiligen Wässerchens Odins Vann kurz davor, ebenfalls drei Journalisten den Abend ihres Lebens zu bereiten. Als die Alkoholvorräte im Lager zur Neige gegangen waren, hatten sich drei Mutige aufgemacht, das Schnapsbrennen selbst zu übernehmen. Wenn der Schnaps nicht zum Partytier kommt, dann kommt das Partytier eben zum Schnaps. RTÈ One aus Irland, Globo aus Brasilien und Las Estrellas aus Mexiko hatten sich der Sache angenommen. Nun hockten sie vor dem Destillierapparat und warteten auf das Wunder – würden sie Wasser in Odins Vann verwandeln?

Währenddessen kam Tofà beim Zählen ihrer Schäfchen nicht auf 49. Sie wartete noch zehn Minuten am offenen Rolltor, aber es wurden einfach nicht mehr als 39. Ein Thing war verbindlich, aber einige Wüüster hatten sich wohl entschlossen, dem Aufruf ihrer Bürgermeisterin nicht zu folgen. Um Viertel nach zwölf schloss sie das Tor, stellte sich auf die Metallkiste, bat um Ruhe und erklärte die Situation. Die Anwesenden hörten murrend zu. Dann schüttelten sie die Köpfe, und die Ersten machten sich aus dem Staub, kaum dass sie ihre Rede beendet hatte.

„Was ist denn jetzt?", rief Tofà, „Wir losen die restlichen Karten aus."

„Nein", kam es aus der Menge. „Du siehst doch, keiner will nach Rom."

„Aber das geht nicht, verflucht noch mal! Wie stehen wir denn dann da? Morgen schaut die ganze Welt auf uns."

Einige lachten. „Dann musst du dich wohl fix klonen, was?"

„Leute, das geht doch nicht. Ich bitte euch. Lasst uns auslosen, und alles ist gut."

„Nee … Nee … Nix is gut."

Mit letzter Kraft rief sie: „Opfert euch gefälligst für die gute Sache."

Die Lachsalve konnte man noch bis Groß Wüüst hören, wo sich Frode und Gordian im Schutz der Dunkelheit an das Bóthildr Hùs heranschlichen. Bothilde musste nicht schleichen, sie zog einen Bollerwagen mit großen Gummireifen, trottete hinter den beiden her und wurde vor der Tür des Rathauses dazu verdonnert, Schmiere zu stehen.

Einen Einbruch kann man es eigentlich nicht nennen, denn die Tür stand wie immer offen. Auch die Tür zum Allerheiligsten, Tofàs Büro, war mit einem Druck auf die Türklinke zu erobern.

„Was machen wir jetzt?", fragte Gordian.

„Wir nehmen die offiziellen Einladungen mit."

„Und dann?"

„Hauen wir ab."

„Aha. Kluger Plan", flüsterte Gordian. „Dazu müssten wir den Tresor aber erst mal aufmachen."

„Wir nehmen ihn so mit."

Der Tresor, nicht größer als drei Schuhkartons, machte es den beiden mit seinen sechzig Kilo nicht besonders schwer. Frode und Gordian schleppten ihn nach draußen und stellten ihn in den Bollerwagen. Frode deckte ihn zu. Kaum hatten sie die Tat vollbracht, ging die Tür des Pfarrhauses auf und ein schlafloser Monsignore Valente trat auf den Treppenabsatz, um sich ein bisschen Bewegung zu verschaffen. Und vielleicht auch, um in Ruhe Zwiesprache zu halten mit dem „da oben". Er sah die beiden vermummten Missetäter und das Schwein und rief: „He, Sie da, was machen Sie da?!"

„Mist!", sagte Frode.

„Ich mach das", sagte Gordian. Er lief zum Pfarrhaus, wo Monsignore Valente sein Heil im Rückzug suchte. Aber bevor er die Tür hinter sich schließen konnte, war Gordian bei ihm.

„Argh", gurgelte es aus der Kehle des Papstgesandten. Seine Augen waren vor Schreck geweitet, und es bildeten sich kleine Schweißperlen unter dem Rand seines Biretts.

„Ich bin es", sagte Gordian.

„Wer denn?", kam es dünn von Monsignore Valente.
Da erst kam es Gordian in den Sinn, die Sturmhaube abzunehmen. Der Monsignore atmete erleichtert auf. „Was machen Sie denn da?"

„Es ist zum Besten aller", sagte Gordian. „Vertrauen Sie uns."

„Ja", sagte Frode, der die Treppe zum Pfarrhaus hinaufhinkte. „Wir machen das für alle."

„Aber es ist illegal, wenn ich eure Aufmachung richtig deute."

„Ja", sagte Frode.

„Dann will ich gar nicht wissen, um was es geht."

„Wir gehen mal wieder."

„Schönen Spaziergang", sagte Gordian. Aber Monsignore Valente war die Lust am Wandeln vergangen. „Egal, was es ist, ich hoffe, der Zweck heiligt die Mittel."

Kaum ausgesprochen, fegte ein lauter Knall über die Insel und in der Nähe des Nordstrands schoss eine Stichflamme in die Höhe, gefolgt von einer Rauchwolke, die sich allmählich ausbreitete.

„Was war das?", fragte der Monsignore.

Frode sagte: „Das kam aus der Richtung unserer Destille."

„Oh", sagte Monsignore Valente.

„Ach du Scheiße", sagte Gordian. „Los, Frode, wir müssen zurück. Vielleicht ist jemand verletzt und wir brauchen den Hubschrauber."

Die beiden rannten zu Bothilde, und im Schweinsgalopp ging es zurück zum Fahrradverleih. Auf dem Weg dorthin konnten sie die Flammen in den Dünen sehen. Frode erlöste Bothilde vom Zuggeschirr und schob den Wagen in seinen Laden. Gordian rannte zur Burg. Die Scheune war offen, aber niemand mehr da. Vermutlich waren alle, die beim Thing dabei gewesen waren, zum Unglücksort geeilt.

Er zog den Bell auf den Burghof und wartete. Als nach einer Stunde immer noch kein Alarm gegeben worden war, schob er den Hubschrauber zurück. Entweder es war niemand verletzt oder es hatte Tote gegeben. Gordian schlug sich querfeldein durch die Dünen. Das Feuer, so konnte er beobachten, war mittlerweile gelöscht. Also bog er ab zu Heddas Haus, vor dem sich die Wüüster Männer versammelt hatten. Ihre Gesichter waren schwarz und ihre Mienen deuteten darauf hin, dass Lynchjustiz kurz bevorsteht.

„Was ist passiert?", fragte er in die Runde.

„Drei Journalistenidioten haben die Destille angeworfen, waren aber zu blöd, auf den Druckmesser zu achten. Das Ding ist hochgegangen", sagte Leif. „Zu blöd, 'n gelbes Loch in 'n Schnee zu pissen."

„Die sollen heute Nacht noch nach Büsum schwimmen", wurde es in der Runde laut.

„Sind sie schwer verletzt?"

„Nee, haben Glück gehabt", sagte Fjell.

Im selben Moment wurden die drei Delinquenten von Hedda, Agni und Rune aus der Haustür geschoben. Sie ließen die bandagierten Köpfe hängen und machten den Eindruck hundertprozentiger Bußbereitschaft. Rune und Agni packten sie am Schlafittchen und schoben sie vor sich her.

„Wir bringen sie ins Verließ", sagte Agni, und die Wüüster applaudierten.

Gordian übersetzte für alle drei.

„Da bleiben sie, bis die Schuld beglichen ist", sagte Rune. „Los Leute, wir gehen jetzt kassieren."

Tofà rief: „Das könnt ihr nicht machen. Morgen steht das in allen Zeitungen!"

„Ja, und?", riefen die Männer.

„Wir haben die restliche Blase im Wikingerlager festgesetzt. Ole und Thorgay passen auf, dass keiner auch nur einen Finger rührt", sagte Rune. „Und da geh ich jetzt hin. Gordian, sperr die drei ein."

„Ich komme mit", sagte Tofà, die bemerkte, wie einige aus der Versammlung sich Rune anschlossen und die anderen zur Burg mitgehen wollten.

„Die Destille ist Männersache", sagte Rune.

„Keiner packt die Gefangenen an", sagte Tofà. Ein Murren löste sich aus vielen Kehlen.

Die drei Unglücklichen guckten Gordian mit flehendem Blick an. Er war noch flehentlicher, da ihre Augenbrauen, Haare und Nasen versengt waren. Schließlich sagte Gordian: „Nehmt sie doch einfach mit. Bis morgen werden sie im Zeltlager festgesetzt, und gut is." Er beugte sich zu Rune. „Und ehrlich gesagt, möchte ich mir heute Nacht nicht noch das Geheule aus dem Verlies anhören, das Gekreisch von Peggy Winter hat mir gereicht."

Rune lachte, er gab ein Handzeichen, die drei wurden in die Mitte genommen, und die Versammlung schob sie mit sich.

Tofà ließ sich erschöpft auf die Bank vor Heddas Haus fallen und vergrub den Kopf in den Händen. Hedda klopfte ihr auf die Schulter. „Atme mal durch."

„Kann ich nicht. Morgen stehen wir vor der Weltpresse, und die Karten nach Rom sind nicht vollständig verteilt."

„Wenn das alles ist, was dich bedrückt, dann kann ich dich beruhigen. Es ist für alles gesorgt. Was genau, weiß ich nicht, aber Frode hat einen Plan", sagte Gordian.
Hedda lachte. Tofà guckte ihn mit zusammengekniffenen Augen an. „Das wird mir was werden."

„Vertrau ihm einfach. Der Monsignore ist informiert", log Gordian. „Alles im Sinne der höheren Macht. Und übrigens, deinen Tresor kriegst du morgen wieder zurück."

„Was?!"

„Genau", sagte Gordian. „Und jetzt geh und kümmere dich, um was auch immer du dich kümmern willst."

„Frode hat den Tresor gestohlen?"

„Ja. Und ich war dabei."

„Das waren deine letzten Stunden auf der Insel", sagte Tofà und ballte die Fäuste. „Sei froh, wenn wir dich ohne Damenkränzchen ziehen lassen."

„Tofà, wenn du dich jetzt nicht beruhigst, dann geb ich dir eine Spritze", sagte Hedda und grinste Gordian an. Sie hakte Tofà unter und zog sie mit sich ins Haus. „Eins nach dem anderen, meine Liebe. Für Gordian ist später immer noch Zeit."

„Aber was ist mit morgen ... Ich ... bin ... die Bürgermeisterin!"

„Jetzt komm endlich. Wir genehmigen uns ein Gläschen. Gordian, du auch."

„Nein, lieber nicht. Ich hau mich aufs Ohr."

Man kann sagen, dass die Insel Wüüst eine kurze Nacht hatte. Die Journalisten im Zeltlager hatten – wie soll man sagen – eine Nacht, die sie so schnell nicht mehr vergessen würden. Woher Rune das Kartenlesegerät hergezaubert hatte, wusste keiner zu sagen, aber die Weltpresse wurde nach allen Regeln der Kunst geschröpft. Ungestraft jagt auf Wüüst keiner die Destille in die Luft. Das wurde unmissverständlich vor aller Welt klargemacht. Frode kam zu dieser Veranstaltung etwas zu spät. Er hatte die zwölf Umschläge mit den offiziellen Einladungen aus dem Safe geholt, ohne den Tresor zu beschädigen, denn er hatte einfach Tofà angerufen und ihr erklärt, dass nichts kaputt gehen würde, wenn sie ihm die Zahlenkombination gab. „Und du wirst nicht mitfahren", hatte er gesagt. Dann hatte er sich auf den Weg gemacht, um die Angelegenheit ein für allemal zu einem guten Ende zu bringen. Tofà war zu erschöpft gewesen, um Widerstand zu leisten. Sie hatte nicht einmal mehr gefragt, was er vorhatte. Dieses Kind war einfach fürchterlich. Das stand für sie fest. Aber was soll man auch anderes erwarten? Bei dem Vater.

Um drei Uhr in der Früh waren dann endlich fast alle im Bett. Im blauen Haus hatten sich zwei Neubürger von Wüüst dazu entschlossen, ihre Eltern noch ein bisschen wach zu halten, und krähten ihren Unmut über nasse Windeln und leere Mägen in die Nacht hinaus. Und so sah man den glücklichen Vater der beiden Schreihälse mit dem Bollerwagen, beladen mit den Früchten seiner Lenden, um den Schafstall kreisen, während sich Sindri zufrieden in die Decken kuschelte.

Im windschiefen Haus, das einmal orange gewesen war, saßen Valdis und Frode auf dem nackten Fußboden zwischen verrotteten Möbeln und fleckigen Wänden. Ein Feuer prasselte im Kamin. Die beiden hielten sich bei den Händen.

„Meinst du, dein Plan geht auf?", fragte Valdis.

„Ja."

„Und warum?"

„Weil er gut ist. Die Karten sind da, wo sie sein sollen."

„Willst du jetzt dein Geld wiederhaben?"

„Nein. Warum sollte ich?"

„Na, wenn alles klappt, und du wirst nicht in den Kerker geworfen und so … dann brauchst du es vielleicht selbst."

„Wofür denn? Ich hab doch alles."

Valdis nahm ihren Bruder in den Arm. „Ich auch", sagte sie. „Ich auch. Du darfst hier immer wohnen."

„Auch, wenn ich so werde wie Gustav?"

„Auch dann."

„Und wenn du einen Mann hast?"

„Dann muss er sich an dich gewöhnen, sonst ist es nicht der Richtige."

Frode legte den Kopf an Valdis Schulter. „Und wenn ich eine Frau habe …?"

„Dann ziehst du in ihr Haus."

„Luzie, ich werde wohl Luzie heiraten. Die ist ja nicht von hier. Also hat sie kein Haus."

„Sie wird eins bauen müssen."

„Das kann sie. Und ich bin ja auch noch da."

„Weiß sie es schon?", fragte Valdis.

„Noch nicht, eins nach dem anderen."

„Und woher weißt du, dass sie dich mag?"

Frode klaubte einen Zettel aus seiner Hosentasche, faltete ihn sorgfältig auf und hielt ihn seiner Schwester hin. Sie erkannte im Schein der Flammen ein rotes Herz, das die Namen Luzie und Frode einrahmte. „Ich hab noch jede Menge davon im Laden."

„Und ich hoffe, dass sie ebenso viele Zettel von dir hat."

„Ja", sagte Frode. „Und eine Streitaxt mit ihrem Namen. Die hab ich ihr zum Geburtstag geschenkt."

Während die einen in geschwisterlicher Eintracht ihre Füße und Herzen wärmten, glitt Gustavs Rollstuhl leise durch den Hafen und blieb vor der Fähre stehen. „Thorgay! Thorgay! Bist du noch wach?!"

Thorgay kam aus dem Maschinenraum, wo er noch mal nach dem Rechten gesehen hatte. Ventile waren ja so empfindlich.

„Jetzt ja! Was willst du?"

„An Bord kommen."

„Warum?"

„Weil ich kein Zuhause mehr habe. Freya hat mich rausgeworfen."

„Hat sie nicht. Fahr nach Hause."

„Ich will aber nicht."

Thorgay ließ die Gangway herunter, bevor Gustav wieder damit drohen würde, sich ins Meer zu stürzen. Für gewöhnlich tat er, was er ankündigte, und auf ein kaltes Bad hatte er um diese Uhrzeit keine Lust mehr. „Dann komm und mach nicht so einen Aufstand."

„Wenn ihr alle netter zu mir wärt, dann würde mir das leichter fallen, keinen Aufstand zu machen … aber ich werde von euch behandelt …"

„Gustav, hör auf."

„Das werde ich alles Vidar erzählen, wenn ich in Rom bin."

„Vielleicht solltest du erst mal mit der Beichte über deine eigenen Sünden anfangen, bevor du über uns herziehst."

„Pah!"

Thorgay schob den Rollstuhl in den Kapitänsstand. „Ich muss jetzt schlafen. Was du machst, ist mir egal."

„Willst du nicht doch mit nach Rom? Wir machen eine Sause, nur wir beide …"

„Nein."

Thorgay schloss die Tür und stieg hinunter zu seiner Kajüte, wo er sich aufs Ohr hauen wollte.

Von oben hörte er Gustav rufen: „Ich muss noch mal aufs Klo, Thorgay, ich hab Durst … Keiner gibt mir was zu essen."

Thorgay drehte wieder um, schob Gustav die Gangway hinunter, lief zurück, holte die Gangway ein und verschwand im tiefen Bauch seines Schiffes. Wenn Gustav sich in die Fluten stürzen würde, müsste er selbst sehen, wie er da wieder herauskam.

Gustav schien Thorgays letztes Wort, und sei es auch noch so unausgesprochen gewesen, verstanden zu haben. Er starrte auf *Erik der Rote* und schleuderte seine Streitaxt auf das Schiff. Die Axt prallte gegen den Schiffsrumpf und fiel ins Meer, wo sie sich zu den anderen Streitäxten gesellte, die Gustav im Laufe der Zeit auf diverse Schiffe geworfen hatte. Dann stand er aus dem Rollstuhl auf, hielt sich an den Griffen fest und machte sich schlurfend auf den Weg zu seinem Laden. Nein, das war kein Wunder. Das war einfach Gustav. Und so, wie alle auf Wüüst wussten, dass Frode Vidars Sohn war, wussten auch alle, dass Gustav laufen konnte, wenn er wollte.

Sif saß übermüdet in ihrem Friseursalon und guckte dem ebenso erschöpften Leif dabei zu, wie er versuchte, den aus Gründen der Materialermüdung leckgeschlagenen Abfluss zu reparieren.

„Warum muss das heute noch sein?", fragte er und ächzte. „Gib mir mal die Rohrzange."

Sif stopfte ihm das Maul mit Sanddornkeksen und reichte ihm das Werkzeug. „Darum. Weil ich ab fünf Uhr Termine habe. Die wollen alle gut aussehen. Und weil wir das Damen-kränzchen hatten und das Ding sowieso verstopft war, haben wir eben alles auf den letzten Drücker geschoben."

„Meinst du, Tofà kriegt das Problem noch in den Griff?"

„Mit Gottes Hilfe", sagte Sif und krümmte sich auf dem ro-tierenden Friseurstuhl vor Lachen über ihren gelungenen Witz.

Tofà hätten die Ohren klingeln müssen, aber sie lag in ihrem Bett und krümmte sich vor Gram. Noch nie, tobte eine Stimme in ihrem Kopf, noch nie, noch nie hatte sie ein Problem nicht lösen können. Ausgerechnet jetzt, wo es drauf ankam, wo alle Welt auf diese Insel schaute, soll sie deren Geschicke in die Hände von Frode Kellisson legen?! Was fällt dem Bürschchen eigentlich ein?! Tofà spürte, wie ihr Gesicht heiß wurde und der Zorn sie überrennen wollte. Sie strampelte die Bettdecke von den Füßen und setzte sich auf. Im selben Augenblick öffnete sich die Tür und Rune kam herein.

„Bist du kurz vorm Schlaganfall oder freust du dich nur, mich zu sehen?"

„Mach dich nicht lustig über mich." Tofà schlug die Hände vors Gesicht und bedeckte ihre heißen Wangen.

„Tu ich nicht", sagte Rune und setzte sich auf die Bettkante. „Frode hat dir lediglich unter die Arme gegriffen, sieh es doch mal so. Ich glaube, es wird alles gut. Für dich, für uns, für Wüüst und meinetwegen auch für den Papst."

„Der soll mir nur kommen, dem zieh ich die Löffel lang", sagte Tofà.

„So ist's schon besser." Rune legte zwei Gurkenscheiben auf Tofàs Augen. „Frisch für dich geschnitten, meine Liebe. Damit du nachher gut aussiehst."

„Rune Sveinsson, du bist unmöglich."

„Das weiß ich. Und du, Tofà Sveinsson, stehst mir in nichts nach."

Tofà nahm eine Gurkenscheibe vom Auge und knabberte daran. „Ich habe Hunger, Mann."

Rune ging vor die Tür und kam mit einem Teewägelchen zurück. „Schnittchen und Met."

„Glaub ja nicht, dass du damit …"

„Iss einfach und frag nicht, woher es kommt und warum es kommt."

Wenn die Insel gekonnt hätte, hätte sie allen unruhigen Geistern, die auf ihr noch wandelten, zugerufen: „Jetzt muss aber Ruhe sein im Zimmer! Licht aus und schlafen, sonst seid ihr morgen früh quengelig. Góða nátt!"

Kapitel 17

Eine große Überraschung erlebte Magnus Habel, als er, nachdem er um 7.30 Uhr die Glocken geläutet hatte, um die Schäfchen zum Gottesdienst zu rufen, aus der Sakristei schritt in Erwartung einer weiteren Predigt, die im leeren Kirchenschiff verhallen würde. Ihm stockte der Atem, als jeder Platz besetzt war. Ganz vorne saß wie immer Schwester Fidelis mit ihren Schützlingen und dahinter die Presse der Welt. Die Wüüster, freundlich wie immer, hatten ihre Plätze den Inselgästen überlassen und standen vor dem offenen Kirchenportal. Pfarrer Habel lächelte. Näher würden sie nicht kommen. Für die Wüüster war die offene Tür schon der Gipfel des Entgegenkommens. Er räusperte sich und begann ... verhaspelte sich ... fing wieder an ... dann starrten ihn die roten Lichter der Kameras an ... Schwester Fidelis soufflierte: „Ihr seid begierig und erlangt's nicht; ihr mordet und neidet ...", was dazu führte, dass er vollends den Faden verlor. Luzie kritzelte auf ihre Zaubertafel und reichte sie zur Kanzel. Die Presse lachte. Magnus Habel las: *Reden Sie endlich, sonst tu ich es!* Der Pfarrer guckte Luzie an, die eine Grimasse schnitt, bekam einen Lachanfall, und dann war der Knoten geplatzt und es konnte endlich losgehen.

Monsignore Valente stand derweil am Hafen und sehnte die Ankunft des Schiffs herbei. Das Gelächter aus der Kirche, das bis zum Hafen schwappte, ließ seinen Entschluss wanken, der Erste am Boot zu sein, um den Abgesandten der Schweizer Garde zu begrüßen, der für die Sicherheit der Gäste des Papstes sorgen sollte. Wer weiß, was dieser Magnus diesmal verzapfte, dachte der Monsignore, und sein inneres Schwanken übertrug sich auf seine Beine. Er ging zwei Schritte in Richtung Kirche, dann wieder zwei zurück. Sollte er gehen oder am Hafen bleiben? Noch war er nicht überzeugt, dass des Pfarrers innere Umkehr sich gefestigt hatte. Da mag der Wille ja gewesen sein, aber war auch das Fleisch willig?

Ein Hovercraft näherte sich mit rasender Geschwindigkeit, entband den Monsignore davon, eine Entscheidung zu treffen, bremste unter großem Getöse ab und legte an. Hakon begrüßte den Kapitän. Monsignore Valente begrüßte den Schweizer Gardisten, der es sich nicht hatte nehmen lassen, samt seiner drei Begleiter aus der Garde in voller Gala-Montur in Blau, Rot und Gelb zu erscheinen. „Wie geht es Ihnen, Monsignore Valente?", rief er.

„Fragen Sie mich das bitte noch mal, wenn endlich Rom in Sicht ist."

„War es so schlimm? Die Insel sieht doch ganz beschaulich aus?"

„Beurteilen Sie ein Buch nie nach dem Umschlag, Herr Major. Kommen Sie, nehmen wir die Schäfchen in Empfang."

„In der Kirche tobt ja der Bär", sagte der Major.

Monsignore Valente eilte zurück zur Kirche, wo eine gut gelaunte Menge hinausströmte und die Kameras neu positionierte, um die Rede Tofàs zu hören, die in den nächsten Minuten die Namen der Reisegruppe preisgeben würde. Er erkannte die Damen der Insel nicht wieder. Alle hatten schicke Frisuren und diesmal keine Helme auf. Nur Sif, die Friseurin, schien im Stehen zu schlafen, und auch Leif, der immer noch seine Arbeitskleidung trug, wankte bedenklich unter der Last seines Werkzeugkastens.

Gustav saß missmutig in seinem Rollstuhl, eine neue Streitaxt im Schoß, den gepackten Koffer neben sich. Hedda und Agni hatten kein Gepäck dabei, das hätte ihm zu denken geben sollen. Vor allem weil die beiden ihn anlächelten wie man einen Sterbenden anlächelt, um ihn auf dem letzten Weg aufzumuntern, sich ein bisschen zu beeilen.

Tofà hatte Panik im Blick, denn der Moment ihres großen Auftritts rückte unaufhaltsam näher, aber sie wusste noch immer nicht, was sie sagen sollte. Plötzlich schob sich ein Umschlag in ihre Hand. Als sie sich umdrehte, sah sie Frode davonhinken. Er stellte sich in die letzte Reihe neben seine Schwester. Tofà suchte den Blick von Gordian Petersenn, der eine Reisetasche neben sich stehen hatte. Er zuckte die Schultern, auch er wusste nicht, was nun kommen würde. Bothilde kam herangetrabt und setzte sich vors Mikrofon, was eine Lachsalve auslöste. Tofà öffnete den Umschlag und stellte sich neben das Schwein. Sie entfaltete das Blatt. Monsignore Valente hielt den Atem an. Und nicht nur er, auch vor den Bildschirmen im Pressezentrum des Vatikan bekreuzigte man sich und gab sich in die gnadenvollen Hände dessen, der alle Wege kennt, und sie würden nach Rom führen, das war wenigstens gewiss. Nur wen, das wusste keiner.

„Liebe Wüüster, verehrte Gäste aus dem In- und Ausland. Ich möchte hier und jetzt bekanntgeben, wer die Reise nach Rom antreten wird." Sie stockte. Einige dachten an die übliche Kunstpause, aber Tofàs Kehle war zugeschnürt. Bothilde stupste sie an und quiekte und endlich krächzte Tofà. „Entschuldigung …" Sie räusperte sich. „Entschuldigung, ich bin so aufgeregt, das macht man ja nicht alle Tage … Also: Der große Tag ist da. Eine Abordnung der Insel Wüüst wird auf Einladung des neuen Papstes, Judas Thaddäus des Ersten, nach Rom zur Inauguration reisen, um die Heimat Seiner Heiligkeit würdig zu vertreten. Die Bewohner der Insel Wüüst haben einstimmig beschlossen, dass die Kinder von Sankt Bartholomäus, dem Internat für Schüler und Schülerinnen mit Beeinträchtigungen, das auf Vidar Erikssons, also Judas

Thaddäus' Anregung einst gegründet wurde … und Schwester Fidelis, die Leiterin der Schule seit vielen Jahren, zur Inauguration des Papstes fahren werden. Das sind: Stine, Wolfi, Bernd, Werner, Luzie, Nadja, Thièn, Sabine und … Juri und Konstantin. Ebenfalls geben wir Wüüster mit Freude eine Einladung an unseren Pfarrer, Magnus Habel, der in all den Jahren bewiesen hat, dass er sie verdient hat. Wir richten alle von hier aus unsere besten Wünsche an den neuen Papst Judas Thaddäus den Ersten. Er wird immer unser Vidar Eriksson sein."

Die Menge applaudierte, und die Presse hatte tausend Fragen, die Tofà nicht beantworten konnte. Sie klatschte in die Hände und rief: „Das Boot wartet. Hopp, hopp."

Schwester Fidelis umarmte Frode lange und fragte: „Warum fährst du nicht mit? Wir können den Monsignore fragen."

„Nein, Sie wissen doch, Schwester Fidelis, jeden Morgen steht ein Dummer auf. Und was einer rausfinden kann, kann auch ein anderer."

Sie nickte und klopfte liebevoll auf seinen Helm. „Ich werde ihm Grüße von dir ausrichten." Dann wandte sie sich Pfarrer Habel zu und zischte: „Ihr gepackter Koffer steht im Pfarrhaus. Stehen Sie hier nicht so rum …" Sie zählte ihre Schützlinge durch, kontrollierte das Gepäck, und machte sich mit ihnen zum Hafen auf. Der Herr Major setzte sich an die Spitze. Die Pressemeute trollte hinterher und versuchte, Interviews mit den Glücklichen zu führen. Die Mannschaft der Wikingerschiffe hob zu beiden Seiten des Weges ihre langen Ruder in der einen und ihre Schwerter in der anderen Hand als Ehrensalut.

Monsignore Valente wurde von Gordian Petersenn daran erinnert, dass er Beine und einen Koffer hatte und es jetzt an der Zeit sei, zum Boot zu gehen.

„Aber … wie …?", stotterte er immer wieder.

„Die Wege des Herrn sind unergründlich", sagte Gordian und lachte.

Sie wurden von Magnus eingeholt, der sich zu ihnen gesellte. „Und das Inselgesetz lautet: „Wenn man von hier fortgeht, ist man nicht mehr der, der man vorher war, nicht wahr, Magnus?", sagte Gordian.

„Aber ich … würde gerne … wieder …"

„Ich glaube, wenn der Papst sieht, und ich gehe davon aus, dass Monsignore Valente von Ihnen nur positiv berichten wird, welch gute Arbeit Sie hier geleistet haben, dann wird er Ihnen bestimmt eine neue, größere Aufgabe zuweisen. Nicht wahr, Monsignore?"

„Was? Oh, natürlich."

„Meinen Sie?" Pfarrer Habel warf sich in die Brust.

„Oh, da bin ich mir ganz sicher", sagte Gordian.

Am Anleger verabschiedeten sich die Reisenden von Bothilde, sie wurde mit Küssen und Umarmungen überschüttet. Dann bestiegen alle das Boot, Mützen und Helme wurden geschwenkt. Gudrun übergab Schwester Fidelis eine kleine Holzkiste. „Für Vidar, Schafskäse …"

Sindri reichte ebenfalls ein Paket über die Reling. „Ein Pullover, Wüüster Grün."

Rune brachte ein Fässchen Met und die allerletzte Flasche Odins Vann aus seinem Keller und Frode übergab ein Schwert. Sein Gesellenstück, das er zur Abschlussprüfung in St. Bartholomäus geschmiedet hatte.

„Da wird sich der Papst aber freuen", sagte Schwester Fidelis.

In dem Tumult, der sich vor dem Boot abspielte, sah nur Valdis, und das auch nur, weil sie danach Ausschau gehalten hatte, wie Frode Luzies Hand hielt. Er zog sich mit dem anderen Arm an der Reling hoch, und sie gab ihm einen Kuss. Frodes Wangen glühten, als er seine Schwester in der Menge entdeckte. Valdis grinste und schickte ihm das Victoryzeichen. Frode sprang zurück an Land, hob seinen Schild vors Gesicht und zog den Helm tief in die Stirn.

Die Maschinen liefen an, das Luftkissen blähte sich, Helme und Äxte wurden geschwenkt, es wurde gewinkt, die Mannschaft des Wikingerschiffs hob noch mal die Ruder zum Gruß, und dann schoss das Hovercraft mit seiner kostbaren Fracht davon.

Erik der Rote wurde von der Presse gestürmt, und Thorgay hatte seine liebe Not, die Ordnung auf seinem Schiff aufrechtzuerhalten und aufzupassen, dass vor Abfahrt nichts über Bord ging. Was auf dem offenen Meer passierte, blieb auch auf dem Meer und würde keinen was angehen, dachte er, aber hier im Hafen wird nichts liegen gelassen. Als er am Anleger nur noch vertraute Gesichter sah, startete er die Maschinen und die Fähre legte ab.

Als *Erik der Rote* abgedampft war, fielen sich die Wüüster in die Arme. Die Damen zerwuselten sich gegenseitig die Frisuren, die Männer klopften sich auf die Schultern. Es war geschafft. Gustav schwenkte seine Streitaxt in Richtung Meer. Birger packte den Rollstuhl, kippte ihn nach hinten und sagte: „Hätt ich nicht gedacht von dir, dass du deine Karten hergibst."

„Ich auch nicht", sagte Gustav.

„Hilfst du mit, das Wikingerlager aufzuräumen?"

„Nein, ich bin behindert, hast du das immer noch nicht kapiert?"

„Aber wir brauchen deinen Sachverstand, weißt du doch."

Rune rief: „Wenn wir wiederkommen, haben wir Hunger. In der Küche sind noch jede Menge Steaks, Würstchen und Kartoffelsalat. Wenn die Damen so nett wären?"

Tofà nickte und sagte: „Das sind wir."

Die Männer machten sich auf, die Insel von allem zu befreien, was die Journalisten hinterlassen hatten. Bothilde zockelte hinter ihnen her, vielleicht gab es noch etwas abzustauben.

Hedda sagte: „Schwester, ich glaube, wir brauchen heute Nacht ein großes Reinigungsritual. Mit viel Feuer …"

„Ja."

„Und guten Sprüchen."

„Ja."

„Und ordentlichem Geknalle und Gezische."

„Ja. Bist du bereit, deine geheimen Vorräte an Odins Vann zu opfern, Hedda?"

„Ja, auf jeden Fall. Kannst du vielleicht gleich mit dem Gästezimmer in unserem Haus anfangen, nicht dass sich da die Miasmen dieses Luc Junét festsetzen und mir die nächsten Wochen schlaflose Nächte bereiten?"

„Aber sicher. Hatte ich nicht recht?"

„Hattest du."

Die beiden liefen Hand in Hand hinter den Frauen her.

„Ich habe immer recht", sagte Agni.

„Übertreib's nicht", sagte Hedda, „sonst überlege ich es mir mit den Vorräten noch mal."

„Wunder dich nicht, wenn du nächste Woche Krätze hast."

Auf dem Weg zum Wikingerlager diskutierten die Männer, von wem denn wohl diese salomonische Idee gekommen sei, die Einladungen an St. Bartholomäus zu geben. Aber das taten sie nur, um Frode aufzuziehen, denn alle wussten, dass er es gewesen war, der die Wüüster vor einem Debakel gerettet hatte. Dem Debakel, ihre Insel verlassen zu müssen, um in Rom Vidar Eriksson dabei zuzugucken, wie er in Kleid und roten Schuhen und mit einem doofen Hut auf dem Kopf vor der ganzen Welt im wahrsten Sinne des Wortes beweihräuchert wurde. Das muss man den Leuten gönnen, die an den ganzen Quark glaubten, da waren Schwester Fidelis und Pfarrer Habel auf jeden Fall die Richtigen. Und Frodes Freunde? Die würden jede Menge Spaß in Rom bei Gelato und Spaghetti haben und den lieben Gott einen guten Mann sein lassen.

Als sie Frode genug gefoppt hatten, schlugen sie ihm reihum auf die Schultern, und Arne und Birger sagten: „Wenn Valdis Hilfe im Haus braucht, dann sind wir dabei. Wir alle. Nicht wahr, Aki?"

Aki nickte und hätte seinem Bruder und seinem Cousin am liebsten eine Kopfnuss verpasst.

„Ich bin behindert, ich guck nur zu", krähte Gustav, und Frode sagte: „Aber wir brauchen deinen Sachverstand, besonders, wenn wir das Dach neu decken."

„Seit wann habe ich da Sachverstand? Ich bin ein Schmied."

„Schon immer", sagte Frode.

Sie zogen, die Bóthildr-Hymne[16] auf den Lippen, an der Kirche vorbei, die Portale standen weit offen. Sie war bereit für den nächsten gefallenen seltsamen Heiligen, der dringend Zeit und Ruhe für innere Einkehr und Umkehr benötigte. Und bis der die Insel erreichte, konnten die Wüüster sie wieder als

---

[16] Bóthildr-Hymne: Bothilde hat die Schlacht gewonnen. Das Blut der Feinde ist verronnen. Drum lieben wir die Sau bis heute und bleiben immer wilde Leute. Wir dienen keinem fremden Herrn und haben unsere Insel gern. Drum lieben wir die Sau bis heute und bleiben immer wilde Leute. Geschlagen haben wir sie in die Flucht, weshalb kein Feind die Insel sucht. Drum lieben wir die Sau bis heute und bleiben immer wilde Leute.

kostenlosen Lagerraum benutzen. So machten sie es immer. Auf einer kleinen Insel ist Platzverschwendung ein No-Go.

Und ...?

An dieser Stelle könnte die Geschichte zu Ende sein. Vidar
Eriksson wurde Papst. Die Inauguration lief reibungslos, der
Vatikan machte das ja nicht zum ersten Mal. Millionen an den
Bildschirmen waren begeistert, den blonden Recken auf der
Benediktionsloggia zu sehen, was blieb ihnen auch anderes
übrig, ihr Gott hatte gewählt.

Luc Junét hatte einen Schreianfall seines Chefredakteurs
über sich ergehen lassen, nachdem er ihm beichten musste,
dass er sich nur hatte wichtig machen wollen und dass bei
näherer Betrachtung an der Geschichte mit dem Kind nichts
dran sei. Das Gefeixe seiner Kollegen und die Versetzung ins
Archiv ertrug er noch ein Jahr, dann sattelte er um. Die letzten
Informationen lauteten, dass er Verkäufer in einem Apple-
Store in Luxemburg geworden ist. Seit seiner Rückkehr von
der Insel plagte ihn hin und wieder ein heftiger Hautaus-
schlag, der kam und ging und den kein Arzt wegtherapieren
konnte.

Peggy Winter überlebte ihre Blinddarmoperation. Kaum
war sie danach wieder bei Sinnen, googelte sie Gordian Petersenn, aber das Netz kannte ihn nicht. Nicht ein einziger Ein-
trag. Das muss man heutzutage auch erst mal schaffen. Wie
gesagt, was auf Wüüst passiert, bleibt auch auf Wüüst. Das
würde sie nun endgültig einsehen. Sie kehrte nach Berlin
zurück und suchte nach dem nächsten großen Scoop, der die
Welt bewegen würde. Sie dachte noch oft an Wüüst wie an
eine Insel, die es eigentlich gar nicht gab, so wie Bielefeld, das
nur da ist, wenn man hinfährt, und sonst nicht. Die einzigen
Beweise, die sie hatte, waren der grüne Pullover, die roten
Gummistiefel, ein Helm und eine handgeschmiedete Fahrrad-
kette, die so schwer war, dass Peggy sie nur als Deko in die

Küche hängen konnte. Außerdem hatte sie tatsächlich kein Bike. Aber vielleicht, eines Tages, würde sie Frode Kellisson anrufen und eins bei ihm bestellen, und vielleicht, eines Tages, würde sie die Sache mit den Bonbons in Angriff nehmen.

Der Rest der Pressemeute hatte sich im wahrsten Sinne des Wortes „aufgelöst". Die Ersten gingen bereits nach der Ankunft von *Erik der Rote* in Büsum verloren, einen weiteren Teil büßte man auf einer Raststätte auf dem Weg nach Hamburg ein, und Hamburg selbst fraß noch ein paar von ihnen. Die wenigen, die am Flughafen ankamen, um den Privatjet des Papstes zu filmen, konnten nur noch Aufnahmen vom Kondensstreifen machen. Sie kehrten in ihre Heimatredaktionen zurück und kümmerten sich um andere wichtige Dinge. Man kann noch hinzufügen, dass die Spesenabrechnungen aller in ihren Redaktionen eindeutig Unmut auslösten. Aber Papstwahl ist ja nicht jeden Tag, und so kamen die meisten mit einem blauen Auge davon.

Pfarrer Habel genoss die Annehmlichkeiten Roms in vollen Zügen und sonnte sich im Glanz des Ereignisses, bis er vom Papst persönlich durch die ehrenvolle Aufgabe, ein streng geheimes Flüchtlingsheim zu leiten – an der Grenze zu Nordkorea –, in die Realität zurückgeholt wurde. Das Lächeln von Monsignore Valente, das dieser aufsetzte, als ihm der entsetzte Magnus Habel darüber berichtete, war unergründlich. Er gönnte dem armen Mann noch einen Grappa aus seinen Beständen und ein „Gute Reise, der Herr sei mit Ihnen".

Die Wüüster räumten ihre Insel auf und reparierten die Destille, denn Nachschub tat Not, schließlich erwartete man in einigen Tagen die Verwandten und Freunde.

Die Rom-Abenteurer kamen nach einer Woche voller Geschichten und mit Selfies, die sie mit Vidar Eriksson im Grünen Pullover zeigten, wieder zurück. Gordian und Frode bekamen nach langer Beratung in einem Thing keine Einladung vom Damenkränzchen, denn alle befanden, dass sie im Sinne des Wüüster Inselgeistes gehandelt hatten. Gordian Petersenn erhielt die Erlaubnis, bis zu seinem Lebensende auf Wüüst zu bleiben, was ihm sehr entgegenkam.

Und dann, als alle an die Ereignisse im Oktober dachten, wie an einen fernen Traum, zogen die ersten Nebelschwaden über das Meer und kündigten die Lieblingszeit der Wüüster an. Am nächsten Tag hörte man Gesänge aus vielen Kehlen über das Meer rollen, und als die ersten Dreki, Snekkja und Knorre aus dem Nebel am Nordstrand auftauchten, war der Jubel groß. Freunde, Verwandte, Kinder und Enkel wurden in die Arme geschlossen, geherzt und geküsst. Die seligen Tage des Nebels konnten beginnen.

Just zu dieser Zeit gab das Medienzentrum des Heiligen Stuhls eine Pressemeldung heraus. Sie lautete: *Seine Heiligkeit, Judas Thaddäus I. hat sich, wie jedes Jahr, zu einer mehrwöchigen, Meditation an einen nicht genannten Ort zurückgezogen. Er will sich so auf die lange und intensive Zeit seines Wirkens für die gesamte Christenheit im Namen Gottes vorbereiten.*

Das war die Fassung, die Monsignore Valente, der neue Privatsekretär des Papstes, an die Welt herausgab, wie es ihm sein Chef aufgetragen hatte. In Wirklichkeit wusste keiner im Vatikan, wo Judas Thaddäus I. war. Nach einem Monat tauchte er etwas blass, aber über die Maßen frohgemut wieder auf und widmete sich fortan jedes Jahr für elf Monate ohne zu ruhen und zu rasten seinen Amtsgeschäften in vorbildlicher Art und Weise, bis es wieder Zeit für sein Retreat und seine Meditation war.

Frode und Valdis Kellisson brachten als letztes Dekorationsstück im wiederbelebten orangefarbenen Haus ein Bild aus den Tagen des Nebels in der Küche an, das Frode und einen Wikinger mit einem Kinn zum Schädelknacken lachend Arm in Arm zeigte. Ihre Helme waren ihnen tief ins Gesicht gerutscht.

„Gut so?", fragte Valdis.

„Passt", sagte Frode.

„Oink", sagte Bothilde.

Inselhymne[17]

Der Wellen Herr bin ich geworden,
geboren auf der Insel Land.
Mit Meerestosen auf nach Norden,
kein Horizont mir unbekannt.

Die Krieger bluten, Ruder sinken,
das Schiff ist rot von Feindes Saft.
Ein Schwert trag ich in meiner Linken,
die Axt trennt Kopf von seinem Schaft.

Und komm ich nicht mehr Heim im Winter,
ist Valhall mein nächstes Ziel.
Der Met fließt unaufhörlich weiter,
und immer Wasser unterm Kiel.

Wenn Winde schwinden, leg die Ruder an.
Nur vorwärts geht die Fahrt.
Zurück ist niemals je gewonnen.
Hol mir mein Glück auf Wüüster Art.

---

[17] Die Inselhymne (stark gekürzt, wie sie heute oft gesungen wird), erstmalig
in deutscher Übersetzung. Die Hymne ist eigentlich unendlich viele Strophen
lang, da jeder Inseldichter dazu verpflichtet ist, während seines Lebens mindestens drei neue Strophen hinzuzudichten, die markante Ereignisse auf der
Insel wiedergeben sollen. Die vollständige, mehrere hundert Jahre alte Manu-
skriptrolle ruht im Wüüster Heimatmuseum in einem Safe und wird nach der
Papstwahl sicherlich eine weitere Strophe aus der Feder Olav Grimssons
erhalten.

Danksagung

Mein tief empfundener Dank geht an alle, die mich nach Jahren der Abstinenz darin bestärkt haben, noch mal einen rauszuhauen.

Allen voran meine Schwester Brigitte (beste Schwester der Welt); meine geduldige Testleserin Marion; Frank U. Möser und Miye Hayashi-Möser. Für Lektorat und Korrektorat ist Frau Dr. Meike Fritz ein spezieller Dank beschieden. Seit 18 Jahren widmet sie sich meinen Texten, ohne den Verstand zu verlieren. Ebenfalls seit der ersten Stunde dabei, der geniale Helge Jepsen, der dafür sorgt, dass meine Bücher die schönsten Cover haben. Tante Else, meiner Katze, ist es hoch anzurechnen, dass sie mich immer daran erinnert, wann es Zeit für einen Snack ist (ungefähr alle 27 Minuten), und die sich mit der Idee durchgesetzt hat, dass ein Schwein eine hervorragende Romanfigur sein kann. Die Nordsee darf nicht unerwähnt bleiben, an deren Ufern ich des Öfteren mit dem Gedanken saß, dass es da draußen etwas geben muss, worüber noch keiner berichtet hat.

Damit die Website zur Insel: insel-wueuest.jimdosite.com entstehen konnte, haben viele Freunde Fotos gespendet. Herzlichen Dank

Große Verbeugung

Alle Figuren, klein oder groß, zwei- oder vierbeinig, sind gänzlich meiner Fantasie entsprungen. Sollten sich Ähnlichkeiten mit toten oder lebenden Personen ergeben, sind sie rein zufällig und nicht beabsichtigt.

Edda Minck